Ludwika Gacek

ARMIN

UNIWERSUM
Oczy Królowej
III

Skład i łamanie: Robert Gacek
Projekt okładki: Ludwika Gacek
Ilustracje: Ludwika Gacek, Queen Eyes/Midjourney

Wydanie I
Czerwiec 2024

ROZDZIAŁ I

Dopiął elegancką marynarkę i zasiadł za biurkiem. Kiwnął na robota, a ten podjechał do niego, stając na wprost. Błysnął oczami.

– Czy życzysz sobie coś jeszcze? – spytał miłym, kobiecym głosem. – Może podać coś do picia?

– Nie – odparł, zerkając w hologramy przed sobą. – Zaraz zacznie nadawać.

Wtem rozległo się ciche kliknięcie. Robot błysnął oczami.

– Otrzymałam powiadomienie od królowej – powiedział robot. – Chciałaby z tobą porozmawiać.

On uśmiechnął się i oparł się wygodnie o skórzane oparcie fotela. To była prawdziwa skóra, nie syntetyki. Armin dbał o to, aby wszystko w jego firmie było na najwyższym poziomie.

– Dawaj ją – polecił.

Robot zaświecił oczami i tuż przed nim pojawił się hologram pięknej kobiety. Królowa siedziała na tronie razem z królem. Obok niej stał jej główny generał, dowódca wszystkich wojsk, ubrany na czarno. Zastanawiał się, dlaczego pokazała się w towarzystwie swojej świty.

– Pani… – Armin ukłonił się królowej, a ta skinęła nieznacznie głową. – To dla mnie zaszczyt.

– Skontaktowałam się z tobą, aby przekazać ci osobiście moje podziękowanie za tak szybką i sprawną dostawę towaru – odezwała się.

Miała spokojny, ale mocny głos. Mówiła pewnie, a jednocześnie elegancko.

– Jesteśmy bardzo zadowoleni z twojego produktu. Roboty działają bez zarzutu. Dziękuję również za drobiazg dla mnie… – dodała, pokazując na złotą kolię wysadzaną diamentami.

– Lubię dbać o moich najlepszych klientów – odparł kurtuazyjnie.

– Nie trzeba było, ale przyjmuję ten prezent – odparła zachowawczo. – Przekażę go dla biednych, których nie brakuje w moim kraju – dodała.

– To bardzo szlachetne z twojej strony, pani – powiedział. – Mam nadzieję, że nie obawiałaś się, że ukryłem tam jakiś ładunek wybuchowy…

Królowa uśmiechnęła się dystyngowanie.

– Oczywiście, że nie – odparła. – Poza tym moi technicy sprawdzili wcześniej wszystko, zanim to do mnie trafiło.

– Pani, jesteś bardzo ostrożna – zauważył.

– Muszę być.

– Pani, mnie nie musisz się obawiać – powiedział. – Ludziom takim jak ja, zależy głównie na interesach. My nie jesteśmy po żadnej ze stron i nie interesujemy się waszą politykę. Wasze wojenki, to nie nasza sprawa. My tylko chcemy zarobić, to wszystko.

Ona pokiwała głową. Bacznie mu się przyglądała.

– Mnie zależy na dobrych stosunkach ze wszystkimi – dodał. – Zwłaszcza z takimi klientami, jak ty, pani.

– Mnie też zależy na dobrych stosunkach ze wszystkimi – odparła dyplomatycznie. – I cieszę się, że ta transakcja miała miejsce.

Armin zerknął na króla, który siedział po jej prawej stronie. Król Gaspar milczał. Armin słyszał o nim te wszystkie fantastyczne historie, które opowiadali między sobą ludzie i przecież sam był świadkiem tego, jak Gaspar zdobył Oczy Królowej i pokonał Olegga. Relację z tego wydarzenia emitowano na cały świat. Również i on, w swoim biurze, mógł sam na własne oczy ujrzeć miażdżącą klęskę Wielkich Rządzących. A ich główny generał Gunter nie miał sobie równych. Niedawno on i jego ludzie krwawo rozprawili się z wojskiem Wielkich Rządzących z Nerek, którzy chcieli zaatakować granicę Oczu. Całą armię wycięli w pień w jedno popołudnie. To wystarczająco zamknęło usta Mirowi i innym Wielkim Rządzącym z Nerek.

Armin naraz zrozumiał, czemu królowa ukazała się w ich towarzystwie. To był cichy pokaz siły i ona doskonale zdawała sobie z tego sprawę. Niewidzialna wojna trwała, choć z pozoru wszystko wyglądało poprawnie, a królowa była nawet w stanie prowadzić interesy z kimś takim jak on, bogatym i wpływowym przedsiębiorcą. A on, jak wąż, lawirował pomiędzy pajęczymi nićmi intryg jakie tkali Wielcy Rządzący i nie dawał się wciągać w ich gierki. Wolał pozostać z boku i wspierać tych, których opłacało mu się wspierać. Pieniądze nigdy mu nie śmierdziały, zwłaszcza te płacone w terminie. A królowa Elena należała do tych solidnych klientów, którzy nigdy nie zwlekali z zapłatą.

– Pani, cała przyjemność po mojej stronie – powiedział, znów się przed nią kłaniając.

– Zapłata wyjdzie do ciebie jeszcze dziś pociągiem – powiedziała królowa. – Dwieście ton orionu, tak jak się umawialiśmy.

Królowa dotknęła palcem w powietrzu i przed nim pojawił się hologram z umową.

– Pani, gdyby wszyscy płacili mi w terminie tak jak ty, świat stałby się lepszym miejscem – powiedział, uśmiechając się.

– Być może – odparła królowa wymijająco. – To wszystko, co chciałam ci przekazać. Teraz żegnam cię.

– Do zobaczenia, pani – powiedział. – I polecam się na przyszłość.

– Nie wykluczam tego – odparła, po czym hologram zgasł.

Armin odetchnął głęboko i oparł się o zagłówek fotela.

– Czy życzysz sobie coś jeszcze? – spytał robot.

– Przynieś mi kawę – polecił. – A i mamy już tych nowych pracowników?

– Dziś zgłosiło się trzynastu kandydatów, oto ich profile – powiedział robot, a z jego korpusu wyświetlił się hologram.

Armin przerzucił hologramy palcem w powietrzu, oglądając twarze kandydatów. Byli to mężczyźni i kobiety, głównie w wieku około dwudziestu do trzydziestu lat, o niskich statusach.

– Chrześcijanie? – zapytał.

– Niestety ich identyfikatory nie podają takich danych – odparł robot.

– No tak – stwierdził, przeciągając się.

Zatrzymał hologram na twarzy jednej z kobiet. Miała ciemnobrązowe włosy o rdzawym odcieniu przycięte równo do linii szczęki. Zwrócił na nią uwagę, bo miała bardzo ładne oczy i w przeciwieństwie do innych profili, pogodną, niemal uśmiechniętą twarz.

– Mają kwalifikacje? – spytał, przyglądając się hologramowi.

– Wszyscy przeszli kurs z obsługi maszyn na poziomie dostatecznym – oznajmił robot. – Pięciu kandydatów ukończyło instruktaż montażowy – dodał, a pięć twarzy pojawiło się naraz u góry hologramu. – Trzy osoby zdały pozytywnie egzamin na operatora wózków transportowych.

Kolejne trzy hologramy z twarzami osób wyświetliły się po boku. Ariel przypatrzył im się po kolei. Byli to głównie sami mężczyźni. Kobieta, której zdjęcie pozostawił sobie na środku, nie ukończyła żadnych wyższych kursów.

– No dobrze – stwierdził, zamykając hologramy. – To przyślij ich tutaj na rozmowę. Zobaczę, co to za jedni.

Robot błysnął oczami.

– Właśnie wysłałam powiadomienie na ich identyfikatory – powiedział. – Będą tu w przeciągu godziny w gabinecie numer trzy.

– Doskonale, Alexandro – powiedział do robota. – A teraz połącz mnie z Wielkimi Rządzącymi.

– Oczywiście.

Korpus robota znów rozbłysnął i zapaliła się czerwona lampka. Po chwili ujrzał hologram mężczyzny z jednym stalowym okiem podłączonym urządzeniem do skroni.

– Witaj, Jordanie – przywitał go.

Mężczyzna uśmiechnął się krzywo.

– Armin, cóż za niespodzianka – stwierdził bez entuzjazmu.

– Co słychać w wielkim świecie? – zagadnął. – Dawno nie miałem od was żadnych wieści.

– To, co zwykle w wielkim świecie, a więc wielkie interesy i wielkie pieniądze – skwitował Jordan.

– Właśnie, dobrze, że mi przypomniałeś… – Armin zaczął z ociąganiem. – Pamiętasz ten duży przetarg, który dla was wygrałem na roboty wojskowe obsługujące autoloty?

Jordan nie odpowiedział.

– W zeszłym miesiącu wysłałem wam dwadzieścia sztuk prototypu mojego najnowszego modelu i do tej pory nie otrzymałem płatności.

Jordan wydął wargi.

– I kontaktujesz się ze mną tylko po to? Dlaczego nie przekażesz tego naszej sekretarce? – prychnął.

Armin uśmiechnął się szeroko.

– Ależ mój drogi przyjacielu, oczywiście, że to robiłem, trzy razy, w tym za trzecim razem wysłałem jej kwiaty, aby raczyła przyspieszyć transakcję – powiedział gładko. – Pokazać ci? To były róże…

Nacisnął palcem w powietrzu i pojawił się hologram kobiety trzymającej bukiet czerwonych róż.

– Powiedziała, że załatwi sprawę w ciągu trzech dni – dodał.

Zamknął hologram, a twarz mu spoważniała.

– To było tydzień temu.

– Dostaniesz swoje punkty, nie martw się – powiedział Jordan. – Obecnie mamy napięty grafik, wdrażamy nowy projekt i potrzebujemy czasu, aby wszystko ze sobą powiązać. Rozumiesz, jak niepewna jest obecnie sytuacja w mieście, prawda?

– Ależ oczywiście, ja wszystko rozumiem, sam mam głowę zawaloną różnego rodzaju transakcjami niecierpiącymi zwłoki, jak ta ostatnia z królową Eleną… – powiedział lekko.

Zobaczył, że Jordan drgnął nieznacznie.

– Z nią też ubijasz interesy? – spytał z nutką zdumienia.

Armin uśmiechnął się szeroko.

– Ja ubijam interesy z każdym, kto nie szczędzi grosza na moje produkty – powiedział. – I kto płaci w terminie… Czego niestety nie mogę powiedzieć o was…

– Jeszcze mi powiedz, że bardziej wolisz interesy z nią niż z nami, a pęknę ze śmiechu – powiedział, ale wcale nie wyglądał jakby miał się roześmiał. Jego oczy były lodowate, a twarz napięta.

Armin zaśmiał się krótko.

– Nie możecie mi zabronić interesów z królową – powiedział.

– Nikt ci niczego nie zabrania… – zaczął.

Już dawno nie miał tak dobrej passy...

– Tak samo jak nie możecie w nieskończoność migać się od płacenia za mój towar – dodał. – Nie chcę się narzucać, bo mam wrażenie, że wciąż mówię to samo, ale mam obecnie duże wydatki, będę otwierał nową linię produkcyjną, zatrudniał nowych pracowników, sam wiesz, wielkie biznesy potrzebują wielkiej kasy. No więc... kiedy dostanę moje punkty?

– Wkrótce – odparł Jordan i rozłączył się.

– Kretyn – skwitował Armin.

Oparł się w fotelu i spojrzał przez okno. Ze sto pięćdziesiątego trzeciego piętra, na którym znajdował się jego apartament, miał widok na wszystkie hale produkcyjne. Patrzył na kłębiące się dymy z kominów i na strumyczki autolotów dostawczych przelatujących w tę i z powrotem od hal do magazynów. Widział rzesze ludzi spieszących do pracy na drugą zmianę ruchomym chodnikiem i drugą grupę wracającą z pierwszej zmiany. Wszystko to dostrzegał z oddali, jak na ruchomym obrazku. Wyglądało to jak dobrze pracująca maszyna, w której każdy trybik znał swoje miejsce i spełniał swoje zadanie. A na samym szczycie on, władca tej krainy maszyn, która przynosiła mu tak kolosalne zyski.

Popatrzył dalej, w stronę miasta. Widział stąd inne wieżowce, wokół których krążyły autoloty jak roje owadów. Dalej znajdował się najbardziej charakterystyczny budynek w Języku, Biblioteka.

– Alexandra, gdzie moja kawa? – zapytał, nie odwracając oczu od wieżowców.

– Tutaj – oznajmił robot miłym głosem.

Robot postawił napój na szklanym stoliku obok jego fotela. Armin sięgnął po niego i upił łyk. Skrzywił się.

– Dlaczego to takie wstrętne? – zapytał.

– Przykro mi, że nie spełniam twoich oczekiwań – odparł robot.

Westchnął. Popatrzył na miasto pod nim, a potem znów jego wzrok zaczął sięgać w dal, ponad wieżowcami. Delikatna mgła zaczęła powoli przysłaniać miasto. Nie cierpiał mgły. Wolał widzieć wszystko aż po kraniec horyzontu, aż do punktu, w którym niebo stykało się z ziemią. To dlatego kazał wybudować sobie tak wysoki wieżowiec.

Spojrzał na swoje biurko i otworzył hologram z ostatnimi rozliczeniami. Zobaczył rząd tabelek. Zyski i wydatki, ale głównie zyski i to ogromne, po ostatniej udanej transakcji z królową Eleną. Orion, który od niej dostanie zostanie wykorzystany do produkcji najnowszego modelu robota, niezniszczalnego Wojownika. Machinalnie popijając kawę zastanawiał się, kto pierwszy będzie chciał go od niego kupić, Wielcy Rządzący, czy… ona?

Już dawno nie miał tak dobrej passy i to pomimo kryzysu energetycznego, który dotknął cały świat, po tym jak chrześcijanie zniszczyli kopalnię kryształów w Sercu. Okazało się, że alternatywne źródło energii w postaci syntezy zużytych części robotów wystarczało do wygenerowania prądu. Potem dołożył do tego bloki solarne, które wybudował wcześniej na czas kryzysu. Blok wysokości kilkudziesięciu pięter, całkowicie pokryty panelami słonecznymi, skupiał na sobie promienie słońca jak olbrzymi kwiat w swoje płatki. Przed kryzysem handlował energią wyprodukowaną przez te panele, ale gdy trzeba było zaciskać pasa, sam zaczął z niej korzystać. Został jednym z nielicznych, którzy nie musieli dokładać do interesu, aby przetrwać.

Popijając kawę, przyglądał się tabelkom. Wszystko było w jak najlepszym porządku. Wszystko miał pod kontrolą. To dawało mu taką satysfakcję, że nie potrzebował już niczego innego. Miał już wszystko, mógł teraz jedynie zarabiać i korzystać z tego, co miał. Mógł się tym najeść do syta.

– Kandydaci czekają w gabinecie numer trzy – odezwał się naraz robot.

Armin wzdrygnął się. Ręka mu zadrżała, a kawa wylała się na nieskazitelnie białą marynarkę.

– Dzięki za przypomnienie, Alexandro – stwierdził, odstawiając pustą filiżankę.

Ściągnął z siebie marynarkę.

– Przynieś mi drugą – powiedział, pokazując na poplamione ubranie. – A to zabierz mi stąd do pralni.

– Oczywiście.

Robot chwycił marynarkę i wyjechał z gabinetu. Armin w tym czasie dokończył czytać sprawozdanie wydatków i dochodów. Tak go to pochłonęło, że nawet nie zauważył, kiedy robot zjawił się tuż przy nim z czystą marynarką.

– Kandydaci czekają w gabinecie numer trzy – powtórzył tym samym tonem.

Armin potarł skronie, powracając ze świata wykresów i tabel do świata rzeczywistego.

– Kto…? Aha, dobrze – mruknął.

Wciągnął na siebie marynarkę, dopiął mankiety i spojrzał jeszcze raz na tabele. Wyświetlił model prototypu maszyny, którą będą składać nowi pracownicy.

– Jestem ciekaw, czy ci pajace z Nerek będą chcieli się zemścić na królowej za tamtą krwawą masakrę – mruknął, przyglądając się hologramowemu modelowi. – Bo jeśli tak, to moim cacuszkiem rozprawią się z nią w kilka chwil. Ciekawe… Ciekawe, kto pierwszy się na to skusi – powiedział sam do siebie.

– Kandydaci czekają… – zaczął znów robot.

– Tak, wiem, wiem, chodźmy do nich – przerwał mu.

Wyszedł ze swojego biura, a robot cicho sunął za nim, unosząc się kilka centymetrów nad ziemią. Wsiedli do windy, a ta zawiozła ich na sam dół, na parter, tam, gdzie czekali kandydaci. Robot otworzył drzwi gabinetu numer trzy, a Armin wszedł za nim pewnym krokiem. Grupka trzynastu osób siedziała, każdy przy swoim pulpicie i czekała z napięciem. Na jego widok wszyscy wstali. On machnął ręką, aby usiedli.

– Siadajcie, siadajcie – powiedział zdawkowo.

Omiótł ich wzrokiem. To były te same twarze, które niedawno widział na hologramach. Wypatrzył zaraz ładną twarz kobiety o krótkich, ciemnobrązowych prostych włosach, siedzącej z tyłu. Nie wyróżniała się niczym na tle innych, a jednak od razu ściągnęła jego spojrzenie. Patrzyła na niego tak jak wszyscy, z nieśmiałą niepewnością. W końcu to on sam, wielki Armin, założyciel największej fabryki robotów, miał ich dziś przesłuchiwać.

Armin lubił to zajęcie, choć w nawale obowiązków nie zawsze miał czas, aby osobiście przesłuchiwać każdego nowo zatrudnionego pracownika. Ale dziś wyjątkowo postanowił, że sprawdzi, z kim będzie miał do czynienia. Chciał być pewien swoich ludzi. Lubił mieć wszystko pod kontrolą.

– Witajcie, na pewno wiecie kim jestem, ale jeśli ktoś jeszcze z was mnie nie zna, to myślę, że to jest ten moment, w którym powinien opuścić ten gabinet – powiedział na wstępie.

Nikt się nie poruszył. Uśmiechnął się półgębkiem.

– Dobrze, skoro już mnie znacie, to pozwólcie, że teraz ja poznam was – powiedział. – Zacznę od ciebie. Kim jesteś, jaki jest twój status i jakie masz szkolenie.

Mężczyzna siedzący najbardziej na lewo wstał i przedstawił się.

– Nazywam się Trevor, jestem mechanikiem, pracuję od trzech lat w zawodzie, to znaczy pracowałem, bo po kryzysie energetycznym jestem pół roku bez pracy – powiedział. – Skończyłem kurs obsługi maszyn, wózka transportowego i znam się na pilotażu autolotów.

Armin z korpusu robota wyświetlił jego hologram przed sobą i porównał dane z jego identyfikatora z tym, co przed chwilą mężczyzna powiedział.

Spojrzał na niego.

– Jesteś przyjęty – oznajmił.

Mężczyzna wyglądał na zdumionego.

– Co…? Ja? Tak szybko? – spytał zdziwiony.

– Tutaj się nie marnuje czasu – odparł Armin z uśmiechem. – Przejdź do pokoju numer pięć, tam ci wszystko wytłumaczą, co masz dalej zrobić.

– Ja… oczywiście. Dziękuję, panie – powiedział Trevor bardzo przejęty.

Przeszedł przez gabinet i zniknął za drzwiami.

– Teraz ty – oznajmił Armin, pokazując na kobietę, która siedziała obok Trevora.

– Ja jestem Daniela, przybyłam tu z Płuc – powiedziała wstając.

– Z Płuc? – Armin udawał zaskoczonego, sprawdzając jej identyfikator. – To kawał drogi stąd. Co cię skłoniło do przybycia do Języka?

– Pan… To znaczy pańska firma – poprawiła się. – Zawsze chciałam pracować w takiej firmie.

– Czemu akurat w mojej? – spytał, sprawdzając ją. – Przecież w Płucach też macie fabrykę robotów.

– Ale pan ma najlepszą – oznajmiła pewnie.

Armin przyjrzał jej się. Nie lubił tanich pochlebców, a kobieta wyglądała na taką, która pochlebstwami chciała sobie utorować drogę do awansu. Nie dał jednak poznać po sobie, że o cokolwiek ją podejrzewa.

– Masz tutaj napisane, że wcześniej pracowałaś w świątyni – stwierdził, czytając jej dane. – Można wiedzieć w jakim charakterze?

– Byłam… tancerką – odpowiedziała, wahając się tylko o sekundę.

Obrzucił ją spojrzeniem. Jak na jego oko była zbyt gruba na tancerkę, ale nie powiedział o tym ani słowa.

– Praca w fabryce jest ciężka, myślisz, że dasz sobie radę? – zapytał.

– Oczywiście.

Wyglądała na pewną siebie, trochę zbyt pewną jak na jego gust. I trochę zbyt bezczelną. Spojrzał jeszcze raz na jej dane.

– Ukończyłaś tylko jeden kurs z obsługi maszyn – zauważył. – A co jeśli kierownik produkcji będzie chciał kogoś do pomocy przy montażu silników?

Wzruszyła ramionami.

– To poprosi kogoś innego – odparła.

Armin ściągnął usta.

– Rozumiem – stwierdził, zamykając jej hologram. – Przejdź do pokoju numer dwadzieścia.

– Ja też zostałam przyjęta? – spytała podekscytowana.

– Nie.

Mina jej zrzedła.

– Co, ale jak to? – spytała zdumiona.

– Tak to, następna osoba – powiedział, przechodząc do kolejnej kobiety.

– Ale… ale ja mam wszystkie kwalifikacje! – zawołała oburzona.

– Ale ja już z tobą skończyłem, możesz wyjść – uciął.

Dziewczyna z rumorem odsunęła swoje krzesło i opuściła gabinet z nadąsaną miną.

– Ty? – spytał kolejną kobietę.

Ta wstała pospiesznie.

– Nazywam się Amanda, jestem z poziomu F, przeniosłam się do centrum w poszukiwaniu pracy, kiedy ukończyłam dwadzieścia jeden lat i przestałam mieć opiekuna – powiedziała jednym tchem. – Usłyszałam, że w ArminRobot jest nabór pracowników, więc się zgłosiłam, no i…

Wyglądała na zmieszaną i przestraszoną. Armin przyjrzał jej się, sprawdzając jej dane z hologramu.

– Pracowałaś już kiedyś w takiej fabryce? – zapytał ją.

– Nie, proszę pana – bąknęła.

– A chciałabyś tu pracować?

Pokiwała głową, ale nie ośmieliła się spojrzeć mu w oczy.

– Co? Nie usłyszałem? – spytał.

– Tak, chciałabym – powiedziała niepewnie. – Ale… Ale ja też nie mam kwalifikacji do montażu silników – wydusiła z siebie.

Armin spojrzał na nią.

– Nie martw się, wszystkiego się nauczysz – stwierdził. – A na początek będziesz pracować na taśmie, to najlżejsza praca w fabryce, dobrze?

Ona podniosła na niego wzrok, jakby nie dowierzała temu, co usłyszała.

– Co…? Ja…?

– Przejdź do pokoju numer pięć, tam cię zarejestrują.

– To znaczy… To znaczy, że ja dostałam pracę? – spytała.

– Tak, idź, czekają na ciebie – powiedział.

– Och…

Dziewczyna poczerwieniała na twarzy.

– Dziękuję, panie, postaram się pana nie zawieść – powiedziała z zapałem.

– Wiem, a teraz idź.

Ona skłoniła mu się i poszła pospiesznie do wyjścia. Armin przeszedł do następnej osoby.

Rozmawiał z nimi jeszcze przez kilkanaście minut. Musiał przyznać, że świetnie się odnajdywał w takich wywiadach. Czasem wystarczyło mu tylko kilkanaście sekund, aby rozpracować człowieka i jego intencje. Wiedział, że niekiedy pierwsze wrażenie mogło zmylić, ale wówczas posiłkował się danymi z identyfikatora. Odrzucił jeszcze kilka osób, które przyszły tu z czystej ciekawości, albo tak jak ta niedoszła tancerka, chcieli małym kosztem dużo zarobić. Nie lubił takich leni i cwaniaków. Wiedział z doświadczenia, że tacy ludzie potrafili rozbić nawet dobrze zgrany zespół. A u niego w fabryce przede wszystkim się pracowało, a nie liczyło na profity. To dlatego ArminRobot osiągało takie wyniki.

Na sam koniec zostawił sobie ładną dziewczynę, na którą wcześniej zwrócił uwagę. Zostali sami, tylko on i ona oraz robot, który wyświetlał jej profil z korpusu. Armin przeczytał dokładnie informacje z jej identyfikatora.

– To powiedz coś o sobie – zaproponował.

Kobieta wstała powoli. Przyjrzał jej się. Była bardzo zgrabna, choć wcale tego nie podkreślała ubraniem. Miała na sobie prostą bluzkę i spódnicę sięgającą nieco powyżej kolan. Wyglądała pospolicie, choć poruszała się niczym prawdziwa dama.

– Nazywam się Mari, jestem z poziomu E, mieszkałam na obrzeżach Języka w dzielnicy dziesiątej, ale po śmierci opiekunów przeniosłam się bliżej w poszukiwaniu pracy – powiedziała.

Miała miły głos i spokojny sposób mówienia. Popatrzył na nią z ciekawością.

– To powiedz coś o sobie...

– Mów dalej – zachęcił.
– Pracowałam wcześniej w fabryce ubrań, ale zrezygnowałam z niej po tygodniu.
– Można wiedzieć dlaczego? – zapytał.
Zobaczył delikatną zmianę na jej twarzy.
– Nie podobało mi się zachowanie niektórych przełożonych względem pracownic – powiedziała dyplomatycznie.
– A może to im się nie spodobało twoje zachowanie? – spytał prowokacyjnie, chcąc ją sprawdzić.
– Być może – odparła. – W każdym razie na tym polu nie mogliśmy dojść do porozumienia i odeszłam – powiedziała.
– Czy z mojej fabryki też odejdziesz, gdy nie spodoba ci się jakieś zachowanie kierowników? – zapytał. – Albo moje?
Ona delikatnie przygryzła dolną wargę. Widział, że starała się zachować kamienną twarz, ale coś z jej emocji odbiło się na jej obliczu.
– Niewykluczone – odparła.
Uniósł brew.
– A jakie to zachowanie tak cię odstręczyło? – drążył, coraz bardziej ciekawy.
– Dwuznaczne propozycje wobec kobiet – powiedziała zwięźle.
Armin zlustrował ją spojrzeniem.
– Zdajesz sobie sprawę, że niekiedy takimi propozycjami można dostać awans? – spytał, znów chcąc ją sprowokować.
– Tak, to też mi proponowano – odparła.
– I?
– To nie w moim stylu.
Uśmiechnął się lekko. Sprawdził znów jej dane.
– Masz tu napisane, że przez pół roku pomagałaś w Centrum Rozwoju Dzieci, ale nie ma nigdzie informacji o tym ile zarabiałaś – zauważył.
– Pracowałam za darmo – powiedziała.
– Za darmo?
Spojrzała w bok, zmieszana.

– Potrzebowali kogoś do pilnowania najmłodszych dzieci, a ja akurat nie miałam innego zajęcia, więc postanowiłam im pomóc.

– Pokaż mi swoje dłonie – zażądał, podchodząc do niej.

Ona posłusznie wysunęła ręce przed siebie. Armin uchwycił lekko jej nadgarstek i obrócił jedną jej rękę opuszkami palców do góry.

– Masz zbyt delikatne dłonie, nie nadają się do pracy z maszynami – stwierdził.

Puścił jej rękę, a na zwiesiła głowę.

– Rozumiem – powiedziała przygaszonym tonem.

Odwróciła się i ruszyła w stronę wyjścia.

– Zaraz, a ty dokąd? – zapytał, zatrzymując ją tym pytaniem w miejscu.

– Powiedział pan, że się nie nadaję do pracy... – bąknęła.

– Powiedziałem, że twoje dłonie nie nadają się do pracy z maszynami – stwierdził. – Ale myślę, że do innej pracy nadadzą się idealnie.

Ona obróciła się do niego.

– Do jakiej? – spytała.

Armin cmoknął.

– Widzisz tego robota? – spytał, pokazując na Alexandrę. – To jest mój najnowszy model, najlepszy robot domowy. Potrafi sprzątać, gotować, prać, obsługiwać ludzi, ma nawet wbudowany system uczenia się i potrafi udawać ludzkie emocje – wymienił. – Nieudolnie, ale pracuję nad nim.

Kobieta przysłuchiwała mu się, pocierając nerwowo dłonie.

– Niestety, muszę to przyznać ze wstydem, nawet najlepszy robot nie zastąpi człowieka i jego złożonej osobowości – powiedział. – Już dawno o tym myślałem, ale dziś podjąłem decyzję. Potrzebuję prawdziwej sekretarki, a nie robota, kogoś, kto ogarnie za mnie mój kalendarz spotkań, zajmie się moim biurem i wszystkimi kontrahentami, którzy dniem i nocą dobijają się do mnie, nie dając mi ani spać, ani żyć.

Mari zamrugała zaskoczona. Widział, że zrozumiała, co miał na myśli.

– Ja miałabym być...?

– Zaczniesz od jutra – powiedział. – Dostaniesz wszystkie uprawnienia i będziesz mogła zarządzać Alexandrą. Ona będzie za ciebie robić cięższe rzeczy, ty zajmiesz się głównie obsługą mojego biura.

Kobieta wyglądała na bardzo zmieszaną.

– Oczywiście stawka będzie znacznie wyższa, niż ta dla pracowników fabryki – dodał. – Myślę, że sto punktów na godzinę w ośmiogodzinnym systemie pracy powinno cię usatysfakcjonować.

– Sto na…? – wyjąkała.

– Jeśli nie masz innych pytań, zapraszam do pokoju numer pięć.

– Ale… ja nie jestem pewna, czy posiadam odpowiednie kwalifikacje do takiej pracy… – powiedziała.

Armin przyjrzał jej się.

– Cenię sobie ludzi z zasadami, a ty wyglądasz mi właśnie na taką osobę – stwierdził. – Takich ludzi wolę trzymać blisko siebie.

– Ale…

– Poza tym widać, że nie zależy ci na zysku i potrafisz się poświęcać dla innych, a takie osoby trudno przekupić – dodał. – Dlatego uważam, że nadasz się na tę funkcję idealnie. Masz jeszcze jakieś pytania?

Zobaczył, że zarumieniła się cała i nerwowo podrapała się w szyję.

– Ja… No cóż… Jestem zaskoczona – powiedziała. – Nie spodziewałam się takiego obrotu sprawy…

Armin przyglądał jej się z uśmiechem.

– Przyjdź jutro o ósmej na sto pięćdziesiąte trzecie piętro. Alexandra będzie tam na ciebie czekać i we wszystko cię wdroży. Prawda, moja droga? – zagadnął odwracając się do robota.

– Oczywiście – odparł uprzejmie robot.

Mari dygnęła lekko.

– Dziękuję, panie – powiedziała tylko, po czym odwróciła się i poszła do wyjścia.

Armin patrzył za nią jak wychodzi z gabinetu.

– To co? – spytał robota. – Jakie masz jeszcze dla mnie na dziś atrakcje?

– O godzinie dwunastej trzydzieści masz umówione spotkanie w siedzibie Banku Punktów w sprawie nowej regulacji opłat i uchwaleniu podatków w związku z nadchodzącym Świętem Biblioteki – poinformował robot.

– Ech, zdziercy, nie dadzą człowiekowi zarobić – mruknął. – Ciekawe, co tym razem wymyślili. Dobrze, przygotuj mój autolot.

Robot błysnął oczami.

– Właśnie wysłałam techników, aby go sprawdzili – powiadomił.

– Doskonale, a zatem chodźmy.

Opuścili gabinet i wjechali na dwunaste piętro. Na specjalnie przystosowanym do tego ogromnym tarasie widokowym znajdowały się garaże z wszystkimi jego autolotami. Armin przeszedł do dwuosobowego ścigacza. Siadł za sterami, a robot usiadł obok niego. Nie ufał mu na tyle, aby pozwalać mu pilotować. Roboty sprawdzały się w mechanicznych czynnościach, ale w locie trzeba czasem podejmować decyzje sprzeczne z logiką i opłacalnością, zwłaszcza kiedy szybko zmienia się sytuacja.

Uruchomił silnik, kopuła garażu otworzyła się nad nim i wystrzelił w powietrze. W kilka minut doleciał do budynku Biblioteki.

– Witaj, Armin – powiedział robot, witając go przed wejściem.

– Witaj, Monica, wspaniale wyglądasz – powiedział. – Widzę, że nic się nie starzejesz.

– Jestem najnowocześniejszym robotem z twojej produkcji, ja nigdy się nie starzeję – odparł robot uprzejmym głosem.

– Otóż to – stwierdził Armin.

Spotkanie z największymi biznesmenami w mieście przebiegało tak jak zazwyczaj. Najpierw gratulowali sobie swoich sukcesów, przemilczając porażki lub znacznie je umniejszając, potem dyskutowali o nowych stawkach za energię, gdzie Armin chwalił się tym, jak wspaniale rozwija się jego blok solarny. Wielcy Rządzący pojawili się na chwilę na spotkaniu w formie wirtualnych hologramów i jednogłośnie uchwalili podwyższenie podatków. Opłaty wzrosły dwukrotnie w porównaniu do zeszłego roku. Nikt nie był z tego powodu zadowolony, ale nie ośmielono się tego skomentować w ich obecności.

– Jak wiecie, sytuacja jest trudna i wszyscy potrzebujemy środków – powiedział Oscar, jeden z Wielkich Rządzących. – Rada Nadzorcza pracuje obecnie nad nowym projektem, który pomoże nam wyjść z tego kryzysu. Nie ukrywamy, że mamy na myśli przede wszystkim zrujnowanie chrześcijańskiej królowej, która coraz bardziej załazi nam za skórę. Nie możemy na razie zdradzić szczegółów, ale już teraz mogę powiedzieć, że będziemy do tego potrzebować ciebie, Armin…

Armin drgnął zaskoczony. Wstał, kłaniając się przed hologramem.

– Jestem do waszej dyspozycji – powiedział.

– Rada jest bardzo zadowolona z prototypu robota, którego im przesłałeś – powiedział Oscar.

– Och, czyżby? Nie spodziewałem się tego – odparł. – Sądziłem, że projekt się nie spodobał i to dlatego zwlekacie z zapłatą… – dodał.

Kilku z jego znajomych biznesmenów wymieniło znaczące spojrzenia. Wiedział, że nie tylko on miał problemy z egzekwowaniem płatności od Wielkich Rządzących.

– Kiedy nasz projekt będzie gotowy, zgłosimy się do ciebie – powiedział Oscar. – I zapłacimy z góry.

– Bardzo miło mi to słyszeć – odparł Armin.

– To wszystko, co rada miała wam do przekazania – oznajmił Oscar. – Raporty z dzisiejszego zebrania wraz z nowymi cennikami opłat zostaną wam przekazane jeszcze tego wieczoru. Chwała Kronosowi!

Wszyscy wstali.

– Jemu chwała! – odparli zgodnie.

Hologram zniknął, a biznesmeni zaczęli rozmawiać między sobą, teraz dopiero ośmielając się otwarcie krytykować nowe stawki.

– Ktoś tutaj musiał się wykazać przed Wielkimi Rządzącymi – skwitował jeden z jego znajomych, spoglądając na niego z uśmiechem. – Czyżby nasz pan od robotów dostał ofertę życia?

Armin uśmiechnął się pewnie.

– Drogi Sergiuszu, ja takie oferty otrzymuję przynajmniej raz w miesiącu – odparł zdawkowo.

Ale w duchu cieszył się z tej nowej propozycji. Nie dał jednak tego po sobie poznać. Świat wielkich biznesów nie rozpieszczał i nie miał co liczyć na przyjacielskie względy. Ci, którym dziś ściska ręce, mogą jutro wbić mu nóż w plecy. Dlatego trzymał się na dystans i wszystkie komplementy przyjmował pół żartem.

Wyszedł wcześniej ze spotkania. Dostał powiadomienie na identyfikatorze o zepsutej maszynie i natychmiast skontaktował się z mechanikiem.

– Panie, produkcja głowic stanęła – powiedział mechanik z hologramu, kiedy Armin pospiesznie wracał autolotem do biura.

– Czego potrzeba? – spytał.

– Nowych części, ale te kosztują przynajmniej dwadzieścia tysięcy od sztuki, a zatrzymały się trzy taśmy. Razem to będzie jakieś osiem… nie, dziesięć części zamiennych.

– Zamów je jeszcze dziś, punkty nie grają roli – odparł, parkując autolot na tarasie swojego wieżowca. – Czy przyszła nowa dostawa z Nerek?

– Nie, panie, mieli znów opóźnienia z powodu zamieszek w mieście, to ci przeklęci chrześcijanie znowu zablokowali drogi – odparł mechanik.

Armin westchnął.

– W takim razie Lord Klaudiusz będzie musiał sobie poczekać na dostawę – stwierdził. – Alexandra, wyślij kwiaty jego żonie i przekaż moje najszczersze przeprosiny – powiedział, zwracając się do robota.

– Oczywiście – zgodził się robot.

– Czy to wszystko, Marcel? – spytał mechanika.

– To wszystko, panie.

– Poinformuj mnie, kiedy przyjdą części.

– Tak jest, panie – oznajmił mechanik i Armin zamknął hologram.

Wysiadł z autolotu.

– Alexandra, zanim dostarczysz kwiaty…

– Już przekazałam informację kurierowi – oznajmił robot świecąc oczami. – Kwiaty zostaną dostarczone za godzinę pod dom pani Very.

– …zrób mi kawę – dokończył zdanie. – Tylko tym razem smaczną, nie te ochłapy co ostatnio. Czy potrafisz to dla mnie zrobić?

– Oczywiście – zgodził się automatycznie robot, sunąc za nim cicho korytarzem w stronę wind.

Armin potarł skronie.

– No tak – mruknął. – Alexandra, jakie masz jeszcze dla mnie na dziś atrakcje? – spytał.

– Twój wieczór nie zawiera żadnych dodatkowych planów – odparł robot.

– Niemożliwe, czyżbym miał czas dla siebie? – powiedział, wchodząc do swojego gabinetu. – W takim razie połącz mnie z Rajmundem, muszę mu powiedzieć o nowym projekcie na roboty bojowe z orionu. Ale najpierw kawa!

– Oczywiście – usłyszał ten sam mechaniczny głos.

Usiadł w fotelu i wziął głęboki oddech. Spojrzał przed siebie na panoramę miasta. Było późne popołudnie. Po chwili zjawił się robot z kawą. Armin spróbował jej odrobinę i skrzywił się.

– Lepiej ci wychodzi zarządzanie cyfrowe całą fabryką, niż zrobienie jednej porządnej kawy – mruknął.

– Przykro mi, że nie spełniam twoich oczekiwań – odparł uprzejmie robot beznamiętnym głosem.

– Łącz mnie z Rajmundem – mruknął.

Robot stanął na wprost niego, a z jego korpusu wystrzelił obraz. Armin na moment zamknął oczy, dopiął marynarkę i zaraz spojrzał prosto w hologram.

★★★

Do późno omawiali szczegóły nowego projektu. Armin przedstawił Rajmundowi wizualizację Wojownika, robota bojowego, którego stworzył sam od podstaw. Rajmund był jego najlepszym technikiem i dobrym znajomym, z którym przeprowadzili już wiele udanych transakcji. Cenił go za rzetelne podejście do pracy i drobiazgowość. Zlecał mu zawsze najtrudniejsze prace, ale i też najsowiciej go nagradzał. Wiedział, że może na nim polegać.

– Myślę, że całość może dobrze zadziałać – stwierdził hologramowy Rajmund, przechadzając się w formie trójwymiarowego obrazu po jego gabinecie. – Ale najpierw trzeba by je wypróbować w walce.

Armin okrążył dookoła trójwymiarowy model robota. Zdjął wcześniej marynarkę, podwinął rękawy koszuli i na bieżąco korygował hologramowy model, analizując z Rajmundem każdą jego najmniejszą część.

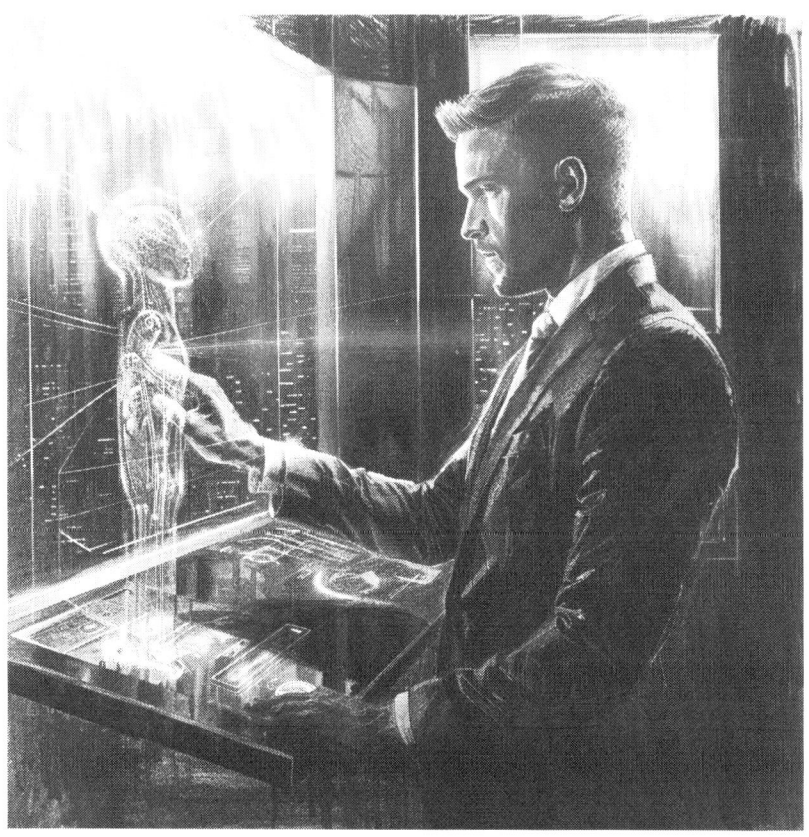

Do późno omawiali szczegóły nowego projektu...

– Pytanie gdzie – powiedział Armin.

– Nie masz tam jakichś zamieszek w Języku? – spytał Rajmund ze śmiechem. – Zawsze można by wykorzystać takie roboty do tłumienia rozrób.

Armin uśmiechnął się półgębkiem.

– Na razie mamy tu spokojnie, aż za spokojnie chciałoby się powiedzieć – mruknął. – Chociaż nasi czcigodni przywódcy ostatnio coś przebąkiwali o nowym ataku na królową.

– To dlatego tak się pospieszyłeś z tym projektem – powiedział Rajmund.

Armin spojrzał w oczy hologramowej postaci mężczyzny stojącego przed nim.

– Wiesz, wolę trzymać rękę na pulsie – stwierdził. – A nuż wyskoczą z jakąś wojenką, a wówczas ja będę gotowy i od razu będę mógł wystawiać rachunki.

Rajmund zaśmiał się cicho.

– Ty to byś mógł nawet własnych rodziców sprzedać – powiedział wesoło.

– Zależy ile by kosztowali… – powiedział z nutką wesołości.

Rajmund znów się roześmiał.

– Wiesz, żarty żartami, ale prawda jest taka, że Wielcy Rządzący rzeczywiście coś szykują – powiedział Armin poważniejąc. – Dziś mieliśmy spotkanie w Bibliotece z całą ekipą. Wyznaczyli mnie na swojego biznesowego wspólnika. Spodobały im się roboty – dodał znacząco. – A wiesz, co to może oznaczać.

– Ale chyba nie ośmielą się zaatakować otwarcie królowej, po tym jak jej armia rozgromiła tych z Nerek? – spytał Rajmund.

– Kto ich tam wie? – odparł. – Ważne, żeby kupowali moje roboty. A kto wygra, to jest mi już zupełnie obojętne.

– *Kochanie, jeszcze rozmawiacie…?* – odezwał się naraz delikatny, kobiecy głos gdzieś zza hologramu.

Rajmund, ten hologramowy, obejrzał się za siebie.

– Skarbie, mówiłem ci, że omawiam teraz ważne sprawy – odparł mężczyzna.

– *Ach, ale już czekamy na ciebie z kolacją, ja i dzieci, a one chciały ci opowiedzieć, co robiły dziś w dziecięcej uczelni...* – nalegała kobieta.

Słychać było tylko jej głos.

– Dobrze, zaraz przyjdę – odparł Rajmund. – Tylko nie wchodź tu, kiedy prowadzę rozmowy – dodał ciszej.

Ona odpowiedziała coś niezrozumiale i zaraz ucichła. Hologramowy Rajmund stanął znów na środku jego gabinetu. Armin przyglądał mu się zza trójwymiarowego modelu robota.

– Wybacz to – powiedział zmieszany.

– Wracając do tematu – podjął znów Armin. – Co myślisz o tym korpusie? Nie wydaje ci się zbyt lekki? – spytał, pokazując mu model samego korpusu, który odłączył od całości robota i zawiesił w powietrzu przed nimi.

Rajmund przyjrzał się konstrukcji.

– To zależy, do czego będą służyć – stwierdził. – Bo jeśli jako armia na wojnę w walce wręcz, to może być i lżejszy korpus, wówczas robot będzie bardziej zwrotny. Ale jeśli będzie to robot komercyjny, na przykład do ustawianych walk, to wtedy można by go nieco podrasować i zrobić mu dodatkowe wspomagacze tu... tu... i tu – powiedział, dotykając w powietrzu odpowiednich punktów na modelu.

– Nie przegrzeje się? – spytał Armin.

– Tak myślisz?

– To może być za duże obciążenie – stwierdził.

– Dlatego warto się zastanowić pod jakiego klienta będziemy je produkować – powiedział Rajmund. – Bo jeśli zainteresowani są nimi Wielcy Rządzący, to na pewno nie chodzi im o robota sprzątającego, czy podającego drinki.

– A oni na pewno będą chcieli wykorzystać je w walce – powiedział. – Więc można by je trochę odchudzić, na przykład w tym miejscu, co myślisz? – spytał, spoglądając na mężczyznę, ale w tej samej chwili na hologramie przed nim pojawiła się jakaś mała dziewczynka, która zaczęła biec do Rajmunda.

– *Tatusiu, kiedy wreszcie przyjdziesz...?* – zawołała, dopadając do kolan mężczyzny.

– Klara, na litość… Chodź tutaj – powiedział Rajmund i wziąwszy ją na ręce i przeszedł z nią poza czujnik komunikatora.

Armin popatrzył przed siebie, bo naraz oboje zniknęli.

– Ile razy mam ci powtarzać, że nie wolno przeszkadzać tatusiowi, jak tatuś rozmawia przez hologram, co? – usłyszał poirytowany głos Rajmunda.

– *Ale tatusiu… Już się nie mogłam ciebie doczekać…* – usłyszał cichutki głos dziecka. – *I chciałam ci pokazać mój obrazek, który zrobiłam…*

– Zaraz przyjdę, a teraz idź do mamy, już! – ofuknął ją i naraz znów pojawił się przed nim jego trójwymiarowy obraz.

Spojrzał na Armina przepraszająco.

– Słuchaj, chyba musimy już kończyć, bo oni mi nie dadzą spokoju – powiedział zmęczonym głosem. – Wrócimy do tego innym razem, co?

– Nie ma sprawy – odparł. – Poza tym już chyba wszystko omówiliśmy. Dostawa orionu powinna przyjść lada dzień, a wtedy dopiero zabierzemy się za produkcję. Zatrudniłem dziś paru nowych pracowników i będę mógł otworzyć tamto skrzydło, które remontowałem zeszłej jesieni, więc wszystko się akurat zgra w czasie.

– W takim razie wyślę ci moich ludzi, którzy pomogą ci w montażu.

– Dzięki, przydadzą mi się na pierwszą serię próbną – odparł Armin.

Usłyszał znów w tle jakieś piskliwe okrzyki dzieci. Zobaczył jak Rajmund spogląda na coś, co tylko on widział u siebie w mieszkaniu.

– Och, te dzieciaki… Teraz już naprawdę muszę lecieć, trzymaj się – powiedział.

– Ty t…

Hologram zgasł, zanim zdążył dokończyć słowo i wszystko ucichło. Armin został sam w swoim gabinecie z trójwymiarowym modelem robota. Za oknem zapadła już noc, a miasto błyszczało od świateł neonów. Podszedł do ogromnego okna i popatrzył w dal. Przyglądał się wirującym wokół wieżowców autolotom, a potem olbrzymim ekranom publicznym. Emitowały właśnie jakiś program rozrywkowy, ale niespecjalnie go to interesowało. Oparł się ramieniem o chłodne szkło i na moment przymknął oczy. Miał wrażenie jakby zeszło z niego jakieś napięcie, które sztucznie podtrzymywał przez cały dzień. Poczuł się naraz strasznie zmęczony.

Przejechał dłonią po twarzy.

– Alexandra, jaki stan produkcji na dziś? – zapytał, nie otwierając oczu.

Usłyszał jak robot, który przez cały czas stał cicho w rogu pomieszczenia, teraz wysuwa się do przodu.

– Dziś wyprodukowano dwadzieścia dwa tysiące części do robotów, oraz trzynaście tysięcy sztuk gotowych produktów komercyjnych – oznajmiła mechanicznie, błyskawicznie przeliczając raporty z całej fabryki, które spływały wprost do jej procesora. – Uszkodzone modele w liczbie trzy sztuki. Nadwyżka produkcji wynosi jeden i pół procenta.

Armin pokiwał głową, nadal nie otwierając oczu.

– Prześlij mi to na moje biurko, porównam to z poprzednim miesiącem.

– Oczywiście – odparł robot.

– A teraz wyjdź, chcę zostać sam – powiedział, otwierając oczy i patrząc na światła miasta. – Nie kontaktuj mnie już z nikim na dziś.

– Oczywiście – zgodził się robot.

Usłyszał jak robot opuszcza gabinet, bezgłośnie zamykając za sobą drzwi. Armin oparł się znów o szybę, patrząc na rozświetlone miasto. Długo jeszcze tak stał, nie myśląc o niczym. Pozwolił swojemu umysłowi odpocząć od natłoku zdarzeń i informacji. Nie spieszyło mu się. Na niego nikt nie czekał z kolacją.

ROZDZIAŁ II

Jego apartament mieszkalny znajdował się tuż nad gabinetem, na sto pięćdziesiątym czwartym piętrze. Nie musiał daleko się ruszać, aby dotrzeć do łóżka i odpocząć. Sam zdecydował, że chce tu mieszkać. Kiedy stał się tak bogaty, że mógł pozwolić sobie na własny biurowiec, od razu zaprojektował go tak, aby najwyższy poziom przeznaczony był wyłącznie dla niego. Nie miał ochoty jeździć po mieście do domu, którym i tak nie miałby czasu się zajmować. Jego dom był tam, gdzie on i jego praca. Reszta to tylko dodatki, dekoracje do jego perfekcyjnie zaprojektowanego życia.

Mieszkanie urządził minimalistyczne, ale z klasą. Nie potrzebował wielu rzeczy, ale dużej przestrzeni. Miał osobny salon medialny, w którym tylko projektował. Nie wstawił tam nawet mebli, bo ekrany wypełniały całą przestrzeń. Alexandra sprzątała mu raz w tygodniu, ale do mniejszych prac miał inne roboty, małe i zwrotne, które zamiatały podłogi, myły okna i prasowały koszule. Niektóre stworzył własnoręcznie od podstaw jeszcze jako dzieciak, wprawiając w zachwyt wszystkich swoich rówieśników.

Położył się do łóżka. To jego ulubiony moment w ciągu dnia, kiedy wiedział, że kładzie się na odpoczynek po dobrze wykonanej pracy. Czuł zmęczenie, ale to było dobre zmęczenie, które dawało mu poczucie siły i spełnienia. Tak, wykonał swój plan, wszystko dopiął na ostatni guzik, mógł spać spokojnie.

Obudził się skoro świt. Nie lubił długo wylegiwać się w łóżku. To było zbytnią stratą czasu. Rozpoczął dzień od gimnastyki, podciągania się i ćwiczeń na bieżni. Miał do tego sprzęt i osobny pokój i po kolei wybierał sobie to, co mu odpowiadało na dany dzień. Już dawno zrozumiał, że jeśli chciał sprawnie pracować umysłem, musiał również trenować swoje ciało, aby mogło ono dostosować się do tempa jego życia.

Wziął prysznic i ubrał się, zakładając na siebie jedną ze swoich nieskazitelnie białych koszul, których miał całą szafę. Do tego eleganckie spodnie, marynarka i buty. Wszystko to leżało w szafach posegregowane numerycznie. Przeczesał krótkie, jasne włosy i podciął zarost. Dbał o to, żeby dobrze wyglądać. W końcu on sam był chodzącą marką swojej firmy.

Zjadł szybkie śniadanie, złożone z organicznych, hodowanych ekologicznie warzyw, mięsa i kasz, po czym zbiegł na dół do swojego gabinetu.

– Alexandra, kawa! – zażądał, zasiadając za biurkiem.

Otworzył hologramy i zaczął sprawdzać raporty z miesięcznej produkcji, porównując je z poprzednim miesiącem. Zagłębił się znów w świat cyfr i wykresów, tak, że zapomniał o całym świecie. Kawa, którą przyniósł mu robot, zdążyła już dawno wystygnąć, a on nawet jej nie tknął.

– Przypominam, że ona już czeka.

Armin potarł oczy, zastanawiając się, dlaczego robot mówi mu to już trzeci raz.

– Ktoś na linii? – zapytał.

– Ona, numer 888330138 – wyrecytował robot.

Armin zmarszczył brwi.

– Kto?

– Numer 888330138 – powtórzył robot.

Armin oparł się w fotelu.

– Gdzie czeka?

– W sekretariacie twojego gabinetu. Od pół godziny – oznajmił robot.

Armin wstał od biurka i poszedł w tamtym kierunku. Otworzył drzwi i zobaczył siedzącą w korytarzu młodą kobietę. Ona na jego widok zerwała się z miejsca.

– Dzień dobry – powiedziała, lekko zmieszana. – Już jestem.

Armin przypatrzył się jej, zastanawiając się, co robi ta kobieta w jego sekretariacie, ale gdy spojrzał jej w oczy, szybko sobie przypomniał.

– Ach, no tak – stwierdził, uśmiechając się. – Witaj. Wybacz, że musiałaś tyle czekać.

– Nic nie szkodzi – odparła. – Mogłam się rozejrzeć.

– Robot zdążył cię już oprowadzić?

– Tak, pokazał mi sekretariat, kuchnię… Cały ten poziom – odparła.

Mówiła spokojnie, ale pewnie. Głos tylko nieco jej drżał i często przełykała ślinę, domyślał się, że ze zdenerwowania.

– I jak ci się podoba? – spytał, przyglądając jej się.

Ubrana była nienagannie. Miała na sobie prostą spódnicę do kolan i bluzkę, dość elegancką, ale nie wyzywającą. Krótkie włosy sięgające brody zaczesywała nerwowo za jedno ucho. Nie wiedział, czy miała makijaż, bo jej twarz wyglądała naturalnie i świeżo, bez tych wszystkich ulepszeń, którymi kobiety pokrywały swoje oblicza sądząc, że dzięki temu będą piękniejsze.

– Na razie trudno mi się jeszcze odnaleźć w tym wszystkim – powiedziała. – Ale dam sobie radę.

– Pewnie, wyglądasz na bystrą – stwierdził. – Chodź, pokażę ci mój gabinet.

Poszła za nim bez słowa, a on wprowadził ją do swojej siedziby. Obserwował ją, chcąc sprawdzić, jakie robi to na niej wrażenie. Ona patrzyła na ściany, na ekrany, na biurko i na hologramy unoszące się w powietrzu nad nim. Podeszła do wielkiego okna i spojrzała przez nie.

– Widok zapiera dech, co? – zagadnął, podchodząc do niej.

– Taak… tylko… – mruknęła.

Ostrożnie wycofała się na środek gabinetu.

– Tylko co? – zapytał.

– Mam lęk wysokości – bąknęła.

– O… – zdziwił się. – To ciekawe. Nie spotkałem jeszcze kogoś, kto bałby się wysokości.

Zobaczył, że ona lekko zbladła.

– Boisz się, że będziesz musiała myć te okna? – zapytał.

Pokiwała głową.

– Nie przejmuj się, tym zajmują się roboty.

Zobaczył, że ona kładzie sobie rękę na sercu i oddycha trochę głębiej.

– To dobrze…

Uśmiechnął się, widząc jej autentyczne przerażenie.

– Nie będziesz tu często zaglądać, tylko wtedy kiedy cię wezwę, a i to pewnie będzie się zdarzało sporadycznie, gdyż zwykle bywam wszędzie – powiedział. – Twoim zadaniem będzie głównie organizowanie mojego tygodniowego kalendarza spotkań i rozmów hologramowych z klientami, interesantami i wszystkimi tymi grubymi rybami, które będą chciały się do mnie dobrać.

Pokiwała głową.

– Będziesz musiała nauczyć się pewne spotkania traktować priorytetowo, a pewne odkładać, w zależności od tego, kto będzie chciał się ze mną skontaktować.

– Skąd będę wiedziała, które odkładać, a które nie? – zapytała.

– Po statusie klienta – odparł. – Statusy od B w górę zawsze traktuj priorytetowo. C może poczekać, ale nie dłużej niż jeden dzień. D zostawiaj na sam koniec. Reszta się nie liczy.

Nie powiedziała nic, tylko spuściła oczy.

– Gdyby to byli Wielcy Rządzący, albo królowa Elena, łącz natychmiast, oni nie mogą czekać – powiedział.

Kobieta zaraz podniosła głowę.

– Królowa…? – zdumiała się. – *Ta* królowa Elena?

– O ile mi wiadomo, królowa Elena jest tylko jedna – zauważył. – Chociaż już raz próbowano ją skopiować – dodał żartobliwie.

Ona uśmiechnęła się minimalnie, kącikiem ust.

– Na początek obserwuj to, co robi robot i ucz się od niego – ciągnął dalej. – Jego zazwyczaj mam cały czas przy sobie, jest moim drugim mózgiem, ale czasem muszę go gdzieś wysłać, żeby coś dla mnie zrobił, dlatego dobrze, żebym miał jeszcze drugą osobę do pomocy, która przypomni mi o tym wszystkim o czym zdążę zapomnieć w drodze do gabinetu, rozumiesz?

– Tak – odparła. – Ale nie mogę panu zagwarantować, że będę pańskim drugim mózgiem…

Powiedziała to tak lekko i szczerze, bez cienia złośliwości, że parsknął śmiechem.

– Nie musisz – odparł. – Jeden mózg mi w zupełności wystarczy, ale dziękuję za dobre chęci.

Ona uśmiechnęła się nieco szerzej. Armin przypatrzył się jej.

– Przypomnij mi, jak masz na imię?

– Mari.

– Mari, może na początek wymyślę ci coś łatwego, na przykład dajmy na to…

Rozejrzał się i jego wzrok padł na biurko i kubek z zimną kawą.

– O, właśnie, zrób mi kawę – powiedział. – A tego czegoś możesz się pozbyć.

Ona wzięła kubek i spojrzała na niego pytająco.

– Jaką kawę pan lubi? – zapytała.

– Jaką…? – zdziwił się. – No tak, robot nigdy mnie o to nie pytał – stwierdził. – Powiem szczerze, że nie wiem, bo zawsze piłem to, co mi podawano. A jaką ty lubisz?

– Ja lubię z dużą ilością prawdziwego mleka – odparła. – Ale rzadko ją piję, bo rzadko mogę zdobyć prawdziwe mleko.

– Na szczęście u mnie jest tego pod dostatkiem – powiedział. – W takim razie zrób mi taką, jaką ty lubisz.

Ona zawahała się.

– A jeśli panu nie posmakuje? – spytała.

– Mogę ci zagwarantować, że z tego powodu cię nie zwolnię – powiedział lekko. – Poza tym na pewno będzie to lepsze niż to, co robi ten robot – skwitował. – On się w ogóle do tego nie nadaje.

Skinęła mu głową i bez słowa wyszła z gabinetu. Armin wrócił do biurka i przyjrzał się hologramom, analizując znów tabele wyników. Po chwili na jego komunikatorze rozległo się powiadomienie. Wyświetlił hologram z dłoni i zobaczył przed sobą twarz swojego dostawcy.

– Panie, dziś przyszła dostawa orionu – oznajmił.

– Doskonale, sprawdziliście towar?

– Jest dwieście ton, zapieczętowane w kontenerach, tak jak było w umowie – odparł.

– Zwieźcie to do magazynów i zacznijcie wyładunek, będziemy ruszać z produkcją lada dzień, czekam tylko na pojawienie się ludzi od Rajmunda do montażu – poinformował.

– Tak jest, panie – powiedział dostawca i obraz zniknął.

Armin oparł się w fotelu i odetchnął. Królowa jeszcze ani razu go nie zawiodła, więc on też nie chciał jej rozczarować.

– Alexandra, połącz mnie z Eleną – zawołał do komunikatora w dłoni.

Zrobiłam panu kawę...

Do gabinetu wjechał robot, a z jego korpusu błysnęło światło.

– Sygnał został wysłany, czekam na połączenie – oznajmił robot.

– To może chwilę potrwać – mruknął.

Naraz usłyszał ciche pukanie do drzwi. Podniósł wzrok.

– Tak?

W progu stanęła Mari, trzymając na spodeczku filiżankę z kawą.

– Zrobiłam panu kawę, czy mogę wejść? – spytała grzecznie.

– Oczywiście, proszę – odparł.

Ona podeszła do niego, ostrożnie trzymając filiżankę. Ręka lekko jej zadrżała, kiedy kładła ją na biurku. On razu poczuł aromatyczny zapach.

– Pachnie rewelacyjnie – powiedział. – Jestem pewien, że smakuje tak samo.

Ona uśmiechnęła się skromnie. Spróbował łyk.

– I nie myliłem się – stwierdził. – Alexandra, od dzisiaj tylko Mari robi dla mnie kawę, zakoduj to sobie – powiedział.

– Oczywiście – stwierdził beznamiętnie robot. – Mam połączenie od królowej, czy włączyć hologram?

– Tak, dawaj ją – powiedział Armin, odstawiając filiżankę na spodek.

Hologram rozbłysnął i pojawiła się przed nim królowa. Siedziała w sali reprezentacyjnej, a obok niej stał król, jedną dłonią opierając się o zagłówek jej tronu.

– Och…! – wydusiła z siebie Mari na widok królowej i natychmiast cofnęła się przerażona, uciekając przed wzrokiem kamery.

– Witaj, pani – przywitał się Armin. – Mam nadzieję, że cię nie niepokoję – zaczął kurtuazyjnie.

– Nie – odparła królowa. – Czy jest jakiś problem z dostawą? – spytała od razu przechodząc do rzeczy.

– Nie, szanowna pani, kontaktuję się z tobą, aby przekazać ci jedynie moje najszczersze podziękowania za tak sprawną dostawę – powiedział. – Dziś właśnie otrzymaliśmy orion.

– Miło mi to słyszeć – odparła królowa.

Skłonił się przed nią.

– Pani, jesteś moim najlepszym klientem.

Ona skinęła mu głową.

– Będziemy obecnie pracować nad nowym robotem bojowym, wykorzystując do tego między innymi twój orion, pani – powiedział. – Chętnie prześlę ci hologram z danymi, jeśli byłabyś zainteresowana taką maszyną. To na razie prototyp, produkcję zaczniemy dopiero w ciągu najbliższych tygodni, ale już teraz mam gotowy model.

Królowa uniosła brwi.

– Prześlij mi hologram, zerknę na niego w wolnej chwili – powiedziała.

Armin dotknął w powietrzu hologramu i przesłał go królowej.

– Proszę bardzo – powiedział.

– Dziękuję

– A zatem do zobaczenia, pani, nie chcę ci już niepotrzebnie zajmować czasu – powiedział, ponownie się kłaniając.

– Do zobaczenia – odparła.

Hologram zgasł. Armin wypuścił powietrze.

– To naprawdę była królowa… – usłyszał cichy szept.

Obejrzał się. Mari stała pod ścianą i patrzyła zdumiona w miejsce, gdzie jeszcze przed chwilą był hologram królowej.

– Jak najbardziej – stwierdził. – Przyzwyczajaj się, ona jest moim stałym klientem.

Zobaczył, jak na jej policzki wbiega rumieniec.

– To ja może coś posprzątam – stwierdziła słabym głosem, wychodząc.

***

Dzień upłynął mu na intensywnym załatwianiu formalności w związku z nowym modelem robota. Orion został rozładowany i robotnicy mogli go już sortować. Po południu przyjechali ludzie od Rajmunda, dwóch pracowników technicznych. Zjechał do nich na produkcję, a oni pokazywali jemu i jego załodze kierowników, jak trzeba będzie montować maszynerię Wojownika, robota bojowego.

– Jest bardziej skomplikowany, niż robot komercyjny, ale to kwestia wprawy – powiedział jeden z pracowników, pokazując na rozłożonych mini częściach modelu próbnego.

Armin przyglądał się jak składali sprawnie plastikowe części.

– Orion nie jest taki giętki – zauważył. – A jeśli ten moduł nie będzie chciał przylegać do korpusu, to co wtedy?

– Kwestia temperatury – powiedział drugi pracownik. – Trzeba go podgrzać przynajmniej do sześćdziesięciu stopni, a zacznie współpracować.

– Moi pracownicy poparzą sobie ręce – powiedział Armin.

– Muszą używać rękawic ochronnych – powiedział pracownik.

– W rękawicach nie zmontują tych drobnych części – zauważył. – Jak to pogodzić? – spytał.

– Panie, mamy na stanie w fabryce wkrętaki elektroniczne, one powinny nadawać się do tego idealnie – wtrącił Zig, jeden z jego kierowników produkcji, obserwując jak dwóch pracowników montuje prowizoryczny model próbny. – Można je trzymać przez rękawice.

– Ile tego mamy? – zapytał go Armin.

– Jakieś dwadzieścia sztuk.

Armin potarł brodę.

– Trzeba zamówić więcej. Będę potrzebował więcej ludzi – stwierdził.

Nacisnął przycisk na swojej dłoni.

– Alexandra, zamów mi… Albo nie, czekaj, przekaż Mari, aby zamówiła mi sto sztuk wkrętaków elektronicznych od Raguela.

– *Oczywiście* – rozległ się mechaniczny głos robota z jego identyfikatora.

Zamknął komunikator.

– Tyle powinno starczyć – mruknął.

Pracownicy skończyli składać model i stanął przed nimi niewielkich rozmiarów robot. Armin i jego kierownicy obejrzeli go ze wszystkich stron.

– Oczywiście prawdziwy robot jest o wiele większy, ale konstrukcja jest ta sama – powiedział jeden z pracowników.

Armin uniósł go w dłoniach i popatrzył z bliska.

– Dobra robota – powiedział. – Jest dokładnie taki, jak go zaprojektowałem. Kiedy możecie zacząć szkolenie moich ludzi?

– Choćby i jutro – odparł jeden z pracowników.

– Zig, zbierz swoich podwładnych, weź paru tych nowych i przeprowadźcie jutro szkolenia dla całej produkcji – zarządził.

– Tak jest, panie – odparł Zig.

– Alfred, jak idzie rozkruszanie orionu? – spytał drugiego kierownika linii.

– Na razie dobrze, bez opóźnień, część przekazaliśmy analitykom, nasi ludzie zaczną obróbkę pod koniec tygodnia.

– Czyli moglibyśmy rozpocząć montaż od przyszłego tygodnia – powiedział.

– O ile nic nie wyskoczy, to tak – odparł Alfred.

– A wy? – zwrócił się do pracowników Rajmunda. – Jak długo możecie zostać w Języku?

– Jeszcze dwa dni, potem musimy wracać do Rajmunda, ma masę pracy u siebie – odparł jeden z nich.

– Oczywiście. Dziękuję, że fatygowaliście się aż taki kawał drogi z Nerek – powiedział. – Mój robot przygotował wam apartament na sto piętnastym piętrze, czujcie się jak u siebie.

Oni skłonili mu się z szacunkiem.

– Dziękujemy, panie – odpowiedzieli. – Cała przyjemność po naszej stronie.

Armin pożegnał się ze wszystkimi i ruszył windą do swojego biura. Sprawdził licznik produkcji. Wszystko w normie. Wysiadł przy sekretariacie i zaczął iść do swojego gabinetu, rozmasowując kark. To był kolejny męczący, ale satysfakcjonujący dzień.

– Panie… – odezwał się delikatny głos.

Armin podniósł wzrok i zobaczył Mari siedzącą przy wysepce sekretariatu w otoczeniu ekranów i papierów. Zatrzymał się.

– Tak?

Ona podniosła się powoli z krzesła. Wyglądała na przestraszoną.

– Co się stało? – zapytał. – Czy zamówiłaś te rzeczy, o które prosiłem?

– Tak, to nie to, to znaczy…

Oblizała usta i wzięła głęboki oddech.

– W twoim gabinecie czeka dwóch Wielkich Rządzących – powiedziała przyciszonym głosem.

Armin spojrzał zdumiony na drzwi.

– Ile już tam czekają?

– Jakieś pięć minut.

– Dlaczego mnie o tym nie poinformowałaś?

– P-próbowałam, ale pański identyfikator nie odpowiadał, a robot gdzieś poszedł i nie mogłam go przywołać – powiedziała łamiącym się głosem. – Przeprosiłam ich i zrobiłam im kawę. Powiedzieli, że chętnie poczekają, bo im się nie spieszy.

– Im zawsze się spieszy… – mruknął, pocierając brodę. – No dobrze, sprawdźmy, czego tym razem chcą.

Otworzył drzwi gabinetu.

– Szanowni państwo, co was do mnie sprowadza tak nagle? – zapytał od progu.

Dwóch eleganckich mężczyzn siedzących na wprost jego biurka, równocześnie uniosło głowy.

– Witaj, Armin – powiedział Oscar. – Czekaliśmy na ciebie.

– Wiem, wiem, przybyłem najszybciej jak tylko mogłem – powiedział, kłaniając się im.

– Jak zwykle zabiegany – stwierdził Jordan.

– Jak zwykle – zgodził się Armin.

Oni wstali i wymienili z nim ukłony.

– Siadajcie, proszę, chcecie się czegoś napić? – zapytał.

– Już mamy – odparł Jordan, pokazując na filiżankę z kawą.

Armin zasiadł z biurkiem.

– A zatem, w czym mogę wam pomóc? – zagadnął.

– Nowy robot – powiedział Oscar, odstawiając swoją filiżankę. – Chcielibyśmy go obejrzeć.

– Oczywiście, jak tylko rozpocznę produkcję, od razu wyślę wam pierwsze egzemplarze – powiedział. – Na razie jesteśmy w fazie przygotowań.

– Kiedy rozpoczniesz produkcję? – spytał Oscar.

– W przyszłym tygodniu – odparł. – Ale… chyba nie przybyliście tu tylko po to, aby mi o tym powiedzieć?

– Nie, Armin – odezwał się Jordan. – Jak zapewne już wiesz, szykujemy się do ofensywy na Oczy Królowej. I będziemy do tego potrzebować twoich robotów.

Armin uśmiechnął się przebiegle.

„A więc jednak to Wielcy Rządzący pierwsi się pokusili o mój nowy model…" – pomyślał.

– Moje roboty są do waszej dyspozycji – oświadczył. – O ile mi za nie zapłacicie – dodał.

– Wyciągnij rękę – nakazał Oscar.

Armin podał mu prawą dłoń, tę z identyfikatorem, a Oscar przekazał mu punkty. Armin spojrzał na swoją rękę, a potem spojrzał drugi raz i trzeci... Zaczął liczyć zera. Poczuł, że robi mu się gorąco.

– Sto milionów... – stwierdził. – Albo mi się wydaje.

– Dobrze ci się wydaje – powiedział Oscar.

– Nie za dużo? – podchwycił zaraz, szukając w tym podstępu.

– To za zaległy towar, plus zaliczka na poczet nowej serii – powiedział Oscar. – Myślę, że z taką opłatą nie będziemy mieć żadnych problemów przy ewentualnym wcześniejszym uzgodnieniu co do pewnych szczegółów, którymi chcielibyśmy zmodyfikować nasze roboty...

Armin podniósł na niego wzrok.

– Jakie szczegóły? – zapytał.

Oscar machnął ręką.

– Drobnostka, to tylko parę udogodnień, które nam się przydadzą.

– Szanowni panowie, jeśli chcielibyście wcześniej coś zmienić w robotach, powiedzcie mi o tym teraz, zanim zacznę produkcję, wówczas będę mógł dopracować modele do waszych potrzeb – powiedział.

Zobaczył, że Oscar i Jordan wymicniają między sobą spojrzenia.

– Powiedzmy, że na razie chcielibyśmy utrzymać to w tajemnicy – powiedział Oscar.

– Poinformuj nas kiedy dokładnie zaczniesz produkcję robotów, a wówczas wyślemy do ciebie naszego człowieka, który przekaże ci instrukcje, jak je zmodyfikować – dodał Jordan.

– Z całym szacunkiem, ale nie lepiej zrobić to wcześniej, zanim ustawię oprogramowanie, przeszkolę ludzi i zakupię sprzęt do maszyn? – spytał Armin.

– Nie – uciął Jordan.

Armin już otwierał usta, żeby zaprotestować, ale powstrzymał się.

– Oczywiście – powiedział spolegliwie.

– Chcemy na wstępie tysiąc sztuk – powiedział Oscar. – Mają być produkowane na osobnej linii i obsługiwane tylko i wyłącznie przez naszych pracowników, których ci przyślemy.

– Waszych…? – zdziwił się. – Ale jak wy to sobie wyobrażacie? Przecież ja mam już ludzi do pracy, którzy świetnie się na tym znają. Właśnie zatrudniłem kolejny sektor do…

– To będą nasi, albo żadni – syknął Oscar. – Rozumiesz?

Ton, jakim to powiedział, zmroził go.

– Rozumiem – powiedział, nie dając po sobie poznać, że jakkolwiek go to poruszyło. – Ilu ich będzie?

– Kilkudziesięciu, mają dostać osobne kwatery, tylko dla nich – dodał Jordan.

Armin zgodził się, milcząco potakując głową.

– Gdy produkcja zostanie zakończona, otrzymasz drugie tyle – powiedział Oscar, pokazując na jego identyfikator.

– Jesteście zbyt hojni… – zaczął.

– Uważaj na słowa, bo jeszcze zmienię zdanie – podchwycił zaraz Oscar, uśmiechając się wstrętnie.

Armin zmilczał tę uwagę.

– Liczymy na ciebie, Armin, więc nie zawiedź nas – powiedział Jordan.

– Postaram się – odparł.

– To postaraj się dobrze – powiedział twardo Jordan.

– A właśnie, niedługo mają odbyć się międzymiastowe targi robotów. Słyszałem, że wybierasz się na nie? – powiedział Oscar, zmieniając temat.

– Oczywiście.

– I zapewne zaprezentujesz na nich swoje najnowsze dziecko.

– Jak najbardziej.

– Mamy pewną uwagę – powiedział, nachylając się do niego przez biurko. – Model zmodyfikowany przez nas, ma zostać tu i pozostać w ukryciu, rozumiesz?

– Tak…

– I nikomu masz go nie pokazywać, nikomu, jasne? – dodał z naciskiem.

– Oczywiście, nikomu – odparł zgodnie.

– Radzę ci wziąć sobie tę uwagę do serca – powiedział Oscar. – Od tego zależy przyszłość twojej firmy. I twoja.

Armin milczał.

– Myślisz, że jesteś niezniszczalny, panie od robotów? – powiedział Oscar. – Pamiętaj, że to my tu rządzimy i jedno pstryknięcie naszych palców i nie ma cię, rozumiesz? Nie ma cię i nigdy cię nie było.

Armin nic na to nie powiedział. Oscar wstał, a za nim podniósł się ciężko Jordan. Mężczyzna ważył chyba ponad sto kilo, a i wzrost miał także słuszny.

– To wszystko, co mamy ci do powiedzenia – powiedział Oscar. – Czy to jest dla ciebie zrozumiałe?

Armin wstał.

– Jak najbardziej – odparł.

– A zatem będziemy w kontakcie – mruknął Oscar. – Chwała Kronosowi – dodał na pożegnanie.

– Jemu chwała – odparł Armin.

Wielcy Rządzący wyszli z jego gabinetu, a on długo jeszcze tak stał, wpatrując się w drzwi za którymi zniknęli. W końcu usiadł i odetchnął ciężko. To nie pierwszy raz, kiedy Wielcy Rządzący mu grozili, parę razy miał z nimi już na pieńku, ale pierwszy raz poczuł, że mogą posunąć się do czegoś potwornego, aby osiągnąć swój cel. Znał historie z ich udziałem, wiedział, do czego byli zdolni. Do tej pory rozpieszczali go, był ich ulubionym wynalazcą, który robił dla nich drogie zabawki, ale dziś poczuł na plecach ciarki.

Ukrył twarz w dłoniach i długo nad tym wszystkim rozmyślał. Wtem usłyszał ciche pukanie. Powoli odjął ręce od twarzy.

– Proszę.

W drzwiach stanęła Mari.

– Przepraszam, jeśli przeszkadzam... – zaczęła niepewnie.

– Nie przeszkadzasz.

– Pański mechanik Marcel kazał przekazać, że przyszły części do produkcji głowic – powiedziała jednym tchem. – Nie dawałam go na linię, bo wtedy byli tu... oni – dodała ciszej.

– Dobrze zrobiłaś – powiedział.

Potarł oczy dłonią. Ona nadal stała w progu.

– Czy to wszystko? – zapytał.

– Tak… To będę już iść – powiedziała.
– Dokąd? – zdziwił się.
– No… do siebie – odparła. – Już minęło osiem godzin.

Armin spojrzał na swój identyfikator.

– Ach, rzeczywiście, jak ten czas leci – stwierdził beznamiętnie.

W tyle głowy wciąż miał rozmowę z Wielkimi Rządzącymi i nie bardzo potrafił się skupić na czymś innym.

– To do widzenia – powiedziała Mari, odwracając się.
– Do wi… Zaraz, jak ci się pracowało w pierwszym dniu? – zapytał, zanim zniknęła.

Ona zatrzymała się.

– Chyba… dobrze – odparła. – Widziałam królową chrześcijan, zrobiłam kawę Wielkim Rządzącym… Myślę, że po czymś takim mogę sobie pogratulować, że nie zemdlałam z wrażenia, ani nie uciekłam z krzykiem – stwierdziła słabym głosem, w którym nadal pobrzmiewały te wszystkie emocje z dzisiejszego dnia.

Armin spojrzał na nią z uśmiechem. Czasem zapominał, że dla tak zwanych zwykłych obywateli, spotkanie z Wielkimi Rządzącymi może być nie lada przeżyciem.

– Dobrze się spisałaś – powiedział.
– Dziękuję – odparła.
– To do zobaczenia jutro.
– Do widzenia – powiedziała i wyszła.

Armin oparł się o fotel i zamknął oczy. Jego twarz spoważniała. Siedział tak godzinę, chyba nawet na moment przysnął, bo gdy cię ocknął było już ciemno. Niepokój, jaki pojawił się w jego sercu po rozmowie z Wielkimi Rządzącymi, nie opuścił go. Wstał z fotela i postanowił popływać, to zawsze go relaksowało.

W swoim ekskluzywnym wieżowcu miał także basen do swojej dyspozycji. Korzystał z niego właśnie w dniach takich jak ten, kiedy zwalało się na niego tysiąc spraw plus ta jedna, która przygniatała go do ziemi tak, że czuł się jak sprasowany kawał metalu.

Basen posiadał jedną część oszkloną i wysuniętą nieco z budynku, przez którą widział całe miasto pod sobą. Płynąc, miało się

W swoim ekskluzywnym wieżowcu miał także basen...

wrażenie, że człowiek unosi się w powietrzu i zaraz zleci prosto w przepaść.

Rozebrał się i wszedł do chłodnej wody, zanurzając się cały. Zanurkował aż na dno, spoglądając w dół na roziskrzone ulice i świecące reklamy na publicznych ekranach. Autoloty przelatywały z zawrotną szybkością nad nim i pod nim. Po chwili wynurzył się i zaczął pływać intensywnie od jednego krańca basenu do drugiego, tak długo, aż poczuł zmęczenie i rozbolały go wszystkie mięśnie. Wyszedł po dwóch godzinach ociężałym krokiem i zawinąwszy się w ręcznik, przeszedł do swojej sypialni. Usiadł na łóżku i popatrzył na swój identyfikator. Policzył jeszcze raz zera, ale wszystko się zgadzało. Dostał sto milionów punktów. Nigdy w życiu nie otrzymał jeszcze takiej zapłaty, nie przypominał sobie też, aby któryś z jego znajomych przeprowadził taką transakcję.

  Położył się na wznak i odetchnął głęboko. Nie wiedział już sam, co bardziej go przytłaczało, czy te groźby Wielkich Rządzących, czy to, że mogli kupić sobie wszystko i wszystkich. W tym jego.

ROZDZIAŁ III

– Nie obchodzi mnie, że macie tam zamieszki, produkcja przecież nadal powinna działać, to teren neutralny – oznajmił twardo przez komunikator.

Dostawca z Nerek zaczął coś bełkotać niewyraźnie.

– Co? Nie zrozumiałem – powiedział Armin.

– Postaramy się wysłać jak najszybciej… – burknął.

– Postaracie się – skwitował Armin. – To postarajcie się, żeby to było za dwa dni o tej porze na moim biurku, zrozumiano?

Dostawca mruknął coś pod nosem.

– Inaczej rezygnuję z towaru – zagroził.

Dostawca znów coś odburknął, ale Armin już go nie słuchał. Zniesmaczony, wyłączył hologram. Potarł czoło. Wtem rozległo się ciche pukanie.

– Proszę – mruknął.

W drzwiach stanęła Mari.

– Przyniosłam kawę, jak pan prosił – powiedziała, niepewnie zerkając do środka.

– Wejdź – powiedział sprawdzając coś na hologramie. – Przez tę bandę znowu będę miał opóźnienia, ech…

Westchnął i policzył coś na hologramowej tabeli.

– W dodatku każą sobie płacić jak za złoto – powiedział. – Myślą, że jak mają monopol na jedną część, to mogą ustawiać wszystkich pod ścianą…

Mari bez słowa podeszła do niego i postawiła filiżankę na jego biurku. Dopiero po chwili zorientował się, że przyniosła kawę, kiedy poczuł jej aromatyczny zapach.

– Och, dziękuję ci – powiedział sięgając po filiżankę. – Widzisz, od samego rana jakieś problemy. I bądź tu człowieku spokojny. Jak mam być spokojny, kiedy bez przerwy są jakieś rozróby? Czy ci chrześcijanie nie mogliby się wreszcie określić, czy chcą mieszkać w Nerkach, czy jednak chcąc stamtąd odejść… Jak chcą zostać, to niech się wreszcie dostosują do przepisów, a jak nie chcą, niech idą do swojej królowej, przecież tak nie można prowadzić interesów, kiedy cały czas coś staje. Produkcja staje, bo ludzie znowu wyszli na ulice. No i co mnie to obchodzi? To nie moja wina, że wasze bydło wyszło na ulice. Wasze miasto, to wasza sprawa, ja chcę mieć swój towar na czas.

Spojrzał na Mari. Ona stała obok i nic nie mówiła. Wyglądała na poważną i spiętą.

– Niech już wreszcie Wielcy Rządzący zrobią z nimi porządek. Przynajmniej miasto się oczyści i wszystko wróci do normy, co nie?

Uśmiechnął się lekko. Ona nie odpowiedziała. Widział, że stała bardzo poważna. Uśmiech nieco mu zbladł.

– Mari? – zapytał.

– Pracownicy Rajmunda wysłali wiadomość – powiedziała sucho. – Podziękowali za gościnę i przekazali, że są już w Nerkach.

Armin upił łyk kawy i odstawił filiżankę.

– Ma pan też pozdrowienia od pana Rajmunda – dodała.

Pokiwał głową.

– To wszystko? – spytał.

Ona spojrzała na coś, co trzymała w dłoni. Zobaczył, że to był płaski ekran.

– Jeszcze to… – dodała, podając mu ekran.

Wziął od niej ekran i dotknął go. Natychmiast wyświetlił się z niego hologram. Zobaczył mężczyznę ubranego na czarno. Drgnął. Wiedział, kto to był.

– Generał Gunter… – powiedział, witając się z nim.

– Pan Armin – odparł generał. – Kontaktuję się z panem w imieniu królowej chrześcijan – oznajmił.

Armin wyprostował się w fotelu. Zobaczył kątem oka, że Mari wycofuje się pod ścianę.

– Słucham, w czym mogę panu pomóc? – zapytał.

– Moja pani zapoznała się z twoją najnowszą ofertą i chciałaby zakupić tysiąc sztuk robota bojowego, Wojownika – powiedział.

– Niezmiernie miło mi to słyszeć – odparł Armin. – Robienie z waszą królową interesów, to dla mnie czysta przyjemność.

– Kiedy możemy spodziewać się dostawy? – zapytał generał.

– Produkcja ruszy pojutrze, po święcie Kronosa – powiedział. – Mamy wtedy dzień wolny, pan rozumie…

– Wiem, co to święto Kronosa – odparł chłodno generał. – Ile czasu będzie trwało wyprodukowanie takiej ilości robotów?

– Standardowo trwa to dwa miesiące, ale myślę, że w przypadku tak wyjątkowego klienta postaramy się zrobić to szybciej – powiedział. – Chyba, że szanowna pani życzy sobie najpierw otrzymać połowę towaru, wówczas możemy wysłać jej część wcześniej.

– Nie trzeba – odparł generał Gunter. – Moja pani jest skłonna poczekać. Nie spieszy jej się aż tak bardzo. Woli mieć od razu całość.

– Oczywiście, czy kwestia zapłaty…?

– W kwestii zapłaty moja pani przekazała mi, abym ci powiedział, że dostaniesz dwa razy tyle co ostatnio – przerwał mu generał. – A ponieważ ceni sobie twoje produkty, zaokrągli sumę do pięciuset ton. Czy to jest dla pana satysfakcjonujące rozwiązanie?

Armin uśmiechnął się lekko, ale trzymał emocje na wodzy, nie chcąc pokazać po sobie za wiele.

– Bardzo satysfakcjonujące – odparł dyplomatycznie. – Przekaż swojej pani, że jestem wdzięczny za jej hojność i solidność.

– Przekażę – odparł generał i hologram zniknął

Armin odłożył ekran na biurko. Uśmiechnął się do siebie i pokręcił głową.

– Nie wierzę… – mruknął.

Usłyszał jak Mari pochodzi cicho do niego i bierze ekran.

– Nie wierzę w to – powtórzył, spoglądając na nią.

– W co takiego? – spytała.

– Właśnie zaopatrzyłem na wojnę obie strony, i Wielkich Rządzących, i królową – powiedział rozbawiony. – Ciekaw jestem, kto teraz wygra, ha! Chcesz obstawiać?

Zaśmiał się krótko. Mari zbladła gwałtownie. Zobaczył, że zaciska kurczowo dłonie na ekranie. Wyglądała na przerażoną. Armin uniósł brwi.

– Co ci jest? – spytał.

– N-nic… – odparła.

Odwróciła się szybko i ruszyła do drzwi. Armin obejrzał się za nią.

– Mari, zaczekaj.

Zatrzymała się przy wyjściu z dłonią na klamce.

– Pokaż mi jeszcze raz ten ekran.

Zobaczył, że przygryza wargę i niechętnie wraca do niego. Wziął od niej ekran i spojrzał na niego bez zainteresowania. To nie o ekran mu chodziło.

– Coś cię gryzie? – spytał, obserwując ją.

– Nie, panie – odparła.

– To co się z tobą dzieje?

– Nic się nie dzieje.

Odłożył ekran.

– Jutro jest święto – oznajmił.

– Wiem, panie.

– Wszyscy będą mieli wolne, ty też – powiedział.

– Tak.

– A potem ruszymy ostro z produkcją – dodał.

Ona nic na to nie odpowiedziała.

– Ale jutro odpoczywamy.

Mari nic nie mówiła. Armin zabębnił palcami o biurko.

– Pracujesz tu już od tygodnia, prawda?

– Od sześciu dni – uściśliła.

– No tak – stwierdził – I jak się w tym odnajdujesz? – zapytał.

– Dobrze…

On przyjrzał jej się.

– Dobrze, ale…? – podchwycił.

– Po prostu dobrze, bez *ale*.

Przekrzywił głowę.

– Mari, mam wrażenie, że nie mówisz mi wszystkiego – stwierdził.

Zobaczył, że zarumieniła się gwałtownie. Pewnych emocji nie była w stanie ukryć, mimo, że twarz zachowywała spokojną.

– Jeśli masz jakieś zastrzeżenia co do charakteru twojej pracy, liczby obowiązków albo wysokości pensji, lub czegokolwiek, to po prostu mi to powiedz – oznajmił. – Uwierz mi, nie sprawia mi przyjemności praca z kimś, kto robi to, czego nie lubi.

Zobaczył, że Mari zagryza wargi.

– A może to chodzi o mnie? – zapytał, uśmiechając się z rozbawieniem. – Nie lubisz mnie? Przyznaję, nie jestem zbyt milutki, czasem może zbyt szorstki i bezpośredni, ale chyba nie jestem tyranem, którego trzeba się bać, co?

Mówił żartobliwie, ale ona nadal była poważna. To zbiło go z tropu.

– Mari…?

– Mam do pana takie jedno pytanie – zaczęła ostrożnie.

– Zamieniam się w słuch – odparł, zadowolony, że wreszcie coś mu komunikuje.

– Czy myśli pan, że to właściwe, aby z jednej strony wspierać Wielkich Rządzących, a z drugiej królową chrześcijan?

Zaskoczyła go tym pytaniem. Oparł się w fotelu i przyglądał jej się dłuższą chwilą.

– To zależy co rozumiemy pod pojęciem właściwie – odparł. – Właściwe dla mnie, czy właściwe dla nich?

– Właściwe… ogólnie – odparła.

– Nie ma czegoś takiego jak właściwe ogólnie, jest tylko mój punkt widzenia, albo ich – powiedział. – A z mojego punktu widzenia jest to działanie jak najbardziej właściwe, bo przynosi mi kolosalne zyski. Nie będąc zwolennikiem nikogo, czerpię profity ze wspierania obu stron.

– A jeśli oni się o tym dowiedzą? – spytała.

– O czym? O tym, że gram na dwa fronty?

Pokiwała głową.

– Ależ Mari, przecież oni doskonale zdają sobie z tego sprawę – powiedział rozbawiony. – Myślisz, że królowa jest tak naiwna aby wierzyć, że nie ubijam interesów z Wielkimi Rządzącymi?

Mari nie odpowiedziała, tylko twarz jej stężała.

– A Wielcy Rządzący i tak o wszystkim wiedzą – dodał. – Poza tym ja nie ukrywam się z tym, z kim handluję. Wszyscy tak robią. To jest najlepsze wyjście, nie być po żadnej ze stron, być bezstronnym. Wtedy najwięcej można na tym ugrać.

– Więc… dla pana liczy się tylko zysk? – spytała.

– Oczywiście, a niby co? – zapytał. – Myślisz, że dzięki czemu zbudowałem takie imperium jakim jest ArminRobot? Właśnie dzięki bezstronności, dzięki temu, że nie mieszałem się w konflikty pomiędzy Wielkimi Rządzącymi, a chrześcijanami.

Ona milczała. Popatrzył na nią. Był przyzwyczajony do tego, że osoby z którymi pracuje od razu mówią mu wszystko to, co myślą, wykładają mu na tacy swoje żądania, zażalenia, skargi i pochwały. A ona milczała.

– Mari?

– A jeśli pewnego dnia okaże się, że będzie się pan musiał opowiedzieć po którejś ze stron? – spytała naraz.

Uśmiechnął się.

– Taka chwila nigdy nie nadejdzie – odparł.

– Ale jeśli kiedyś nadejdzie – ciągnęła dalej. – To wówczas po której stronie pan się opowie?

– To chyba jasne – odparł. – Po tej, która będzie mi więcej oferować.

Zobaczył zmianę na jej twarzy.

– No tak – stwierdziła chłodno.

– Mari, co…?

– Teraz pana przeproszę, muszę wrócić do swoich obowiązków – powiedziała, zabierając ekran z jego biurka. – Muszę jeszcze dokończyć zamówienie na dodatkowy taśmociąg, ten, o który pan prosił.

– Tak… – stwierdził, patrząc na nią uważnie.

– Dostawca przekazał mi, że w związku z kryzysem energetycznym podnieśli ceny – powiedziała.

Armin od razu się ożywił.

– To ile teraz będzie kosztować?

– Dwadzieścia tysięcy punktów – oznajmiła.

– Dwadzieścia… – mruknął. – To zdziercy.

– Ach, i jeszcze Lord Klaudiusz przypominał, że wciąż czeka na dostawę – dodała. – Był wściekły.

– Czyli kwiaty nie pomogły – stwierdził. – Mari, podpowiedz mi, bo ty może będziesz lepiej wiedziała. Jak wpłynąć na poważnego biznesmena, skoro kwiaty dla jego żony nie pomogły?

Mari uniosła brwi.

– Gdybyś była żoną takiego lorda, jak można by go było udobruchać?

– To zależy czy oni, no… w ogóle się kochają.

– Bez przerwy do siebie świergoczą jak nastolatki, chociaż są już grubo po pięćdziesiątce.

– W takim razie starałabym się najpierw udobruchać jego żonę – powiedziała.

– To wiem, ale kwiaty nie pomogły – powiedział.

– Kwiaty nic nie znaczą – stwierdziła. – Żaden prezent nic nie znaczy, jeśli nie idą za nim konkretne czyny.

Armin zamrugał zaskoczony.

– Mów dalej.

Mari zawahała się.

– Na pana miejscu w ramach przeprosin podarowałabym jego żonie pobyt w ekskluzywnym spa, tylko dla niej, tak na kilka dni – powiedziała. – Mogę panu zagwarantować, że kiedy wróci z takiego pobytu, on będzie udobruchany samym jej pojawieniem się i zgodzi się na wszystko, co ona mu powie.

Armin uśmiechnął się szeroko.

– Genialny pomysł, Mari, jeszcze będą z ciebie ludzie – powiedział.

Odwrócił się do hologramów i zaczął pospiesznie wdrażać jej plan w życie.

– Jeśli to się uda, dostaniesz premię – powiedział, zerkając na nią poprzez hologramy.

– A jeśli nie? – spytała.

– Myślę, że się uda – odparł.

Wzruszyła ramionami.

– Mari, odrobina wiary w siebie! – powiedział wesoło.

Mari nie odpowiedziała. Wyszła bez słowa, zabierając ze sobą ekran i pustą filiżankę po kawie.

∗∗∗

Siedział w loży dla największych bogaczy z poziomu A, takich jak on miliarderów posiadających majątek tak wielki, jakiego nie miała nawet połowa ludności Języka. Alexandra stała obok niego, skanując każdego nowo przybyłego. Armin, ubrany w swój najlepszy garnitur, popijał drinka, czekając na rozpoczęcie.

Święta nużyły go i traktowałby je jako stratę czasu, gdyby nie jego wysoka pozycja, która umożliwiała mu dość bierne uczestniczenie we wszystkich obrzędach. Nie musiał tańczyć tak jak biedota pod nim, wystarczyło, że po prostu był i klaskał w odpowiednich momentach. Ktoś taki jak on nie musiał się fatygować, aby zdobywać punkty na uroczystościach ku czci Kronosa. Poza tym przesiadywanie w loży z kolegami z branży miało ten plus, że zawsze mógł co nieco załatwić w kuluarach. Armin wykorzystywał zwykle te wolne chwile przed rozpoczęciem na luźne rozmowy ze swoimi kontrahentami. Wspomniał tu i tam o swoim nowym robocie, roztaczając nad nimi wizję zbliżającej się wojny z królową chrześcijan i jednocześnie wskazując idealny sposób jej wygrania, a więc wykorzystanie *jego* robotów. Lordowie i inni bogacze kiwali głowami i zbierali te wszystkie informacje do swoich identyfikatorów, a Armin skrupulatnie przekazywał dane o tych klientach swojemu robotowi, który natychmiast ich zapisywał do bazy. Póki co, tylko ich nęcił, rozbudzał ich ciekawość, opowiadając o wszystkich walorach swojej maszyny.

– Nie musi to być koniecznie maszyna bojowa, można ją również używać do innych celów – przekonywał jednego z lordów. – Kiedy pokryje się go syntetyczną skórą, wygląda niemal jak człowiek, a z wysokości ringu trudno rozstrzygnąć kto jest kim, rozumie pan co mam na myśli?

Opasły Lord Hector tylko pokiwał głową. Armin wiedział, że ten jegomość miał słabość do walk niewolników, w których nielegalnie wystawiał roboty zamiast ludzi. Postanowił więc od razu uderzyć w jego czuły punkt.

– Poza tym zawsze można go przerobić po swojemu – dodał. – Moja fabryka stoi otworem dla każdego, a za odpowiednią sumę mogę go ulepszyć jak sobie tylko pan tego życzy.

– Będę musiał pomyśleć o tym… – mruknął Lord Hector.

– Jeśli pan pozwoli, jeszcze dziś prześlę wszystkie dane na temat Wojownika na pański identyfikator – zaproponował.

– Tak, zrób to – powiedział. – Tylko jak ktoś się dowie o…

– O czym? – spytał Armin z niewinną miną.

Lord Hector tylko się uśmiechnął. Uścisnęli sobie ręce. Armin spostrzegł, że Lord Hector potajemnie przekazał mu pięć tysięcy punktów zaliczki.

– Robienie z panem interesy to czysta przyjemność – powiedział uprzejmie.

W końcu zabrzmiał gong, a na scenę poniżej ich loży wyszedł Najwyższy Kapłan i rozpoczął swoje przemówienie. Armin pił drinka, znużony, od czasu do czasu klaszcząc wtedy, kiedy inni klaskali. Potem rozpoczęła się ceremonia składania ofiar, a na scenę weszły tancerki i muzycy. Armin stłumił ziewnięcie i popatrzył na innych. Niektórzy w loży przysypiali, ale on nie chciał uchodzić za takiego ignoranta. W końcu, bądź co bądź, był cały czas obserwowany przez wszystkie kamery oraz Wielkich Rządzących. Klaskał, starając się aby wypadło to dość entuzjastycznie, ale w duchu nie mógł się już doczekać, aż opuści to miejsce i wróci do swojego biura, żeby dokończyć sprawy, które jeszcze miał na głowie.

Pod koniec uroczystości nastał czas na przemowy i gratulacje. Armin jednym uchem słuchał tego, o czym rozprawiał w dole Najwyższy Kapłan i inni dostojnicy. Wtem, w jednej chwili otrzeźwiał, kiedy usłyszał swoje imię.

– ... oraz chcielibyśmy także podziękować Arminowi za jego nieoceniony wkład w tworzenie naszej wspaniałej społeczności Języka! – zawołał Najwyższy Kapłan.

Armin zobaczył, że wszystkie ekrany pokazują jego twarz. Podniósł się ze swojego miejsca i skłonił się elegancko. Nawet nie patrzył, ile otrzymał punktów za takie wyróżnienie, to już nie miało znaczenia. Nigdy dotąd podczas żadnej uroczystości nie został publicznie uhonorowany. Kątem oka dostrzegł na jednym ekranie twarze Wielkich Rządzących, siedzących nieopodal sceny w osobnym sektorze. Oscar, Jordan i inni patrzyli na niego i uśmiechali się, co zapewne miało wyglądać na uśmiech serdeczności, ale on za dobrze ich znał. Ten uśmiech zmroził go do szpiku.

– Jego roboty to przyszłość naszego miasta! – powiedział z pasją Najwyższy Kapłan. – I jesteśmy mu bardzo wdzięczni za jego ogromne wsparcie, jakie nieustannie ofiarowuje naszym wspaniałym Wielkim Rządzącym.

Uwielbiał swoją pracę...

Rozległa się burza oklasków. Armin uśmiechnął się kącikiem ust i zastanawiał się ile musieli zapłacić Najwyższemu Kapłanowi. Starając się zachować kamienną twarz, pokłonił się Wielkim Rządzącym, a ci odpowiedzieli delikatnym kiwnięciem. Kamery natychmiast to wyłapały i wszystko pokazano na wielkich ekranach w zbliżeniach i powtórkach. W końcu, kiedy wszystko ucichło, usiadł znów na swoim miejscu. Poczuł, że ktoś nachyla się do niego.

– To ile mówiłeś chcesz za te roboty? – spytał jakiś lord.

Armin obejrzał się na niego z błyskiem w oku.

Uwielbiał swoją pracę

★★★

Armin otworzył hologramy z zamówieniami i uśmiechnął się do siebie.

– Wspaniale… – szepnął.

Zaczął je wszystkie przesyłać bezpośrednio do sekretariatu Mari, a sam zajął się odbieraniem wiadomości, które spłynęły na jego biurko przez całą noc, począwszy od wczorajszego święta. Były to dziesiątki informacji, które szybko selekcjonował oznaczając je na ważne, mniej ważne i śmieci. Wtem spostrzegł wiadomość, która od razu przykuła jego wzrok. Otworzył hologram, przeczytał ją i wybuchnął głośnym śmiechem. Zerwał się z fotela.

– Mari! – zawołał, idąc do drzwi.

Wyszedł na zewnątrz i podszedł do wysepki sekretariatu, gdzie siedziała. Mari pospiesznie przerzucała hologramowe zamówienia, odsyłając je do dostawców.

– Mamy tyle zamówień, że nie wiem, za które się zabrać najpierw – powiedziała, nerwowo przyglądając się hologramom.

Armin przysiadł na krawędzi biurka tuż na wprost niej.

– Mari, zostaw to na chwilę – powiedział, uśmiechając się.

Przerwała pracę i spojrzała na niego.

– Coś się stało…? – spytała przezornie.

– Tak, Mari, stało się – powiedział tajemniczo. – Daj mi rękę – poprosił.

Poczerwieniała gwałtownie. Zobaczył w jej oczach strach i zdziwił się. To było spojrzenie kogoś, kto czuł się winny.

– Mari, nie bój się – powiedział łagodniej. – Daj mi rękę.

Ona niepewnie uniosła dłoń. Armin wyciągnął swoją rękę i przekazał jej odpowiednią liczbę punktów.

– Co to…? – spojrzała zdumiona.

– Twoja premia – odparł. – Obiecałem ci, że jeśli sprawa z Lordem Klaudiuszem potoczy się według twojego planu, to dostaniesz premię. Oto i ona.

Mari otworzyła usta i popatrzyła jeszcze raz na swój identyfikator.

– Dwadzieścia… – szepnęła.

Armin pokiwał głową.

– Dwadzieścia tysięcy punktów – dokończyła zduszonym głosem. – Ale… Ależ ja nic takiego…

– Dostałem dziś wiadomość od Lorda Klaudiusza, który w oględnych słowach stwierdził, że jeśli części jednak nie przyjdą na czas, to on postanawia darować mi zaliczkę. Przesyła również serdeczne pozdrowienia od małżonki, która wróciła dziś z odpoczynku i jest bardzo zadowolona z pobytu w ośrodku relaksacyjnym, który dla niej wybrałem – powiedział jednym tchem, obserwując jej reakcję.

Mari zamrugała szybko, jakby dopiero teraz dotarł do niej sens tej premii.

– Och, to znaczy, że się udało? – spytała.

– Tak, Mari, udało się – powiedział ze śmiechem. – Dzięki tobie.

Zaczesała kosmyk włosów za ucho.

– To nic takiego, ja tylko… – bąknęła.

– Pomogłaś mi i twój pomysł się sprawdził, a ja cenię sobie ludzi z dobrymi pomysłami – powiedział. – Dlatego chcę ich wynagradzać.

Uśmiechnęła się lekko, wciąż bardzo zmieszana.

– I jak? Odpoczęłaś trochę wczoraj? – zagadnął. – Uroczystość nie była dla ciebie zbyt nużąca? Mam nadzieję, że nie, zwłaszcza, kiedy twój przełożony stał się jego nieoczekiwaną gwiazdą…

Spojrzał na nią wesoło, ale ona wyglądała naraz na bardzo skrępowaną.

– To było dopiero widowisko – mówił dalej. – Wielcy Rządzący zrobili mi najlepszą reklamę, jaką tylko mogli. To stąd te wszystkie zamówienia. Przecież każdy chciałby mieć produkt, który oni osobiście polecają…

Ona nadal milczała i czerwona na twarzy, odwróciła wzrok. Armin zaśmiał się lekko.

– Co jest, Mari, czyżbyś przegapiła ten moment? – zapytał, a widząc jak nerwowo przygryza wargę, znów się roześmiał.

– Och, moja droga, nie czuj się winna, że nie zwróciłaś uwagi na swojego szefa – powiedział lekko. – Z pewnością w szale tańczenia można zapomnieć o całym świecie…

Ona nadal na niego nie patrzyła, tylko spoglądała w hologram z zamówieniem. Minę miała zaciętą, a oczy przestraszone. Jego uśmiech zaczął powoli gasnąć.

– Mari, co…?

– Przybyli pracownicy Wielkich Rządzących – rozległ się nagle za jego plecami mechaniczny głos Alexandry.

Armin obejrzał się na robota i podniósł się z biurka, na którym przysiadł.

– Wspaniale – odparł. – Gdzie są?

– Czekają na poziomie zero przy hali produkcyjnej – odparł robot.

– Doskonale, idziemy tam – zarządził.

Obejrzał się jeszcze raz w stronę Mari. Kobieta zerknęła na niego niepewnie, a on widząc to, przyłożył sobie dwa palce do ust, unosząc kąciki warg.

– Mari, uśmiechnij się choć trochę, dostałaś dzisiaj premię, nie ma powodów do smutku – powiedział wesoło.

Ona uśmiechnęła się wreszcie nieśmiało, choć bardzo powściągliwie.

– Widzisz? Od razu lepiej – odparł.

Odwrócił się i zadowolony z siebie, ruszył do windy razem z Alexandrą. Zjechał na poziom zero, a tam stało już kilku pracowników Wielkich Rządzących, czekając w przedsionku prowadzącym na halę. Od razu poznał ich po oznaczeniach na piersiach ich czarnych kombinezonów roboczych.

– Witaj, panie – przywitali się, a on skinął im głową. – Jak wiesz, przybyliśmy na zlecenie Wielkich Rządzących i naszym zadaniem będzie koordynowanie zmodyfikowanej produkcji twojego robota na osobnej taśmie.

– Wiem – odparł.

– Oczywiście to wszystko musi pozostać w ścisłej tajemnicy – powiedział pierwszy z robotników, który wyglądał na najwyższego rangą.

– Tak, o tym też wiem – powiedział Armin.

– Czy możemy zatem obejrzeć halę? – zapytał robotnik.

– Oczywiście, proszę za mną – oznajmił, dłonią otwierając przed nimi elektroniczny zamek w drzwiach.

Weszli do środka. Hala była niemal pusta. Kręciło się tam tylko kilku jego ludzi, przygotowujących taśmy. Armin zaprowadził swoich gości do osobnego pomieszczenia.

– To będzie wasze miejsce – oświadczył. – Wszystko jest już gotowe, urządzenia nastawione, orion pokruszony, czekam jeszcze na ostatnie części, które mają przyjść z Nerek, a które powinny być dziś, a kiedy przyjdą, możemy ruszać.

Tamci pokiwali głowami.

– Doskonale – stwierdził główny robotnik.

– Na poziomie dwudziestym siódmym będą wasze mieszkania. Macie osobne piętro wyłącznie dla siebie, tak jak życzyli sobie tego wasi przełożeni – dodał.

– Dziękujemy – odparli robotnicy.

– Czy macie jeszcze jakieś pytania?

– Na razie nie – odparł ich kierownik. – Rozejrzymy się tu i rozlokujemy naszych ludzi. Po południu przybędzie druga grupa, razem będzie nas około pięćdziesięciu osób. Czy ten poziom dwudziesty siódmy będzie wystarczający dla takiej ilości ludzi?

– Pokoi wam nie braknie, miejsca w moim wieżowcu jest sporo – powiedział Armin. – Jeśli będziecie mieć jakiekolwiek problemy lub pytania, zgłoście to do Mari, mojej sekretarki, na poziomie sto pięćdziesiątym trzecim.

– Tak jest – odparł robotnik, a reszta pokiwała głowami.

– A zatem jeśli to wszystko, to wybaczcie, ale muszę wracać do swoich spraw – powiedział.

Skinął im głową i ruszył z Alexandrą z powrotem do wind. Wjechał na swój poziom, a gdy podwójne drzwi otworzyły się, jego wzrok padł na wysepkę sekretariatu. Mari podniosła się gwałtownie na jego widok.

– Przybyły części z Nerek – oznajmiła, zanim zdążył otworzyć usta. – Kazał pan zawiadomić siebie, jak tylko przybędą i właśnie otrzymałam powiadomienie od dostawcy. Są już w ładowni.

Armin uśmiechnął się szeroko.

– Wspaniale, Mari, WSPA-NIA-LE! – zawołał, gdy tylko zdążył wyjść z windy. – Alexandra, przekaż moim monterom, żeby natychmiast się tym zajęli.

Robot, który sunął cicho tuż obok niego, natychmiast błysnął oczami.

– Oczywiście – oznajmił.

Armin podszedł do Mari.

– A więc ruszamy z produkcją! – zawołał. – To będzie prawdziwy hit, mówię ci. Czuję, że to będzie to, co wywinduje mnie na samą górę.

Mari tylko uśmiechnęła się lekko.

– Może nawet dzięki temu zostanę Wielkim Rządzącym? – zapytał samego siebie na głos. – Co myślisz, Mari? – spytał, spoglądając na nią.

Ale ona nie wyglądała na zachwyconą tym pomysłem. Spuściła tylko oczy, na powrót zagłębiając się w zamówienia.

– Ale chyba wówczas nie będziesz się bała zrobić mi kawę, co? – zagadnął żartobliwie.

Ona nic na to nie odpowiedziała.

– Przyszła informacja z forum międzymiastowych targów robotów – powiedziała sucho. – Odbędą się w tym roku w Nerkach. Organizatorzy wysyłają zapytanie o pańską obecność.

– Oczywiście, że tam będę, potwierdź mnie – nakazał.

Ona kliknęła coś w jednym z hologramów.

– Kiedy to się odbędzie? – zapytał, patrząc na nią poprzez hologram.

– Za dwa tygodnie.

Milczała chwilę, sprawdzając coś w danych.

– Masz jeszcze jakieś dodatkowe informacje? – zapytał.

– Tutaj jest napisane, że forum będzie trwało dwa dni. Czy mam zarezerwować nocleg w najbliższym hotelu?

Armin uśmiechnął się, rozbawiony.

– Mari, po co mi hotel? Przecież tam jest pałac Rubina, a ja mam tam swoje osobne skrzydło, zakwateruj mnie w nim.

Ona spojrzała na niego krótko.

– O-oczywiście – odparła.

– Coś jeszcze?

Mari przeleciała wzrokiem tekst unoszący się w powietrzu przed jej oczami.

– Informują, że w drugim dniu trwania targów, forum zostanie zwieńczone balem na cześć Rubina dla wszystkich przybyłych biznesmenów i ich osób towarzyszących – przeczytała.

Armin popatrzył na nią.

– W takim razie polecisz tam ze mną – stwierdził.

– S-słucham…? – wyjąkała, spoglądając na niego zza hologramu.

– Przydasz mi się tam jako moja asystentka.

– Co…? Ja…?

Armin uśmiechnął się.

– A kto niby? – zapytał z rozbawieniem.

Ona wyglądała, jakby miała zaraz zemdleć albo się rozpłakać, lub nawet wybiec z krzykiem i uciec do windy.

– Ale… ale… Ale ja nie mogę pójść na bal do pałacu Rubina! – wydusiła z siebie wreszcie.

– A to niby dlaczego?

– Bo ja… Ja się do tego nie nadaję – jęknęła, potwornie zmieszana.

– Mari, nie opowiadaj głupot, oczywiście, że się do tego nadajesz – odparł.

Ona pokręciła głową. Wstała.

– Nie… Ja nigdzie nie jadę – oznajmiła.

Armin przekrzywił głowę.

– Mari, przypominam ci, że to ja tu jestem od wydawania poleceń, a nie ty – powiedział. – Poza tym nie pojedziesz tam towarzysko, tylko służbowo. Będziesz tam pracować, a nie się bawić.

Ona wzięła głęboki oddech, a dłonie zaciśnięte w pięści oparła o blat biurka. Widział, że walczyła ze sobą.

– Proszę pana – powiedziała głosem spokojnym, ale drżącym od emocji. – Ja nie pójdę na żaden bal.

– Mari, pójdziesz, bo ja, twój szef, tak ci każę – odparł spokojnie, przyglądając jej się uważnie.

– Niech pan weźmie kogoś innego – powiedziała błagalnie.

– Kogo? Alexandrę? – spytał. – Już ją brałem, nie jest zbyt zwrotna w tańcu, ha!

Zaśmiał się krótko, ale Mari wyglądała na przerażoną.

– Ja nie mogę, ja mam… inne plany – odparła wymijająco.

– To przełóż swoje plany, to jest ważniejsze – odparł.

– Ale ja naprawdę nie mogę – powiedziała płaczliwie.

– Mari, ale w czym jest problem?

Ale ona zamiast odpowiedzieć, rozpłakała się. Armin obszedł dookoła biurko i stanął na wprost niej.

– Mari, dlaczego płaczesz?

Ona tylko pokręciła głową, jedną dłonią ocierając łzy.

– Mari, co cię tak przeraża w tym balu? – spytał.

Ona nie odpowiedziała.

– Mari, powiedz mi, to jest polecenie służbowe, a za niewykonanie poleceń służbowych odejmę ci punkty – powiedział.

Chciał, aby zabrzmiało to lekko, ale ona chyba rzeczywiście się tego przeraziła, bo szybko wydukała:

– Ale ja nie umiem tańczyć…

Uśmiechnął się z ulgą.

– Och, Mari, to trzeba było mi od razu powiedzieć – powiedział. – I to jest ten powód?

– Nie tylko to… – powiedziała cicho.

– A co jeszcze?

Rozłożyła bezradnie ręce.

– Mój status… – jęknęła.

– Boisz się, że ktoś cię wyśmieje z powodu twojego niskiego statusu? – podchwycił, a ona pokiwała głową.

– Mari, Mari…

Armin położył jej dłonie na ramiona.

– Mari, popatrz na mnie.

Ona niepewnie podniosła na niego wzrok. Łzy sprawiły, że jej oczy wyglądały na jeszcze bardziej głębokie i tajemnicze.

– Mari, wiesz, kim ja jestem? – zapytał ją.

Kiwnęła głową.

– To powiedz, kim ja jestem.

– Jest pan… Arminem… Właścicielem ArminRobot, jednym z najbogatszych ludzi w Języku – powiedziała.

– Mari, więc skoro lecisz tam ze mną, jako moja osobista asystentka, myślisz, że ktokolwiek ośmieli się choćby spojrzeć na ciebie krzywo?

Ona nic nie odpowiedziała.

– Przecież oni wszyscy się tam będą zabijać, aby jeść mi z ręki, a ciebie będą całować po stopach bylebyś tylko szepnęła mi ich imiona na ucho, rozumiesz? To będzie tego typu towarzystwo.

Zobaczył, że ona poczerwieniała gwałtownie.

– Nie chcę, żeby mnie ktoś całował po stopach… – mruknęła zdegustowana.

Armin uśmiechnął się, widząc, że humor jej wraca.

– Niech tylko spróbuje, to będzie miał do czynienia ze mną – odparł.

Ona podniosła na niego wzrok, a jej spojrzenie złagodniało.

– A co do tańczenia, myślisz, że na takie bale chodzi się po to, aby tańczyć? – zagadnął. – Nie, Mari, na takie bale chodzi się po to, aby się pokazać. Wcale nie musisz tam tańczyć, jeśli nie chcesz, a tym bardziej ja nie mam zamiaru do niczego cię zmuszać.

Ona popatrzyła na niego śmielej.

– No dziewczyno, głowa do góry – powiedział. – Przecież dostałaś premię, więc masz za co kupić sobie wystrzałową kreację, prawda?

Uśmiechnęła się lekko.

– I niczym się nie przejmuj, będziesz tam cały czas ze mną. A poza tym ja sobie nie dam rady bez ciebie…

– Przecież pan sobie doskonale da radę beze mnie – odparła.

– No wiem, ale tak powiedziałem, żeby cię podnieść na duchu – powiedział wesoło.

Ona uśmiechnęła się szerzej.

– O, widzisz, udało mi się – stwierdził rezolutnie.

Puścił jej ramiona, a z wewnętrznej kieszeni marynarki wyciągnął chusteczkę.

– Masz, wytrzyj nosek i do roboty – powiedział, podając jej chusteczkę.

Mari otarła nią twarz.

– I nie płaczemy już, prawda? – powiedział, zaglądając jej w twarz. – Prawda? – dopytał, bo ona nadal nie odpowiadała.

– Tak, już nie płaczę – powiedziała wreszcie. – Biorę się za te zamówienia.

– Świetnie, jesteś moją najlepszą sekretarką – stwierdził.

– Ależ… Jestem chyba jedyną – odparła niepewnie.

– I widzisz jakie mam szczęście? Od razu trafiłem na najlepszą – powiedział, czym rozbroił ją zupełnie.

Mari parsknęła śmiechem.

– Dziękuję – powiedziała nieśmiało. – Dziękuję panu.

Armin uśmiechnął się, zadowolony.

– To wracamy do pracy – stwierdził, kierując się w stronę swojego gabinetu. – W końcu moje miliony same się nie zarobią. Prawda, Mari?

– Tak, panie Armin – odpowiedział mu jej ciepły głos z sekretariatu.

★★★

Zamówień przybywało, przybywało także klientów i dostawców, a on otworzył już trzecią linię produkcyjną. Sporą część swojego majątku zainwestował w budowę kolejnego magazynu i otwarcie następnej hali produkcyjnej. Zatrudnił kilkudziesięciu pracowników, odbywał niezliczoną ilość rozmów z kontrahentami, a w wolnych chwilach wieczorami, dopieszczał swój pokazowy model Wojownika, aby był gotowy na targi.

Pracownicy Wielkich Rządzących, którzy zajęli osobną halę, nie wchodzili mu w drogę, ani też nie słyszał jakichś skarg z ich strony. Zbierał się, aby zobaczyć co takiego przerabiają w jego robotach, ale był tak rozchwytywany, że nie miał nawet czasu, aby zjechać windą na poziom zero i przypatrzeć się temu. W końcu stwierdził, że skoro nie robią mu problemów i nikt z jego pracowników na nich nie narzeka, zostawi ich w spokoju.

Ostatnie dwa dni skupił się już wyłącznie na targach. Anulował kilka spotkań i w ciszy swojej pracowni doszlifowywał robota. Zbliżał się wyjazd, nie chciał więc zostawić tego na ostatnią chwilę. Robot był jego wizytówką i musiał prezentować się znakomicie.

– Panie Arminie, kontrahenci z Mózgu chcieliby negocjować nowe stawki – odezwał się głos Mari zza drzwi jego gabinetu.

– Powiedz im, że porozmawiamy po targach! – odkrzyknął.

– Lord Tellton chciałby zamówić kolejne dwieście sztuk Wojownika, czy mam to dopisać do poprzedniego zamówienia i wysłać mu rachunek zbiorczy? – spytała.

– Tak, zrób to – odparł, wracając do montowania jednej części w korpusie robota.

– I jeszcze przyszedł... – dodała coś niewyraźnie i nie zrozumiał całości.

Armin przerwał pracę przy robocie i obejrzał się w tamtą stronę.

– Mari, nie chowaj się za drzwiami! – zawołał. – Wejdź do środka, bo cię nie słyszę.

Ona otworzyła drzwi jego pracowni, która znajdowała się na tym samym poziomie, co jego mieszkanie, na sto pięćdziesiątym czwartym piętrze. Stanęła w progu i rozejrzała się niepewnie.

– Nie chciałam panu przeszkadzać w pracy... – zaczęła

On spojrzał na nią z uśmiechem.

– Przecież mi nie przeszkadzasz – odparł. – A więc? Co masz mi jeszcze do przekazania?

– Przyszła ostateczna wersja programu targów – powiedziała. – Musieli go zmodyfikować ze względu na zamieszki, jakie wciąż panują w mieście. Czy mam go panu podesłać na biurko, czy zostawić ekran?

– Czy ten program różni się jakoś diametralnie od poprzedniego? – spytał

Mari zerknęła w ekran, który trzymała w ręce.

– Nie będzie oficjalnego przywitania przed pałacem Rubina, tylko wszyscy goście mają od razu przyjechać do hali ekspozycyjnej – przeczytała.

– I dobrze – stwierdził. – Będzie mniej nudnego gadania. Coś jeszcze?

– I jeszcze... – Mari zerknęła w ekran. – „Mimo wcześniejszych pogłosek o anulowaniu balu, ten jednak się odbędzie..." – dodała nieco zgaszonym głosem. – „Organizatorzy liczą na aktywny udział, który..."

Zawahała się. Armin zobaczył, jak ona marszczy brwi.

– „…który poprzez wspólną zabawę zacieśni współpracę między Nerkami a Językiem i dzięki temu umocni więzi braterstwa pomiędzy naszymi miastami…" Ależ kpina – prychnęła.

Armin parsknął śmiechem.

– Mari, czyżbyś miała alergię na zacieśnianie więzi braterstwa pomiędzy Nerkami a Językiem? – zapytał, przedrzeźniając pompatyczny ton informacji.

– Chyba tak – skwitowała.

– Wyobraź sobie, że ja też – mruknął, poprawiając ostatni raz płytę korpusu robota. – Gotowe – stwierdził. – Mari, podejdź tu i popatrz na to.

Kobieta przeszła przez pracownię mijając po drodze niezliczone urządzenia elektroniczne, ekrany i części robotów, które walały się na długich blatach. Patrzyła na to wszystko nieco zdumiona. W końcu stanęła przy nim i spojrzała na Wojownika.

– Powiedz mi, jak ty to widzisz? – zapytał, spoglądając na nią.

Mari przekrzywiła głowę.

– Co o nim sądzisz? – spytał, kiedy długo nie odpowiadała.

– Co o nim sądzę…? – powiedziała na głos. – Nie wiem, co mam sądzić. Robot jak robot.

Armin zaśmiał się.

– I właśnie dlatego cię cenię – powiedział rozbawiony. – Nikt inny nie ująłby tego tak prostolinijnie.

Ona zerknęła na niego niepewnie.

– Panie Arminie, ale ja za bardzo nie znam się na robotach – odparła.

– Wiem, dlatego dobrze, gdy spojrzy na niego ktoś spoza branży – powiedział. – Mari, przypatrz mu się i powiedz, twoim zdaniem, co pierwsze rzuca ci się w oczy?

Mari spojrzała na robota od góry do dołu.

– Jest… wielki – stwierdziła. – Ale skoro to robot bojowy, to chyba taki ma być? – zapytała, spoglądając na niego.

– Tak, ma dwa metry i dwadzieścia centymetrów wysokości – powiedział. – To obecnie największy na rynku taki robot.

– Ma gruby pancerz – zauważyła.

Co o nim sądzisz?...

– Zrobiony z orionu – wyjaśnił. – Prosto od królowej Eleny – dodał.
– Jest taki…
Mari uniosła nieco swoje ramiona.
– Taki szeroki.
– Ma wbudowane karabiny w ramionach, tu są ukryte pistolety w nadgarstkach, na plecach działka, a z przodu wysuwa się tarcza ochronna, również z orionu, która odbije każdy pocisk – wymienił, pokazując jej poszczególne elementy.
– I ma takie coś na głowie…

– To czujnik laserowy, a z boku urządzenie do emitowania gazu łzawiącego – powiedział. – W sam raz do pacyfikowania zamieszek ulicznych.

– A te nadbudowania na łydkach? – zapytała.

– Wyrzutnia mini rakiet – powiedział. – Na stopach ma koła, może poruszać się po każdej powierzchni, albo unosić się nad ziemią w zależności od potrzeb. Może też latać, widzisz?

Dotknął robota, a ten rozłożył stalowe skrzydła.

– Napęd umożliwi mu nieprzerwany lot przez około dziesięć godzin, potem musi zatankować.

Spojrzał na Mari. Ona w milczeniu przyglądała się maszynie.

– Można nim sterować ręcznie, poprzez identyfikator lub zaprogramować go do działania – dodał. – Posiada system uczenia się i pewien zasób słów. Nie rozbudowywałem dodatkowo inteligencji, bardziej skupiłem się na funkcjach bojowych. Maszyna na wojnę nie musi być wybitnie bystra, ważne, żeby była skuteczna – dodał żartobliwie.

Spojrzał znów na nią, ale ona nadal milczała. Twarz miała poważną.

– I co o tym myślisz? – zapytał. – Podoba ci się?

Nie odpowiedziała od razu. Spuściła wzrok.

– To idealna maszyna do zabijania – stwierdziła z goryczą.

– Albo do obrony, zależy jak się go wykorzysta – dopowiedział.

– No tak – powiedziała cicho.

Obserwował ją uważnie.

– Nie podoba ci się – zauważył.

Wzruszyła ramionami.

– Mówiłam panu, że ja nie znam się specjalnie na robotach – odparła wymijająco. – Proszę zapytać kogoś innego.

– Ale ja pytam ciebie.

Przygryzła wargę.

– Ale co ja mam panu powiedzieć? – zapytała,

Głos jej nieco zadrżał, tak jakby zaczynała irytować ją ta wymiana zdań.

– Czy kupiłabyś sobie takiego robota bojowego? – zapytał.

– Nie – odparła. – Po co miałabym sobie coś takiego kupować?

– Żeby cię bronił – powiedział. – Żeby za ciebie walczył, ochraniał cię…

Pokręciła głową.

– Ja nie potrzebuję czegoś takiego do ochrony.

– Ale powiedzmy, że jesteś ważną osobistością i jednak potrzebujesz – powiedział.

– Ale nie jestem.

– Ale załóżmy, że jesteś…

– Nie stać by mnie było na niego.

Armin uśmiechnął się z wyrozumiałością.

– Mari, popracujesz tu jeszcze parę miesięcy i na wszystko będzie cię stać, gwarantuję ci to – powiedział.

Ona nie wyglądała na zadowoloną. Miała nieodgadniony wyraz twarzy. Nie potrafił zrozumieć, co jej może chodzić po głowie.

– No więc? – zagadnął. – Gdybyś była bogatą i ważną lady, kupiłabyś sobie takiego ochroniarza?

Ona popatrzyła z przekąsem na robota.

– Nie.

– Dlaczego?

Znowu wzruszyła ramionami.

– Nie wiem, po prostu nie.

– Mari, ale to nie jest odpowiedź.

– To jakiej odpowiedzi pan ode mnie oczekuje? – zapytała, patrząc na niego śmiało.

– Oczekuję faktów, jakichś argumentów na to – odparł, spoglądając na nią. – Co sprawia, że jesteś tak niechętna wobec robotów?

Mari wyciągnęła rękę i dotknęła orionowego korpusu robota.

– Roboty są… zimne – stwierdziła.

– Zawsze można je podgrzać i wówczas emitują ciepło – odparł od razu.

– Mam na myśli to, że są nieczułe.

– Moje roboty mają wbudowany system rozpoznawania emocji i kopiowania ich – wyjaśnił. – Mogą się uczyć i naśladować uczucia.

– Ale to nie są prawdziwe uczucia – odparła. – To są tylko maszyny, one nie czują, one tylko… Udają.

– Mari, roboty to są rzeczy, które wykorzystuje się do pracy, nikt ci nie każe ich kochać – powiedział. – Choć zaprzyjaźniony ze mną wynalazca stworzył własną linię robotów stworzonych wyłącznie do kochania, z syntetyczną skórą i…

Ona machnęła ręką, tak jakby nie chciała tego w ogóle słuchać. Armin umilkł zaskoczony.

– Ty naprawdę nie lubisz robotów – stwierdził.

– Nie…

Uśmiechnął się.

– A jednak pracujesz w największej firmie produkującej roboty – zauważył.

Ona nie odpowiedziała.

– Może źle się tu czujesz? – zapytał ją wprost. – Może chcesz zrezygnować?

Mari spojrzała na niego niepewnie.

– Ja cię nie zwalniam, ja tylko pytam – powiedział poważnie. – Wiedz, że nikogo tu na siłę nie trzymam. Jeśli ci to stanowisko nie odpowiada, zawsze możesz odejść.

Spuściła wzrok. Wyglądała na bardzo zmieszaną. Nerwowo zaczesała włosy za ucho.

– Nie ukrywam, jeśli odejdziesz będzie mi brakowało twojej pomocy – powiedział. – Przyzwyczaiłem się już do tego, że ogarniasz mój kalendarz i te wszystkie zamówienia. Muszę przyznać, że robisz to lepiej i sprawniej niż Alexandra. Zwłaszcza kawę.

Podniosła na niego oczy. Wyglądała na smutną. Zmieszał się.

– Mari, czy ja ci sprawiłem jakąś przykrość? – zapytał ją miękko.

– Nie – odparła cicho. – Nie, to tylko… To nic… Po prostu…

Uśmiechnęła się niezręcznie.

– Myślę, że chyba denerwuję się trochę tym jutrzejszym wyjazdem – powiedziała.

Armin miał wrażenie, że ten wyjazd to tylko pretekst, aby zmienić temat. Nie drążył jednak.

– Spakowałaś wspaniałą kreację? – zapytał, wracając do lekkiego, nieco żartobliwego tonu.

Kiwnęła głową, trochę zaskoczona.

– Więc nie masz się czego obawiać – stwierdził. – Umówmy się tak, że głównie to ja będę mówił, a ty będziesz wyglądać. Ewentualnie potem możemy się zamienić, ty będziesz mówić, a ja będę wyglądał, ale nie obiecuję ci, że wcisnę się w twoją sukienkę…

Podziałało. Mari parsknęła śmiechem, a on uśmiechnął się z ulgą.

– Zrobiłby pan furorę – stwierdziła wesoło.

– Och, to na pewno – powiedział, nonszalancko przeczesując palcami krótkie, jasne włosy. – Nie jestem pewien, co powiedzieliby na to moi koledzy po fachu, ale czyż miliarder taki jak ja powinien się przejmować czymkolwiek? Może wykreowałbym nowy trend, co myślisz?

Mari tylko się uśmiechnęła. On popatrzył na nią dłużej.

– Widzisz, gdybyś odeszła, tego też by mi brakowało – powiedział.

– Czego? – spytała.

– Twojego uśmiechu.

ROZDZIAŁ IV

Mari uparła się, że przyjedzie z walizką pod jego wieżowiec, choć zaproponował, że odbierze ją wprost z jej mieszkania. Nie mógł jej jednak przekonać i w końcu dał za wygraną.

Czekał na nią od pięciu minut, stojąc przed swoim dwuosobowym autolotem na parkingu przed swoim wieżowcem. Mieli lecieć sami, Alexandrę zostawił w firmie, aby obsługiwała biuro podczas ich nieobecności. W bagażniku zostawił sobie tylko małego robota do noszenia walizek, i oczywiście Wojownika, którego spakował w ochronny kombinezon. Sprawdzał właśnie swój status, ale zamówienia napływały tak szybko, że nie był w stanie ich na bieżąco śledzić. Zobaczył tylko liczbę swoich punktów i uśmiechnął się z satysfakcją. Teraz był pewien, to był jego najlepszy rok. Za wpływy z Wojownika będzie mógł spokojnie otworzyć nową linię produkcyjną i wybudować kolejny blok solarny. Zaczął już obmyślać, gdzie mógłby go postawić, gdy wtem usłyszał turkot kółek. Obejrzał się i ujrzał Mari ciągnącą wielką walizę. Na ramieniu miała torbę, a pod pachą trzymała jeszcze niewielki tobołek. Armin zamknął szybko hologram.

– A niech mnie, Mari… – zawołał na jej widok, podchodząc do niej. – Spakowałaś chyba pół swojego domu – powiedział wesoło, zabierając od niej bagaże.

Ona odetchnęła ciężko. Zobaczył, że policzki miała lekko zaróżowione od wysiłku.

– I szłaś z tym wszystkim przez całe miasto? – zapytał, patrząc na nią zdumiony.

– Tylko kawałek od przystanku busolotu – powiedziała zdyszana.

– Buso… Dlaczego nie przyleciałaś swoim autolotem? – zdziwił się. – Przecież mogłaś go zostawić na moim parkingu.

Zapakował jej walizki do bagażnika. Ona milczała, więc spojrzał na nią pytająco.

– Mari, przecież nie musisz się krępować, możesz zawsze go tu zostawiać, to nie jest żaden problem.

– Ja nie mam autolotu – bąknęła.

Zamknął bagażnik i wyprostował się.

– I… nie bardzo umiem go prowadzić – dodała.

– To może pora się nauczyć? – zapytał, uśmiechając się. – Chcesz spróbować na moim?

– Nie! – zawołała pospiesznie.

Wyglądała na przerażoną. Armin roześmiał się.

– Mari, przecież żartowałem – powiedział łagodnie. – A teraz wsiadaj, czeka nas długa podróż.

Otworzył jej drzwi od strony pasażera i Mari usiadła. Obrzucił ją spojrzeniem. Miała na sobie długą do kolan czarną, prostą spódnicę i krótki, elegancki żakiet. Prezentowała się nienagannie jak zwykle zresztą. Zamknął jej drzwi i zasiadł na miejscu pilota.

– To co, gotowa? – spytał, spoglądając na nią.

Ona popatrzyła na niego swoimi dużymi, głębokimi oczami. Kiwnęła lekko głową. Armin zapuścił silnik i wzlecieli w niebo.

– Będziemy lecieć około pięciu godzin – oznajmił. – Mam nadzieję, że przez ten czas nie zanudzę cię na śmierć – powiedział, mrugając do niej jednym okiem.

Ona tylko się uśmiechnęła.

– Może włączyć ci jakąś projekcję filmową? – zapytał. – Albo muzykę? Czego lubisz słuchać?

– Najbardziej to lubię… ciszę – odparła.

– Ciszę? – zdziwił się.

Spojrzał na nią.

– To znaczy, że będziesz milczeć przez pięć godzin?

Zaczesała kosmyk włosów za ucho.

– No nie, tylko…

– A więc to ty chcesz mnie zanudzić na śmierć, co? Przyznaj się – powiedział, uśmiechając się półgębkiem. – Aż takim jestem okropnym szefem? No to nie dziwię się, że masz dosyć i mnie i tej firmy – powiedział pół żartem, kątem oka obserwując jej reakcję.

Chciał ją trochę sprowokować do zwierzeń.

– Nie, to nie tak – odparła zmieszana. – Och, pan jak zwykle przesadza… I żartuje sobie ze mnie…

– Ja żartuję z ciebie? Nigdy w życiu, jakżebym śmiał – odparł wesoło. – Ja jestem zawsze śmiertelnie poważny. To pewnie dlatego tak dobrze udaje mi się konstruować roboty, które nie mają uczuć – powiedział.

Mari zaśmiała się cicho.

– Być może – odparła.

Armin wzniósł maszynę ponad poziom chmur.

– Właśnie minęliśmy granicę Języka – powiedział, spoglądając na hologramową mapkę przed sobą. – Mari, powiedz mi, byłaś kiedyś poza miastem?

– Nie – odparła. – Pierwszy raz wylatuję tak daleko – dodała.

Spojrzał na nią. Opierała łokieć o zagłówek fotela i patrzyła przez szybę po swojej stronie. Wyglądała na zamyśloną, a jednocześnie nieco spiętą.

– Teraz nie masz lęku wysokości? – zapytał.

– I tak nic nie widzę przez te chmury...

– A więc masz lęk wysokości tylko wtedy, kiedy widzisz co jest pod tobą?

Zerknęła na niego z nieśmiałym uśmiechem.

– Tak jakby.

– To ciekawe – stwierdził. – Mari, nie przestajesz mnie zaskakiwać.

Ona zmilczała tę uwagę. Obróciła się znów w stronę okna i patrzyła na obłoki. Niebo nad nimi było pogodne i czyste, błękitne jak lazur.

– Jak pięknie... – szepnęła.

– Co takiego? – zapytał.

– Niebo... chmury... – powiedziała, pokazując przed sobą.

– Nie leciałaś jeszcze nigdy nad chmurami?

– Nie.

Spojrzał na nią.

– Widzę, że jeszcze wiele rzeczy nie widziałaś w swoim życiu – zauważył.

– Cóż, nie mam tak ekscytującego życia jak pan – odparła.

– A jakie masz? – zapytał.

Wzruszyła ramionami.

– Zwyczajne – powiedziała wymijająco.

– Zwyczajne, czyli jakie?

– Takie jak wszystkich.
– Ale nie takie jak moje?
– Nie…
– Czyli nie takie, jak wszystkich.
Mari spojrzała na niego.
– Pan jest strasznie dociekliwy – stwierdziła.
– Taka moja natura – oznajmił. – Gdybym taki nie był, pewnie nie stworzyłbym tylu robotów. I to takich dobrych.
Ona nie odpowiedziała nic na to.
– Ty za to jesteś bardzo tajemnicza – zauważył.

Mari spała, a on w ciszy rozmyślał...

– Po prostu cenię sobie swoją prywatność – powiedziała.

– Ja również – stwierdził. – Choć prawie jej nie mam – dodał żartobliwie.

Zerknął na nią, ale ona nie uśmiechnęła się. Nawet nie spojrzała w jego stronę.

– No dobrze, nie będę cię już zmuszał do mówienia – powiedział nieco poważniej. – Widzę, że jednak rzeczywiście bardziej lubisz ciszę.

Umilkł i skupił się na pilotowaniu. Po jakimś czasie poczuł na sobie jej wzrok. Spojrzał na nią, a ona uśmiechnęła się do niego bardzo delikatnie, jakby z wdzięcznością. Dobrze mu było widzieć ją taką uśmiechniętą.

Po godzinie zauważył, że Mari przysnęła w fotelu. Zawinęła się w kłębek, dłonie przytuliła do policzka, a głowę oparła o szybę. Oddychała głęboko i miarowo. Armin spoglądał na nią od czasu do czasu, a widząc, że śpi mocno, sięgnął za plecy do mniejszego bagażnika, który miał z tyłu i wyciągnął stamtąd koc. Jedną ręką niewprawnie okrył ją tym kocem.

Tak upłynęła mu większa część podróży. Mari spała, a on w ciszy rozmyślał. Miał wreszcie na to czas. Nikt do niego nie dzwonił, nie otrzymywał też powiadomień, ani wiadomości od kontrahentów.

Po jakimś czasie Mari zaczęła się budzić. Przeciągnęła się i ziewnęła.

– O, ptaszek już się obudził – powiedział wesoło.

Mari spojrzała na niego zdumiona.

– Ja spałam? – zapytała schrypniętym głosem.

– Tak i to długo – odparł.

Przetarła zaspane oczy i wygrzebała się z koca. Widział, że przyglądała się mu ze zdziwieniem.

– Mam nadzieję, że nie śmierdzi ci za bardzo – powiedział, pokazując na koc. – Zwykle przykrywam nim części do robotów, aby mi nie latały po kabinie.

– Och…

Mari ostrożnie zwinęła koc i wsadziła go do tylnego bagażnika.

– Wybacz, nie miałem nic lepszego – powiedział.

– Och, nie… To… Dziękuję panu – powiedziała, nieco oszołomiona. – To pewnie dlatego tak dobrze spałam.

On spojrzał na nią z zainteresowaniem.

– Widzę, że już wraca ci humor – stwierdził. – Może chcesz coś zjeść? Napić się? W barku przed sobą masz wszystko, co potrzeba. Możesz mi też coś wyciągnąć.

Mari otworzyła barek.

– A co pan by chciał? – spytała.

– Możesz mi dać o to, tak, to w tubce – powiedział, pokazując na pomarańczowe opakowanie.

Mari otworzyła je dla niego i podała mu.

– O, dziękuję – powiedział, mile zaskoczony jej uprzejmością.

Zaczął jeść pastę mineralną, wysoce zbilansowaną mieszankę wszystkich potrzebnych składników, witamin i mikroelementów. Jedli w milczeniu, a kiedy skończyli, Armin spojrzał na nią.

– Wiesz, Mari, chyba rzeczywiście coś w tym jest – powiedział.

– W czym?

– W tej ciszy.

– Och…

Popatrzył przed siebie.

– Już nie pamiętam, kiedy ostatni raz byłem tak długo sam w kompletnej ciszy, bez tych powiadomień, bez sprawdzania statusu, bez hologramów – powiedział. – Chyba mi tego brakowało. Człowiek od razu zaczyna inaczej myśleć, zastanawiać się nad pewnymi rzeczami…

– I do jakich wniosków pan doszedł? – spytała, zawijając puste opakowanie po jedzeniu i wkładając je z powrotem do barku.

– Do żadnych konkretnych, po prostu trochę sobie odpocząłem – powiedział, uśmiechając się.

– Przyda się to panu – stwierdziła. – Zwłaszcza, że czekają nas intensywne dwa dni.

– No tak – mruknął. – Ty za to odpoczęłaś za nas oboje – powiedział wesoło.

– Przepraszam, jeśli… – zaczęła zmieszana.

– Nie, nie przepraszaj – powiedział, wchodząc jej w słowo. – Dlaczego miałabyś mnie przepraszać? – zdziwił się. – Przecież nic się nie stało. Milcząco dotrzymywałaś mi towarzystwa, a powiem ci, to lepsze niż gadający robot.

– Nawet pański robot? – spytała pół żartem.

– Zwłaszcza mój.

Zobaczył, że ona poważnieje.

– To… miło mi to słyszeć – powiedziała cicho.

On tylko zerknął na nią krótko, a potem wrócił do pilotowania.

– Jesteśmy już nad Nerkami – oznajmił po dłuższej chwili.

– Och, naprawdę?

– Tak, będziemy lądować za dwadzieścia minut.

Mari zaczęła się krzątać wokół siebie. Zobaczył jak nerwowo poprawia rozczochrane włosy, zaczesując je małym grzebykiem, który wyciągnęła z torebki. Potem wyjęła lusterko i przyjrzała się sobie. Sięgnęła po jakiś balsam do ust, a gdy go wyciągała, w tej samej chwili z torebki wypadł jej sznur koralików, który poleciał prosto pod jego nogi.

– Och…! – zawołała głośno.

– Nic się nie stało, już je mam.

Armin schylił się i podniósł koraliki.

– O, jakie ładne – stwierdził, przyglądając się niebieskim paciorkom. – Nie wiedziałem, że lubisz korale. Nigdy ich jeszcze nie widziałem na tobie.

– Och, to… To nic takiego… – powiedziała.

Chwyciła je stanowczo, wyciągając z jego dłoni i szybko schowała z powrotem do torebki.

– Mari, wszystko dobrze? – zapytał. – Jesteś bardzo blada. Może napijesz się wody?

– T-tak, muszę się napić – stwierdziła drżącym głosem. – To z tych nerwów… Mamy zaraz lądować, a ja… A ja jestem taka, ech, nieprzygotowana…

Popatrzył na nią dłuższą chwilę, ale nic nie powiedział. Ona upiła kilka łyków wody, a potem wzięła głęboki oddech.

– Spokojnie, Mari.

Wyciągnął do niej rękę i na moment przytrzymał jej dłoń w swojej.

– Spokojnie, dasz sobie radę – powiedział łagodnie, chcąc dodać jej otuchy.

Ona spojrzała na niego zdumiona. Cofnął rękę.

– Daj mi też trochę wody, zaschło mi w gardle od tej pasty – stwierdził.

Ona podała mu buteleczkę i napił się.

– Dobra, pora przyjrzeć się Nerkom z bliska – powiedział, obniżając lot.

Wlecieli w grubą warstwę chmur i na moment nie było nic widać, a kiedy się przerzedziło, ujrzeli pod sobą pierwsze wieżowce.

– Mari, teraz lepiej nie patrz w dół – powiedział.

– Nie patrzę.

Spojrzał na nią. Siedziała prosto z mocno zaciśniętymi powiekami. Paznokcie wpiła w podłokietniki.

Armin zmniejszył prędkość i zlecieli prosto do centrum.

– O, zobacz, pałac Rubina, tu będzie nasze lokum – powiedział, pokazując jej wspaniały, złoty pałac.

Mari spojrzała na budynek przez rozstawione palce.

– Ogromny… – stwierdziła.

– Oczywiście, jak wszystko co należy do bogów tego świata – powiedział.

Poczuł na sobie spojrzenie Mari. Zerknął na nią.

– Wierzy pan w bogów? – spytała.

– Czy wierzę? Mari, nie muszę w nich wierzyć, widzę ich przecież codziennie – powiedział z uśmiechem.

– Ale to nie są bogowie, to są ludzie – powiedziała cicho.

Wzruszył ramionami.

– Chcą się tak nazywać, to niech się tak nazywają – odparł. – Mnie nic do tego.

Nie powiedziała już nic, zresztą nie było już czasu na dalszą rozmowę. Armin zajechał autolotem na parking hali ekspozycyjnej. Wysiedli, a on wyciągnął z dużego bagażnika robota owiniętego w pokrowiec. Mały robocik, którego wziął ze sobą, uniósł Wojownika nad ziemię i zaczął prowadzić go przed sobą do wejścia.

– Chodź, Mari – powiedział. – Pora zawrócić im wszystkim w głowach.

★★★

Gdy tylko pojawili się na hali, roboty natychmiast oznajmiły jego przybycie, a liczni goście cisnęli się, żeby go zobaczyć, uścisnąć mu rękę i pozdrowić. Armin odbierał te wszystkie pochlebstwa z taktownym uśmiechem. Pozwalał robić ze sobą zdjęcia i klepać się po plecach z ludźmi, którzy byli mu zupełnie obcy. Czuł się w tym wszystkim jak ryba w wodzie. Mari wyglądała na skrępowaną. Nerwowo ściskała przed sobą małą torebkę i oglądała się niepewnie wokół.

– Panie Armin, proszę za mną – oznajmił uprzejmie robot służebny, prowadząc go przez tłum do niewielkiego podium, gdzie było jego stanowisko. – Pana miejsce do wystąpień jest już przygotowane.

– Świetnie, świetnie – odparł, jednocześnie kiwając głową jakimś lordem.

Przeszli na podium, a jego mały robocik ustawił Wojownika na wprost publiczności. Podszedł do nich jeden z organizatorów.

– Panie Armin, to zaszczyt mieć pana u siebie – powiedział elegancki mężczyzna, kłaniając mu się w pas. – Jesteśmy wszyscy bardzo wdzięczni, że pomimo utrudnień, pojawił się pan na naszych targach.

Armin skinął mu lekko głową.

– Nie mógłbym pozbawić się takiej przyjemności, żeby nie zaprezentować mojego robota całemu światu – powiedział.

– Słyszeliśmy same najlepsze rzeczy o pańskim Wojowniku – ciągnął dalej organizator. – I jesteśmy bardzo ciekawi tej maszyny.

– Proszę jeszcze o chwilę cierpliwości, moja asystentka i ja przygotujemy go dla państwa do ostatecznej prezentacji.

– Ależ proszę się nie spieszyć, dostojni goście dopiero się zjeżdżają – zapewnił organizator. – Główne wystąpienia rozpoczną się za około godzinę. Pańską prezentację zostawimy sobie na sam koniec, aby zwieńczyć dzisiejsze targi. Czy taka kolejność panu odpowiada?

– Jak najbardziej.

– Jutrzejszy dzień będzie nieco luźniejszy. Mniej przemówień, a więcej konkretów.

– To mi się podoba – odparł Armin z uśmiechem.

– Otrzyma pan specjalną salę, w której będzie pan mógł przyjmować interesantów oraz robić dla nich pokazy Wojownika. Będzie to sala numer pięć, nasz robot służebny jest do pańskiej wyłącznej dyspozycji, zaprogramowany na pański identyfikator.

Armin podziękował skinięciem.

– Pan pozwoli, że jeszcze potwierdzę, pan i pańska asystentka mają zamiar pojawić się jutro na balu kończącym targi w pałacu Rubina? – zapytał uprzejmie organizator.

– Oczywiście – odparł pewnie Armin.

– Dziękuję, chciałem się tylko upewnić – powiedział organizator, notując coś na ekranie. – Czy na tę chwilę ma pan jakieś pytania, sugestie? Czy coś podać do jedzenia? Bufet na pierwszym piętrze jest dla państwa otwarty przez całą dobę. Czy może chcą się państwo odświeżyć po podróży? Przebrać? Nasz robot pokaże odpowiednie pokoje z łaźniami.

– Mnie niczego nie trzeba, a tobie Mari? – spytał, odwracając się do niej.

Mari stała z boku. Była blada, ale trzymała się prosto.

– Ja… W porządku – odparła.

– A zatem zostawię państwa i już teraz z niecierpliwością oczekują pańskiej prezentacji.

Organizator ukłonił się w pas i poszedł. Armin spojrzał na Mari.

– No widzisz? – powiedział. – Mówiłem ci, że nie masz się czego obawiać. Oni wszyscy będą mi jeść z ręki.

Spojrzała na niego.

– Ale żadnego całowania mnie po stopach – stwierdziła.

Armin uśmiechnął się.

– Żadnego. A teraz pomóż mi z tym robotem, trzeba go przyszykować.

Zdjęli z niego pokrowiec i Armin zaczął ustawiać jego parametry, równocześnie tłumacząc Mari, co do czego służy. Musiał jednak co chwilę przerywać, bo podchodzili do niego różni biznesmeni i inwestorzy, pytając o jego wynalazek. Armin skrupulatnie wymieniał wszystkie walory swojej maszyny, a ci słuchali z zainteresowaniem. Kontrahenci ustawiali się w kolejce i wokół nich zaczął robić się coraz większy tłum. Biznesmeni nie mogąc się doczekać rozmowy z Arminem, zagadywali do Mari. Ta z początku nerwowo, później coraz śmielej zaczęła opowiadać o robocie. Armin zerkał na nią od czasu do czasu, sprawdzając, jak sobie radzi.

– Posiada skrzydła, koła oraz napęd magnetyczny – wymieniała. – Tutaj ma wyrzutnie rakiet, tu karabiny i pistolety.

– A to takie coś na głowie? – zapytał jakiś opasły lord.

– To urządzenie do emitowania gazu łzawiącego – poinformowała.

Lord zamrugał zaskoczony.

– Ooo… Doskonały pomysł – podchwycił zaraz. – Przyda nam się do tych rozrób. Wreszcie będzie można zrobić porządek z tymi chrześcijanami. Chcę od razu zamówić tysiąc sztuk.

– Czy mam pana wpisać na listę klientów oczekujących? – zapytała.

Armin zobaczył jak lord się krzywi.

– Klientów oczekujących? Ja jestem Lordem Murdockiem, ja nie czekam w kolejce jak jakiś plebs, ja dostaję od razu to, co chcę! – oświadczył kategorycznie.

Jego donośny głos słychać było aż z drugiego końca podium. Armin przerwał na chwilę rozmowę z jakimś biznesmenem i obserwował jak Mari sobie poradzi. Kobieta nie dała się sprowokować.

– Przykro mi, ale obecnie mamy komplet zamówień – oświadczyła spokojnym, ale stanowczym głosem. – Nie jest pan jedynym, którego wpisuję na tę listę. Na produkt pana Armina czekają już wszyscy, same najważniejsze osobistości z Języka i nie tylko. Jego robot jest po prostu tak dobry, że nikt nie jest w stanie mu się oprzeć – powiedziała jednym tchem.

Lord Murdock zaczął słuchać jej ze zdumieniem.

– Czyżby? – prychnął. – A kto taki jeszcze czeka?

– Lista oczekujących jest już bardzo długa, a wśród nich są same wielkie osobistości, na przykład Lord Klaudiusz…

– Lord Klaudiusz? – podchwycił zaraz opasły mężczyzna. – To niesłychane… Armin musiał sporo zainwestować w reklamę, skoro nawet ten sknera się na to skusił.

– Sami Wielcy Rządzący skusili się na produkt pana Armina – powiedziała zaraz. – I jako pierwsi go zamówili, po czym zaraz rozreklamowali jego towar w czasie trwania święta ku czci Kronosa.

Lord uniósł brwi.

– A niech mnie… – powiedział zduszonym głosem. – I mówiłaś, że kto jeszcze jest na liście oczekujących?

Mari zerknęła w ekran, który trzymała w dłoni i pokazała mu długi rząd imion i przyporządkowane do nich cyfry, oznaczające numer identyfikatora. Lord spojrzał ze zdumieniem, wzrokiem śledząc imiona.

– A niech mnie… – szepnął. – Panienko, jeśli teraz wpiszesz mnie na listę, to który będę w kolejce?

Mari zmrużyła oczy na słowo „panienko", ale nic nie powiedziała. Spojrzała w ekran.

– Dwieście osiemdziesiąty ósmy – oświadczyła.

– A gdybym sprezentował ci, powiedzmy, taki mały dodatek punktowy, czy wpisałabyś mnie wyżej? – spytał naraz innym głosem, przymilnym i śliskim.

Mari skrzywiła się.

– Przykro mi, ale to byłoby nie w porządku wobec klientów, którzy wcześniej złożyli zamówienia – odparła.

– Ależ ślicznotko, przecież nikt się nie musi dowiedzieć…

– A jeśli chodzi o prezenty w postaci punktów, mój pracodawca daje mi wystarczająco duże premie, abym nie musiała łasić się na punkty od bogaczy w zamian za oszustwo – powiedziała stanowczo.

Armin, który przysłuchiwał się tej rozmowie z boku, uniósł brwi. Lord Murdock wyglądał na wściekłego.

– Mogę pana zapisać na listę oczekujących, albo wcale – dodała Mari, patrząc na niego bez lęku.

– Zapisuj – burknął. – Głupia suka…

– Mari! – zawołał Armin, podchodząc do nich. – Tego klienta nie zapisuj.

Lord Murdock obejrzał się na niego ze zdumieniem. Armin podszedł do Mari i stanął obok niej, zerkając jej przez ramię w ekran.

– Wykreśl go z listy oczekujących.
– A to niby dlaczego? – warknął lord.

Armin spojrzał na niego.

– Taki mam kaprys – powiedział z bezczelnym uśmiechem.

Lord Murdock ściągnął brwi.

– Ach, tak…? – syknął.
– Poza tym nie lubię, jak się próbuje przekupić moich pracowników – powiedział twardo. – I się ich obraża.
– W takim razie straciłeś klienta, Armin – warknął Lord Murdock.
– Niewielka to dla mnie strata – odparł.
– Taki jesteś pewny siebie? – prychnął lord. – Żebyś się czasem nie przejechał na tym swoim modelu! – zagroził.
– Do widzenia – powiedział Armin, nie wdając się z nim w dyskusję.

Tamten tylko burknął coś niewyraźnie, po czym odwrócił się i poszedł. Mari spojrzała na niego pytająco. W jej oczach czaił się strach.

– Stracił pan klienta… – powiedziała cicho. – Przeze mnie.
– Nie, Mari – powiedział.

Położył jej obie dłonie na ramionach.

– Nie straciłem klienta, tylko pozbyłem się drania, który ci dokuczał, a to jest dla mnie zysk, a nie strata.

Uśmiechnęła się słabo.

– Nie musiał pan stawać w mojej obronie, sama bym sobie z nim poradziła… – bąknęła.
– Wiem, Mari, obserwowałem cię, bardzo dobrze sobie radziłaś – odparł. – Ale w takich momentach pozwól mi działać. Jesteś moją asystentką i jestem za ciebie odpowiedzialny. Nie mogę pozwolić, żeby jakiś głupek tak cię traktował.

Pokiwała głową, a jej policzki poróżowiały.

– Dziękuję.

– To ja ci dziękuję – odparł, przyglądając jej się z bliska. – Słyszałem jak z nim rozmawiałaś. Zaimponowałaś mi tym, co powiedziałaś. Jeszcze nigdy nie spotkałem tak uczciwej osoby.

Ona spojrzała na niego zaskoczona. Teraz czerwone miała nie tylko policzki, ale i szyję i czoło.

– Dobrze zrobiłem, że cię zatrudniłem – powiedział. – Myślę, że z twoim charakterem, podejściem do pracy i do przełożonych, szybko osiągniesz sukces.

Ona uśmiechnęła się, zmieszana.

– Nie zależy mi tak bardzo na sukcesie – odparła.

– A na czym ci zależy?

Zamyśliła się, nie odpowiadając. Armin nie naciskał.

– *Szanowni goście, dziękujemy za tak liczne przybycie na międzymiastowe targi robotów* – rozległ się niespodziewanie wzmocniony głos prowadzącego. – *Prosimy powoli kończyć rozmowy, gdyż już za chwilę odbędzie się pierwsza prezentacja!*

– Chodź, usiądziemy sobie – powiedział Armin, prowadząc Mari do foteli, które przyniósł dla nich robot służebny.

Na stoliku przed nimi robot postawił napoje i przekąski. Armin usiadł w jednym fotelu, a Mari przycupnęła obok niego na drugim.

– My będziemy przemawiać jako ostatni – powiedział jej cicho. – Więc mamy jeszcze trochę czasu.

Mari pokiwała głową. Na wielkim ekranie przed nimi pojawił się smukły mężczyzna, który zaczął opowiadać o swoich robotach latających. Mówił wprost ze swojego stanowiska, które znajdowało się w głębi hali, a kamery pokazywały to na wszystkich ekranach. Armin słuchał przez chwilę, ale potem zajął się sprawdzaniem zamówień od kontrahentów. Później otrzymał powiadomienie od Alexandry o zyskach i stanie produkcji i zagłębił się w tabele i cyfry, zapominając o całym świecie. Ocknął się w połowie jakiegoś przemówienia, kiedy poczuł na przedramieniu ciepły dotyk czyjejś ręki.

– Panie, zaraz my – powiedziała Mari.

Armin zamrugał zaskoczony i zamknął hologram. Dopiął marynarkę i upił kilka łyków wody.

– Dobrze – odparł, wstając. – Ale tym razem ja mówię, a ty wyglądasz – powiedział, uśmiechając się lekko.

Mari stanęła obok niego i odpowiedziała subtelnym uśmiechem. Wystąpienie poprzedniego wynalazcy właśnie się zakończyło i światła reflektorów padły teraz na niego i jego robota. Armin wyprostował się i wyszedł na środek podium.

– A teraz specjalnie dla państwa swojego najnowszego robota zaprezentuje dla was sam Armin z firmy ArminRobot! – rozległo się z megafonów.

Halę zalała burza oklasków, a tłum zaczął cisnąć się do podium, przy którym stali. Armin popatrzył po twarzach zebranych, uśmiechnął się z satysfakcją i rozpoczął swoje przedstawienie.

...rozpoczął swoje przedstawienie...

★★★

– To było wspaniałe, panie Armin! – piali z zachwytu organizatorzy, kiedy fala kontrahentów wreszcie się przewaliła i Armin mógł swobodnie porozmawiać.

– Jesteśmy zachwyceni! Pańska prezentacja była najlepsza ze wszystkich!

– Otrzymaliśmy mnóstwo powiadomień na nasz serwer, klienci z całego świata chcieliby kupić pańskiego robota!

– Wszystkie zamówienia proszę przekazywać mojej asystentce – powiedział Armin.

Mimo zmęczenia po całym dniu niekończących się rozmów z klientami, czuł satysfakcję z dobrze wykonanej pracy. Mari również stanęła na wysokości zadania. Ogarniała wszystkie zamówienia, przekazując je do centrali w Języku i odpowiadała na niekończące się pytania interesantów. Widział, że też była już wyczerpana, ale mimo to trzymała się dzielnie. Był z niej bardzo zadowolony.

– Teraz jednak musimy państwa opuścić, my niestety nie jesteśmy robotami i też czasem potrzebujemy odpocząć – powiedział pół żartem do organizatorów.

– Ależ oczywiście, panie Armin – odparł główny organizator, smukły mężczyzna w garniturze. – A zatem widzimy się jutro?

– Jak najbardziej – odparł Armin, chowając Wojownika w pokrowiec.

Jego mały robocik zaczął prowadzić go przed sobą, unosząc go nad ziemią, a on i Mari poszli za nim w stronę wyjścia. Zapakowali się do autolotu i ruszyli do pałacu Rubina.

– Nie wiem jak ty, Mari, ale ja padam z nóg – powiedział, oglądając się na nią.

Ona siedziała nieruchomo w fotelu z zamkniętymi oczami i tylko oddychała ciężko.

– Ja też… – wysapała. – Mam w głowie milion zamówień…

Armin uśmiechnął się.

– Zaraz sobie odpoczniesz.

Wylądował na nadziemnym parkingu w swoim skrzydle pałacu Rubina. Tam czekał już na niego kolejny robot służebny.

– Witaj, Armin – przywitał go, kłaniając mu się w pas. – Czy mam zabrać twoje bagaże?

– Zabierz bagaże mojej asystentki i zaprowadź ją do jej apartamentu – poinstruował.

– Oczywiście – stwierdził robot, chwytając jej walizki. – Kolacja już na państwa czeka w jadalni na poziomie trzecim.

– Mari, chcesz zjeść w jadalni ze wszystkimi, czy wolisz zjeść sama? – zapytał. – Jeśli tak, to powiem służbie, aby ci przyniosła kolację do pokoju – powiedział.

Mari obejrzała się na niego.

– A pan gdzie będzie jadł?

– Ja zjem u siebie, nie mam już siły rozmawiać z kolejnymi klientami, a mogę się założyć, że będzie się ich tam kręcić cała masa – powiedział zmęczonym głosem.

– Och, to w takim razie ja też zjem u siebie – stwierdziła.

Popatrzył na nią dłużej.

– A może chcesz zjeść ze mną? – zapytał. – Mam w swoich apartamentach małą jadalnię, nie jest co prawda tak wytworna jak ta na poziomie trzecim, ale spokojnie starczy miejsca dla nas dwojga.

– Och, nie chcę panu przeszkadzać – powiedziała, rumieniąc się.

– Ależ przecież nie będziesz mi przeszkadzać.

– Ale powiedział pan, że nie chce pan już nikogo widzieć…

– Powiedziałem, że nie chcę już widzieć biznesmenów, ale nie ciebie – odparł. – Sprawisz mi tym przyjemność.

Uciekła wzrokiem w bok.

– Chyba, że już masz mnie dosyć – dodał żartobliwie.

Mari zaczesała kosmyk włosów za ucho.

– Nie, ja… W zasadzie to nie lubię jeść sama – przyznała.

Armin uśmiechnął się.

– Świetnie, w takim razie przyjdę do ciebie za pół godziny – powiedział. – Moje apartamenty są ogromne, nie chcę żebyś się zgubiła – dodał wesoło.

Mari uśmiechnęła się i poszła za robotem. Armin tymczasem poszedł do siebie. Zrzucił marynarkę i potarł skronie. Sprawdził swój status. Otrzymał piętnaście tysięcy punktów za samo pojawienie się na targach i drugie tyle za każdą godzinę spędzoną w hali. Nie liczył już tego. Zamówił kolację na panelu na ścianie i wyciągnął swoje rzeczy z niewielkiej walizki. Miał tam dodatkowy garnitur na jutrzejszy wieczór i kilka koszul. Odświeżył się, założył jakąś ładniejszą koszulę, sprawdził czas, pokręcił się jeszcze po mieszkaniu i poszedł po Mari.

Jej apartament znajdował się na przeciwległym końcu całego skrzydła, które wynajmował. Położył dłoń na drzwiach i zaraz usłyszał po drugiej stronie łagodny odgłos gongu. Mari otworzyła mu po chwili. Ona też założyła na siebie inną bluzkę, różową, tak jak różowe były jej policzki. Widział, że zerknęła na jego koszulę i uśmiechnęła się lekko.

– Mam nadzieję, że jesteś bardzo głodna, bo zamówiłem wszystko, co mieli najlepszego – powiedział, prowadząc ją do swojej jadalni.

– Umieram z głodu – przyznała.

Weszli do niewielkiej sali, a Armin pokazał jej miejsce przy stoliku obok ogromnego okna. Mari usiadła i zerknęła niepewnie przez szybę. Widać było stamtąd panoramę miasta. Odsunęła się lekko.

– O, wybacz, zupełnie zapomniałem – powiedział.

Dotknął szyby, a ta zaraz pociemniała, ukrywając widok.

– Teraz lepiej? – spytał, siadając na wprost niej.

– Tak, dziękuję – odparła.

Po chwili w sali zjawili się służący i zaczęli znosić dania na srebrnych tacach. Armin podziękował im skinieniem głowy, a ci ukłonili się przed nim i wyszli.

– Och, jakie pyszności – powiedziała Mari, próbując wszystkiego po trochu. – Albo po prostu jestem już tak strasznie głodna i wszystko mi smakuje

– Albo jedno i drugie – odparł.

Przez chwilę jedli w milczeniu. Armin spoglądał na nią od czasu do czasu.

– Wiesz, właśnie to do mnie dotarło – stwierdził.

– Co takiego? – zapytała, ocierając twarz w serwetkę.

– Już dawno z kimś nie jadłem.

– Och…

Podniosła na niego oczy.
– To musi pan być bardzo samotnym człowiekiem.
To stwierdzenie zdumiało go.
– Nigdy nie myślałem o sobie w ten sposób – powiedział.
– W jaki?
– Że jestem samotny – powiedział. – Bardziej uważałem to za coś oczywistego, jak powietrze, którym się oddycha. Nie myśli się o tym, prawda?
– Tak – powiedziała. – Dopóki go nie zabraknie.
Armin odłożył widelec i spojrzał na nią zaciekawiony.
– Tak – przyznał. – Widzisz, moja praca jest na tyle pochłaniająca, że nie mam czasu myśleć o czymś innym poza nią. To daje mi największą satysfakcję w życiu, poczucie spełnienia.
– To trochę smutne – stwierdziła.
– Smutne? Dlaczego?
– A co jeśli straci pan tę pracę, przestanie zarabiać miliony, a kontrahenci się od pana odwrócą? Wówczas nie zostanie już panu nic...
– To się nigdy nie stanie – powiedział pewnie.
– Ale jeśli jednak się stanie? – odparła. – Co wówczas pan zrobi?
– Wówczas zacznę wszystko od nowa.
Mari popatrzyła na niego krótko.
– Jest pan bardzo odważny.
– Muszę być – odparł. – To nieodłączna część tego zawodu. Bez odwagi niczego bym nie osiągnął. Kwestia to mieć dobry plan i konsekwentnie wdrażać go w życie.
– Ale życie jest nieprzewidywalne – powiedziała. – Nie wszystko da się zaplanować. Czasem koleje losu mogą nas zaskoczyć, zburzyć nasze plany i marzenia, a wówczas co z nich zostanie...?
– Wówczas trzeba zmienić plany i dostosować się do tego, co się ma, to wszystko – powiedział. – To nie jest aż tak bardzo skomplikowane.
– Mówi pan tak, jakby nigdy nie przeżył pan ciężkiego kryzysu – odezwała się naraz.

Armin uśmiechnął się lekko. W dłonie uchwycił gustowny kielich i napił się z niego, a potem powoli odstawił go na miejsce.

– Myślisz pewnie, że wszystko mi tak łatwo w życiu przychodziło – powiedział.

– Cóż, takie sprawia pan wrażenie – odparła.

Spojrzał na nią.

– Wiedz, że nieraz miałem nóż na gardle i przechodziłem sytuacje kryzysowe, ale zawsze wychodziłem z nich zwycięsko – powiedział. – Kwestia adaptacji. Po prostu czasem trzeba zacisnąć zęby i dać z siebie wszystko.

Mari pokiwała głową. Wyglądała na zamyśloną.

– Z firmą jest trochę jak z dzieckiem, trzeba o nią dbać, karmić, a czasem rozpieszczać, ale niekiedy da ci w kość – stwierdził.

– Miał pan kiedyś dzieci? – zapytała naraz.

– Nie. A ty?

– Nie…

Spojrzała w bok w stronę obrazu, który wisiał na ścianie. Przedstawiał kaskadę wodospadów spływających po skałach. Armin patrzył na jej profil.

– A chciałabyś mieć? – zapytał.

Ona obejrzała się na niego.

– Cóż to znowu za pytanie…? – powiedziała zmieszana.

Wzruszył ramionami.

– Jak każde inne.

Ona znów spojrzała na obraz. Nie odpowiadała. Armin upił z kielicha. Był pewien, że już się nie odezwie, gdy wtem powiedziała cicho:

– Chciałabym…

Uśmiechnął się.

– Nic nie stoi na przeszkodzie – odparł.

Ona spojrzała na niego.

– Za udział w targach dostaniesz minimum pięć tysięcy punktów za dzień i tyle samo za każdą godzinę spędzoną na balu, bo bal jest znacznie wyżej punktowany – powiedział. – Za to będziesz mogła kupić sobie dziecko, a nawet zaprogramować je na takie, jakie będziesz chciała. Przechodziłaś kiedyś kurs programowania dzieci? Mogę ci załatwić taki kurs u dobrego znajomego za pół ceny.

W miarę jak mówił zobaczył, że jej twarz poważnieje, a oczy robią się coraz smutniejsze.

– Pomyślę o tym – powiedziała wymijająco.

Spojrzała znów na obraz. On przyglądał jej się w milczeniu.

– Podoba ci się ten obraz? – spytał. – Czy masz mnie już po prostu dosyć? – dodał, pół żartem, bacznie ją obserwując.

Ona zerknęła na niego.

– Obraz nie zadaje mi krępujących pytań na temat mojego życia osobistego – powiedziała cicho, z nieco przekorną nutką.

– Obraz nie zadaje mi krępujących pytań...

Uśmiechnął się.

– A ja ci zadaję? – zapytał.

W milczeniu pokiwała głową.

– Wybacz, czasem jestem dość bezpośredni – odparł bez cienia skrępowania.

– Czasem…? – zapytała z ironią.

Armin uśmiechnął się.

– Ten obraz – powiedział, pokazując na niego dłonią, w której trzymał kielich – kupiłem od takiego człowieka, który malował go, siedząc na ulicy. To był jakiś malarz, który stracił pracę, bo był chrześcijaninem. Było to jakieś trzynaście lat temu, kiedy dopiero zaczynałem ze swoim biznesem.

Zobaczył, że Mari odwraca się w jego stronę i spogląda na niego z uwagą.

– Dałem mu dwieście punktów, choć on sam chciał za niego tylko dwadzieścia – powiedział. – Pomyślałem sobie, że to trochę za mało. W końcu ten człowiek siedział tam i malował go od paru dni. Widziałem go codziennie, kiedy załatwiałem interesy w Nerkach. Wyglądał mi na porządnego człowieka, a obraz mi się spodobał, więc chciałem go jakoś wynagrodzić za jego ciężką pracę.

Mari oparła policzek na dłoni i słuchała go.

– Ten człowiek bardzo mi dziękował i powiedział na koniec coś takiego: niech ci Bóg wynagrodzi w dzieciach. Wkrótce potem dostałem duże zlecenie, wybudowałem sobie biuro w Języku i stałem się jednym z najbogatszych ludzi w mieście. To zabawne, ale czasem wspominam tego człowieka i te słowa, które wtedy powiedział. To zupełnie tak, jakby on przepowiedział sukces mojej firmy.

Mari uśmiechnęła się.

– Myślę, że jemu chyba jednak chodziło o te prawdziwe dzieci, a nie o pańską firmę – powiedziała rozbawiona.

– No nie wiem, dzieci jak nie miałem, tak nie mam, a firma coraz bardziej się rozrasta – powiedział z uśmiechem.

– Nie myślał pan nigdy o prawdziwych dzieciach? O założeniu rodziny?

– Jakoś nigdy mnie to nie interesowało specjalnie – odparł szczerze.

Mari pokiwała głową. Była bardzo zamyślona.

– W pańskim przypadku dzieci byłyby dobrą inwestycją na przyszłość – powiedziała. – Bo w końcu komu zostawi pan ten majątek w przypadku śmierci?

Armin napił się z kielicha.

– Na razie nie myślę o śmierci – odparł, patrząc na nią poważnie.

Mari spojrzała znów na obraz, a on podążył za jej spojrzeniem.

– Widziałaś kiedyś takie wodospady? – zapytał ją naraz.

Pokręciła głową.

– A chciałabyś zobaczyć?

Wzruszyła ramionami.

– Wyglądają ciekawie… Ale pewnie to w innym mieście, jakoś strasznie daleko.

– Właśnie nie – odparł. – Są tuż niedaleko, w sztucznym parku w samym centrum miasta. To tam pracował ten malarz. Chcesz, to mogę cię tam zabrać. To bardzo ładne miejsce. Spokojne. Można się tam wyciszyć po całym dniu pracy.

Ona zerknęła na niego.

– Oczywiście, jeśli jesteś zmęczona, to…

– Nie, bardzo chętnie się przejdę po parku – powiedziała. – Myślę, że dobrze mi to zrobi.

– Świetnie – odparł zadowolony.

Spojrzał na swój identyfikator.

– Jeśli teraz wyjdziemy, zdążymy jeszcze zobaczyć zachód słońca.

Spojrzał na nią.

– Chyba, że chcesz się wcześniej przebrać?

Ona wstała z uśmiechem.

– Wolę zobaczyć zachód słońca.

ROZDZIAŁ V

Spacerowali od kilku minut cienistą aleją wśród posadzonych równo drzew. Słońce właśnie chyliło się ku zachodowi. O tej porze nie było tu wielu ludzi, mijali ich niekiedy pojedynczy przechodnie, albo pary trzymające się za ręce.

Nie rozmawiali wiele, a jeśli już, to na błahe tematy. Mari przyglądała się z ciekawością roślinności, która bujnie rozkwitała o tej porze roku w Nerkach.

– U nas nie ma takich drzew – zauważyła, przyglądając się rozłożystym konarom o szerokich liściach.

Armin pokiwał głową.

– Są specjalnie hodowane do tego typu miejsc – powiedział.

W pewnej chwili Mari podeszła do krzewu róż i zatrzymała się tuż przy nim. Armin przyglądał jej się, jak dotyka dłonią delikatnych kwiatów. Naraz nachyliła się i powąchała je. Skrzywiła się.

– Nie pachną – stwierdziła, odsuwając się od krzewu.

– Bo są zmodyfikowane – wyjaśnił. – Po to, aby nie przyciągać szkodników.

– Sztuczne kwiaty w sztucznym ogrodzie – skwitowała.

– Zaraz pokażę ci sztuczne wodospady – powiedział z uśmiechem. – Chodź, to niedaleko. Jest stamtąd ładny widok.

Przeszli dalej, milcząc. Armin szedł z dłońmi założonymi za plecami. Ona trzymała w jednej ręce łodyżkę trawy, którą się bawiła. Po chwili z oddali dał się słyszeć szum. Mari spojrzała na niego pytająco.

– Tak, to wodospady – potwierdził.

Przeszli kawałek dalej i po chwili zza drzew wyłoniły się spiętrzone skały. Po nich, jak po stopniach, spadała z hukiem woda. Mari przystanęła i popatrzyła zdumiona.

– Och… Jakie to wielkie – powiedziała.

Wodospad, wysoki na kilkanaście metrów, opadał kilkoma strumieniami, na koniec łącząc się w szerokim jeziorze. Armin podszedł do jednej z ławek, które ustawiono na wprost wodospadu i usiadł na niej. Po chwili Mari usiadła obok niego i popatrzyła dookoła.

– Przepiękne… – szepnęła, patrząc na huczące strumienie wody. – Widać nawet małą tęczę, o tam.

Pokazała dłonią, a on pokiwał głową, ale nie patrzył na wodospady. Patrzył na nią. Jej twarz lśniła w ostatnich czerwonych promieniach zachodzącego słońca, a oczy błyszczały od zachwytu. Zerknęła na niego.

– Nie wiedziałam, że lubi pan przebywać w takich miejscach jak to – powiedziała. – W takich spokojnych.

– Czasem nawet ja lubię pobyć sam i odpocząć.

Uśmiechnęła się lekko.

– Oceniając po trybie życia jaki pan wiedzie, pewnie niewiele ma pan takich chwil odpoczynku – powiedziała.

– Fakt, niezbyt wiele – przyznał.

Oparł się o ławkę, splótł palce dłoni ze sobą i założył je na kark.

– Dlatego korzystam z każdych chwili spokoju, jakie uda mi się wycisnąć z dnia.

Mari patrzyła na wodospady. Oprócz szumu wody wokół nie było słychać żadnego innego dźwięku.

– Ten malarz zawsze tu siedział – powiedział naraz, przypominając sobie.

Spojrzała na niego.

– Tu, na tej ławce – dopowiedział.

– Co się potem z nim stało? – zapytała.

– Tego nie wiem. Przypuszczam, że to, co dzieje się z każdym bezdomnym, bezrobotnym i nieużytecznym dla systemu…

Mari posmutniała. Zapatrzyła się znów w wodospady. Długo nic nie mówili. Minuty mijały im w ciszy, ale jemu, o dziwo, to nie przeszkadzało.

– Przy tobie człowiek rzeczywiście może się nauczyć milczeć – powiedział naraz Armin. – Nie spotkałem jeszcze kogoś takiego jak ty.

Mari uśmiechnęła się słabo.

– Nie lubisz mówić o sobie, prawda? – spytał.

– Nie jestem taka, jak pan – odparła. – Trudno mi się otworzyć. Być może przez to ludzie myślą, że jestem niemiła…

– Jesteś bardzo miła – powiedział zaraz, prostując się na ławce. – Poza tym to nie słowa, ale czyny świadczą o człowieku. A ty swoimi czynami pokazałaś już nie raz, że jesteś porządną, pracowitą osobą, na której można polegać.

Mari spojrzała na niego.

– Jesteś dobrym pracownikiem.

Spuściła głowę.

– Dziękuję.

Powoli zaczynało się ściemniać, a oni nadal tak siedzieli, milcząc i wpatrując się w wodę. Naraz tuż przy nich zapaliła się lampa uliczna, a potem kolejne. Armin drgnął.

– Chcesz już wracać? – zapytał.

– A pan?

– Może chodźmy już, jutro czeka nas kolejny pracowity dzień. Musimy być w formie.

Ona zgodziła się i wstali. Armin poprowadził ją z powrotem do wyjścia z parku nieco inną drogą, trochę na skróty. Gdy tylko przeszli przez bramę parku na chodnik, dały się naraz słyszeć jakieś donośne okrzyki z megafonu, którym wtórowała wrzawa tłumu.

– *Nie damy się więcej wykorzystywać! Nie będziecie nas więzić! Jesteśmy wolnymi ludźmi i zasługujemy na takie same prawa jak wszyscy obywatele Nerek!* – krzyczał mężczyzna przez megafon.

Mari przystanęła zdumiona.

– Co to? – spytała.

– Brzmi jak demonstracja – mruknął Armin, rozglądając się za źródłem dźwięku.

Wtem ujrzał z oddali idącą w ich kierunku grupę kilkudziesięciu ludzi. Nieśli ze sobą transparenty, a niektórzy trzymali krzyże i zapalone świece.

– To chrześcijanie – skwitował Armin. – Znowu czegoś chcą. Chodźmy stąd.

Ale Mari nie ruszyła się z miejsca.

– *Bracia i siostry, zerwijcie te pęta, którymi chcą was związać, was i wasze dzieci! Nie bójcie się Wielkich Rządzących! Stawcie opór władzy, która zabija niewinnych ludzi w imię sprawiedliwości! Władcy tego świata przeminą, ale słowa Chrystusa nie przeminą!* – krzyczał mężczyzna przez megafon.

Wtórował mu głos tłumu, który skandował:

– Chrystus królem! Chrystus Panem! Chrystus władcą nam!

Byli już coraz bliżej.

– Mari, chodź, to jacyś szaleńcy – ponaglił ją.

Ale ona wciąż stała, przyglądając się demonstracji.

– To nie są szaleńcy – powiedziała cicho. – Oni walczą o swoje prawa.

– Tak się nie walczy o swoje prawa – stwierdził. – W ten sposób narobią sobie tylko kłopotów. Chodźmy.

– Ale…

W tej samej chwili dał się słyszeć szum autolotów. Tuż nad grupą demonstrujących zawisł kilkunastoosobowy pojazd strażników.

– *Informujemy, że to zgromadzenie jest nielegalne* – oświadczył mechaniczny głos z autolotu. – *Prosimy o jak najszybsze rozejście się do swoich parcel.*

– Nie możecie nas kontrolować! – krzyknęli ludzie. – Wy potwory! Oddajcie nam nasze stanowiska! Nasze prace! Nasze rodziny! Zabraliście nam wszystko! Wy bestie! Nieczułe maszyny…!

Tłum krzyczał i skandował, a mechaniczny głos z autolotu wciąż ich upominał. Armin nie czekał, aż to się przerodzi w ostrzejszy konflikt. Złapał Mari za rękę i wyprowadził ją szybko poza ten tłum. Ona poszła za nim, ale oglądała się bez przerwy na prostujących. W tej samej chwili rozległy się strzały, a po nich krzyki i piski. Mari wrzasnęła, a Armin obejrzał się za siebie. Zobaczył trupy leżące na chodniku i ludzi biegnących w popłochu we wszystkie strony. Z autolotu na linkach zjechali na ziemię strażnicy w białych kombinezonach i wyłapywali wszystkich demonstrantów albo używając do tego paralizatorów albo lin.

– Mari, do autolotu, szybko! – zawołał Armin, pociągając ją za sobą.

Ich maszyna stała tuż za rogiem. Armin otworzył jej drzwi, ale Mari nawet nie drgnęła. Wyglądała jakby była w szoku. Patrzyła tylko na to wszystko rozszerzonymi ze strachu oczami. Była przeraźliwie blada.

– Do środka, natychmiast! – krzyknął.

Ocknęła się wreszcie i wsiadła do autolotu, a on zatrzasnął za nią drzwi. Sam usiadł szybko na miejscu pilota i błyskawicznie uniósł się nad ziemię. W oddali widział jeszcze błyskające światła z karabinów i słyszał huki wystrzałów. Mari płakała z dłońmi przyciśniętymi do twarzy.

– Już dobrze, Mari, nic ci nie grozi – powiedział, zerkając we wsteczne lusterko.

Wzlecieli ponad budynkami. Byli już wystarczająco daleko, aby zostawić w tyle protestujących i strażników. Armin skierował ich prosto do pałacu Rubina i po chwili byli już na naziemnym parkingu przy jego skrzydle.

– Mari…

Spojrzał na nią. Ona nadal płakała.

– Chodź, odprowadzę cię do twojego pokoju – powiedział łagodnie.

Otworzył jej drzwi i pomógł jej wysiąść. Złapał ją pod ramię. Czuł jak cała drży, a ręce miała lodowate.

– Przykro mi, że musiałaś być tego świadkiem – powiedział, prowadząc ją korytarzem do jej apartamentu. – Gdybym wiedział, że ta banda będzie tamtędy przechodzić, wybrałbym inne miejsce.

Ona tylko pokręciła głową.

– Chcesz się czegoś napić? – spytał. – Może czegoś mocniejszego? Mnie to zawsze pomaga ukoić nerwy.

– Nie… Nie… – powiedziała schrypniętym od łez głosem. – Nie piję alkoholu.

– Ach… W takim razie jak mogę ci pomóc?

– Nie trzeba… – powiedziała słabo. – Muszę się tylko położyć, to wszystko.

Zaprowadził ją pod same drzwi jej apartamentu i otworzył je dla niej.

– Strasznie mi przykro, Mari i przepraszam cię za to, bo czuję się poniekąd odpowiedzialny za to, co się stało – powiedział jej szczerze. – Mogłem sprawdzić wcześniej, czy w mieście nie ma dziś jakichś demonstracji, choć nie przypuszczałem, że te łajdaki ośmielą się podejść tak blisko centrum i siedziby Wielkich Rządzących…

Ona pokręciła głową.

– To nie pana wina – powiedziała smutno.

– Uwierz mi, nigdy bym nie chciał, żebyś musiała czegoś takiego doświadczać.

Mari spojrzała na niego. Jej oczy błyszczały od łez.

– Mari, gdybyś czegoś potrzebowała, czegokolwiek, to budź mnie, nawet w środku nocy, rozumiesz?

Ona pokiwała głową.

– Nie wstydź się prosić mnie o pomoc – dodał.

– Dziękuję, panie Armin – powiedziała.

On uścisnął jej dłoń.

– Postaraj się zasnąć. Nie musimy jutro wcześnie się zrywać. Obudzę cię w razie czego, dobrze?

– Dobrze – powiedziała i weszła do swojego apartamentu, a on cicho zamknął za nią drzwi.

✶✶✶

Długo jeszcze siedział w fotelu w swoim apartamencie, patrząc na światła miasta. Z hologramów na dłoni sprawdzał wszystkie informacje na temat zamieszek. Tego dnia zginęło piętnaście osób, dwadzieścia zostało rannych, wyłapano osiemdziesięciu demonstrantów i wszystkich wsadzono do aresztu tymczasowego na przesłuchanie. Nie wiadomo, ilu zdążyło uciec, ale organizatorzy marszu zapowiadali, że znów wyjdą na ulice.

– Szaleńcy – skwitował. – I po co im to było?

W końcu koło północy zamknął hologramy, wziął prysznic i położył się. Spał nerwowo, budząc się co jakiś czas i nasłuchując, ale nic takiego się nie wydarzyło, co by mogło go zaniepokoić. Zerwał się o świcie, zmęczony bardziej, niż gdy kładł się do łóżka, ale mimo to zrobił kilka ćwiczeń, aby nie wypaść z formy. To go skutecznie obudziło. Zamówił śniadanie, usiadł w swojej jadalni i czekał na służbę. Na hologramie sprawdzał plan dzisiejszego dnia.

Miał dziesiątki wiadomości od klientów, ale postanowił na razie na nie nie odpowiadać i zostawić to sobie na później, kiedy wróci do Języka.

Po chwili usłyszał ciche pukanie.

– No nareszcie – stwierdził, zamykając hologramy. – Proszę wejść!

Spojrzał z wyczekiwaniem na drzwi, ale zamiast służby zobaczył w progu Mari, spoglądającą niepewnie w jego stronę. Zerwał się z krzesła.

– Mari, wszystko dobrze? – powiedział, podchodząc do niej. – Nic ci nie jest?

– Nie…

– Dobrze się czujesz? W czymś ci pomóc?

Ona wyglądała na zmieszaną.

– Nie, pomyślałam tylko, jeśli to nie jest problem, czy mogłabym zjeść z panem śniadanie? – spytała.

– Ależ oczywiście, zapraszam – powiedział, prowadząc ją do stołu. – Nie wiedziałem, czy wstaniesz na śniadanie, ale na wszelki wypadek zamówiłem więcej.

– Nie byłam pewna, czy będzie pan u siebie – powiedziała, siadając na wprost niego. – Sądziłam, że może zszedł pan do jadalni…

– Och, jeszcze zdążę ze wszystkimi się rozmówić, mam na to cały dzień – odparł.

Dłonią natychmiast przyciemnił szybę i usiadł na wprost niej. Spojrzał na nią z uśmiechem. Nie ukrywał, że cieszył się, widząc ją znów przy sobie, taką spokojną i bezpieczną.

W tej samej chwili weszła służba z półmiskami.

– Jaki dzisiaj mamy plan działania? – spytała, chwytając świeże pieczywo i smarując je pastą.

Armin przyjrzał się jej. Wyglądała na odprężoną, tylko jej oczy były nieco podpuchnięte. Nie straciły jednak przez to ani odrobinę na uroku. Zielonkawa bluzka, którą tego dnia miała na sobie, subtelnie podkreślała kolor jej oczu. Teraz dopiero zorientował się, że były zielone, kiedy mógł im się przyjrzeć z bliska.

– Bierzemy Wojownika, pakujemy go do wyznaczonej sali i odpowiadamy na milion pytań rzeszy klientów, którzy będą się do nas dobijać przez cały dzień.

– Hm, brzmi interesująco – skwitowała z ironią.

Armin uśmiechnął się.

– Potem, kiedy będziemy już padać z wyczerpania, zapraszam cię na obiad, a na koniec dnia zaprezentujemy się wszystkim gościom pałacu Rubina na uroczystym balu.

Zobaczył, że Mari nerwowo przełyka ślinę. Nie skomentowała tego.

– Czy masz jakieś pytania?

– Czy muszę tańczyć? – zapytała.

– Nie, nie musisz – powiedział. – Tak jak ci już mówiłem, bale są po to, żeby się pokazać, a dla mnie to okazja do ubicia interesów. Różni wpływowi ludzie będą nam się przyglądać i pewnie nas oceniać, ale dla nas nie ma to większego znaczenia. To jeszcze jedno spotkanie biznesowe, na które trzeba się trochę lepiej ubrać niż zazwyczaj. Jeśli będzie cię to nużyło, odprowadzę cię wcześniej, a sam zostanę dłużej. Najlepsze interesy zazwyczaj załatwia się w kuluarach, kiedy uwaga wszystkich skupiona jest na czym innym. Niektórzy kontrahenci cenią sobie takie intymne spotkania. Mają swoje powody. Czasem po prostu nie chcą zostać zauważeni przez konkurencję, albo mają coś za uszami.

Mari słuchała go, jedząc. Od czasu do czasu kiwała głową.

– W każdym razie nie masz się czego obawiać, bal jak bal – stwierdził lekko. – Bogate damy będą się stroić w swoje piórka, a lordowie będą skakać wokół nich. To całkiem zabawne przedstawienie.

Mari uśmiechnęła się.

– Nie mam żadnych piórek – powiedziała.

– A ja nie mam w zwyczaju skakać wokół kogoś, więc myślę, że nie zrobimy z siebie pośmiewiska – dodał wesoło.

Dokończyli posiłek w milczeniu.

– A zatem – oznajmił, wstając od stołu. – Możemy ruszać. Czeka nas dziś kolejny dzień pełen wrażeń.

Ona uśmiechnęła się lekko i oboje skierowali się ku wyjściu.

Dzień przebiegał dokładnie tak, jak się tego spodziewał. Gdy tylko weszli do hali targowej, od razu podeszli do niego kontrahenci, klienci i interesanci i chcieli natychmiast uzyskać informacje na temat Wojownika. Armin zaprosił ich do sali numer pięć i rozpoczął dla nich pokaz umiejętności robota, a Mari skrupulatnie notowała ich zamówienia. Tak spędzili pół dnia, prezentując maszynę wszystkim, którzy chcieli ją zobaczyć. Tłumy cisnęły się do niewielkiej sali. Ludzie stali w przejściach, robili zdjęcia, nagrywali wszystko na hologramy i zadawali setki, tysiące pytań. Jego produkt zrobił prawdziwą furorę. Koło południa poszli na obiad do pobliskiej restauracji. Armin zdecydował, że nie ma sensu wracać do pałacu Rubina, a nie chciał jeść w bufecie razem z kontrahentami, bo inaczej nie mógłby się od nich odpędzić, dlatego zamówił stolik w bocznej nawie, tak, aby nikt im nie przeszkadzał.

– Mamy trzysta osiemdziesiąt osiem nowych zamówień – powiedziała Mari, sprawdzając je na ekranie. – A nie zliczyłam jeszcze tych, które spłynęły wprost na pański identyfikator.

– Sto dwanaście – odparł, sprawdzając hologram na swojej dłoni. – To razem daje pięćset. Pięćset zamówień. To jest mój rekordowy wynik – powiedział.

Westchnął i przeczesał palcami krótkie włosy.

– Jak tak dalej pójdzie, będę musiał otworzyć nową fabrykę – stwierdził. – I tak miałem zamiar to zrobić, ale widzę, że będę musiał przyspieszyć działania.

Mari pokiwała głową. W tej chwili przyszedł kelner i postawił przed nimi pachnące dania.

– Życzymy państwu smacznego – powiedział kurtuazyjnie.

– Dziękujemy – odparł Armin.

Mari odłożyła ekran, a on zamknął hologramy i zabrali się do jedzenia.

– Ma pan jakieś wieści z Języka? – spytała po jakimś czasie.

– Alexandra przesyła mi codziennie raporty z produkcji, wszystko jest w jak najlepszym porządku – odparł. – Mam już pierwsze sto sztuk Wojownika, które mogę wystawić na sprzedaż, a i ludzie Wielkich Rządzących zaczynają robić swoje maszyny. Nie mam pojęcia, co oni tam knują. Będę musiał im się przyjrzeć z bliska – dodał, nabierając na widelec długi makaron z sosem. – Ale to dopiero jak wrócimy, teraz nie chcę sobie tym zaprzątać głowy.

Przez chwilę jedli w milczeniu.

– Mam nadzieję, że masz jeszcze siłę – powiedział, podnosząc na nią wzrok. – Za nami dopiero połowa. Bez przerwy dostaję powiadomienia na identyfikator o klientach, którzy chcą się ze mną spotkać, ale celowo je wyciszyłem. Nawet, gdybym się rozdwoił, nie byłbym w stanie ze wszystkimi się spotkać.

– Mógłby się pan zawsze sklonować – rzuciła żartobliwie.

Armin podrapał się w brodę.

– To jest jakaś myśl – stwierdził wesoło. – Ale klony są dość nietrwałe i często ulegają mutacjom. Weźmy choćby przykład z królową Sereną. Trochę zwariowała pod koniec swojego życia, nie uważasz?

Mari tylko pokiwała głową. Kiedy zjedli, wrócili z powrotem na halę i na nowo rozpoczęli pokazy dla klientów.

– Armin, z tego co mówiłeś wynika, że kupują u ciebie zarówno Wielcy Rządzący jak i królowa Elena – powiedział do niego jeden z lordów. – Nie boisz się, że w końcu któryś ze stroną puszczą nerwy i odbije się to na tobie?

– Absolutnie nie – odparł pewnie Armin. – Nie interesuje mnie do czego używają moich robotów klienci, dla których je produkuję. To już jest ich sprawa.

– Ale Armin, my nie mówimy o jakichś tam klientach, ale o Wielkich Rządzących – powiedział lord ściszając głos. – A Wielcy Rządzący mogą mieć różne plany…

– Wiem o tym, Lordzie Jakubie – odparł Armin. – I doskonale zdaję sobie sprawę z tego, jakie mogą mieć plany. Ale co mi do tego? Ważne, żeby punkty się zgadzały – dodał wesoło, ale Lord Jakub wyglądał na zaniepokojonego.

– Cóż, jak uważasz – stwierdził. – W końcu to twój biznes i wiesz, co robisz.

– Dokładnie – powiedział Armin. – A moim kluczem do sukcesu jest bezstronność. Jak długo nie faworyzuję żadnej ze stron, tak długo mogę czuć się bezpiecznie.

Lord Jakub nic już na to nie odpowiedział, tylko skłonił się lekko i odszedł. Armin spojrzał w stronę Mari, która bacznie przysłuchiwała się ich rozmowie.

– Jeszcze jacyś lordowie do mnie? – zapytał.

Mari spojrzała w ekran.

– Lord Gatt i Lord Mirell, mam przesłać im wiadomość, że mogą przyjść?

Armin spojrzał na identyfikator.

– Nie, już nie zdążymy – powiedział. – Przekaż im, żeby pojawili się na balu, tam z nimi porozmawiam.

Napił się trochę wody i stanął obok swojego Wojownika.

– Czy ktoś z państwa chciałby ujrzeć, co potrafi moja maszyna? – zawołał gromkim głosem.

Natychmiast w górę poszybowało kilkadziesiąt rąk i z wielu piersi wyrwał się jeden okrzyk:

– Tak! Chcemy! – zawołali.

– W takim razie proszę wygodnie usiąść, bo to, co zaraz zobaczycie, może wbić was w fotel…

Po czym uruchomił robota i rozpoczął kolejną w tym dniu prezentację, która tak jak poprzednie, zakończyła się burzliwymi brawami. Armin potarł oczy i zerknął na swój identyfikator.

– Teraz już muszę się z państwem pożegnać – oznajmił, a jego słowom towarzyszył chór niezadowolonych głosów. – Ale to jeszcze nie koniec. Wszystkim, którzy chcieliby jeszcze spotkać się ze mną na osobności przypominam, że dziś wieczorem będę obecny na balu w pałacu Rubina. I będę tam do państwa dyspozycji – dodał, uśmiechając się cwanie.

Tłum zaczął powoli się rozchodzić. Armin podszedł do Mari i rozmasował sobie kark.

– I jak? – zapytał.

– Kolejne sto osiemnaście zamówień – powiedziała.

– Pięknie – stwierdził. – Pięknie, pięknie, pięknie. Oby tak dalej.

Spojrzał na nią.

– A teraz chodźmy. Musimy przygotować się na wieczór. Domyślam się, że tobie zajmie to więcej czasu niż mnie – powiedział, uśmiechając się lekko.

Ona poróżowiała na twarzy.
– Och, tak – odparła zmieszana. – Mam tylko nadzieję, że wzięłam wszystko…
Zaczęli iść ku wyjściu, a jego mały robocik prowadził za nimi Wojownika.
– Mari, masz przynajmniej trzy razy więcej bagażu niż ja, raczej spakowałaś wszystko – powiedział wesoło.
Ona uśmiechnęła się.
– Ale ja potrzebuję trzy razy więcej przygotowań.
Spojrzał na nią.
– I co ty takiego będziesz sobie robić? – spytał. – Mam nadzieję, że nie nałożysz zbyt wiele tych ulepszeń. Masz wystarczająco ładną twarz, nie musisz jej zakrywać grubą warstwą makijażu.
Mari poczerwieniała.
– Trochę muszę – bąknęła.
On uśmiechnął się z wyrozumiałością.
– No dobrze, ale tylko trochę, obiecaj mi to – powiedział pół żartem. – Lubię widzieć, kiedy się rumienisz, to takie urocze w tobie.
Mari zaczesała kosmyk włosów za ucho.
– Nie obiecuję – powiedziała.
Zapakowali Wojownika do autolotu i polecieli do pałacu Rubina.
– Czy dwie godziny wystarczą ci na przyszykowanie się? – zapytał, odprowadzając ją do jej apartamentu.
– Myślę, że tak – powiedziała.
– Dobrze, w takim razie przyjdę po ciebie za dwie godziny – odparł, a ona skinęła mu głową i zaraz zniknęła za drzwiami swojego pokoju.
Armin poszedł do siebie, zrzucił marynarkę i usiadł wygodnie w fotelu, wyciągając nogi na stoliczku. Otworzył swój identyfikator i długo sprawdzał wszystkie zamówienia, tabele sprzedaży, które przesłała mu Alexandra i niektóre wiadomości od klientów. Ocknął się, kiedy na zewnątrz było już ciemno. Sprawdził czas.
– A niech mnie… – mruknął, pospiesznie ściągając z siebie ubranie i zakładając nowe, świeże i eleganckie.

Przeczesał palcami włosy, przyjrzał się sobie w lustrze i stwierdzając, że wygląda najlepiej, jak tylko mógł wyglądać bogaty przedsiębiorca z jego prestiżem, poszedł po Mari. Przyłożył dłoń do drzwi i zaraz rozległ się cichy gong. Czekał, dopinając jeszcze mankiety koszuli i wtem drzwi otworzyły się.

– I jak, gotowa…? – zapytał, podnosząc na nią wzrok, a gdy tylko ją ujrzał, otworzył usta i zaniemówił z wrażenia.

Mari miała na sobie granatową suknię aż do ziemi z delikatnym rozcięciem na dekolcie i ramionach. Włosy upięte wysoko odsłaniały jej zgrabną szyję, na której błyszczał złoty łańcuszek z wisiorkiem. Długie kolczyki przyciągały wzrok, drżąc przy każdym jej najmniejszym ruchu. Na twarzy miała delikatny makijaż, subtelnie podkreślający jej oczy. Jej usta błyszczały od szminki. Uśmiechnęła się skromnie, a jej uśmiech rozświetlił całą jej twarz.

– Mari, wyglądasz… – Armin odezwał się po dłuższej chwili milczenia. – Wyglądasz…

Zaciął się, nie potrafiąc naraz wydobyć z siebie ani słowa. Zobaczył, że Mari unosi brwi.

– Czy jest dobrze? – spytała, nerwowo przygładzając włosy. – Mogę tak pójść?

Zamrugał, z trudem powracając do rzeczywistości.

– Mari, wyglądasz jak marzenie – powiedział pierwsze, co przyszło mu do głowy.

Zarumieniła się lekko, makijaż nie był w stanie wszystkiego ukryć.

– To znaczy, że nadaję się na bal bogaczy? – spytała.

Pokiwał głową, bo nie wiedział, co więcej jej powiedzieć. Naraz poczuł się onieśmielony jej obecnością, co nie zdarzyło mu się jeszcze ani razu. Ona przestąpiła z nogi na nogę.

– Czy teraz pójdziemy? – spytała, bo on nadal nic nie mówił.

– Tak, oczywiście – powiedział, szarmancko podając jej ramię. – Zapraszam panią.

Ona uchwyciła się go lekko i zaraz owiał go zapach jej perfum. Popatrzył na nią oczarowany, a serce w nim zadrżało. W milczeniu poprowadził ją do windy.

...wyglądasz jak marzenie...

– Czy wszystko z panem w porządku? – zapytała, kiedy zjeżdżali na poziom zero, tam, gdzie znajdowała się sala balowa. – Jest pan dziwnie milczący.

Armin spojrzał na nią.

– Nie żeby mi to przeszkadzało, ale zazwyczaj mówi pan bez ustanku – dodała.

– Chyba mnie zatkało – powiedział jej szczerze.

– Och…

Spuściła wzrok.

– Starałam się, aby za bardzo nie odbiegać od mody, jaka panuje wśród elity – powiedziała. – Ale nie chciałam wyglądać zbyt wyzywająco. Czy wyglądam zbyt ekstrawagancko? – zapytała.

– Mari, wyglądasz prześlicznie.

Ona zmieszała się.

– Mam nadzieję, że nie będę zbytnio rzucać się w oczy – powiedziała cicho.

Armin popatrzył na nią.

– Obawiam się, że każdy kto cię zobaczy, nie będzie mógł przejść obok ciebie obojętnie – powiedział.

Ona spojrzała na niego niepewnie.

– To może się przebiorę? – spytała.

Armin uśmiechnął się.

– Nie, Mari, nie martw się tym – powiedział uspokajająco. – Będę pilnował, aby nikt cię nie zaczepiał – zapewnił ją.

Winda zatrzymała się i wysiedli. W holu zaczęły gromadzić się dostojne pary, damy w wytwornych sukniach i lordowie w smukłych surdutach.

– Armin – przywitał go jakiś lord. – Ty także tutaj? A więc jednak postanowiłeś się zabawić? Myślałem, że nie lubisz takich imprez…

Armin uśmiechnął się pewnie.

– Lubię, kiedy mam z kim na nie pójść – powiedział, pokazując na Mari.

Lord obrzucił ją wzrokiem i zacmokał. Wyglądał na mile zaskoczonego. Mari spuściła oczy.

– Cóż, w takim razie baw się dobrze – skwitował.

– I ty również – odparł Armin, po czym pociągnął Mari za sobą do sali.

Przed samym wejściem stał robot, który skanował każdego gościa.

– Pan Armin – powiedział sprawdzając jego identyfikator. – Stolik numer trzynaście dla pana i pańskiej osoby towarzyszącej.

– Oczywiście – odparł, spoglądając na Mari.

Wprowadził ją do sali. Widział jak ona rozgląda się zdumiona. Ogromna sala balowa ze złotymi świecznikami, obrazami w złotych ramach, ze złotą podłogą, złotymi ścianami i złotym, łukowatym sklepieniem, była wypełniona gości. Oni przyszli jako jedni z ostatnich. Słychać był szmer rozmów, pojedyncze śmiechy. Głosy mieszały się ze sobą tak, że nie można było rozróżnić pojedynczych słów. Wokół unosiły się zapachy kadzideł, perfum, jedzenia, alkoholu i napoi odurzających. Roboty-kelnerzy mknęli pomiędzy stolikami, obsługując gości. W głębi, na podwyższeniu stali muzycy i grupa tancerek, a prowadzący bal zapraszał wszystkich gości do zajęcia miejsc.

Zatrzymali się przy swoim stoliku. Mari popatrzyła na złote rzeźby stojące przy podium dla muzyków. Były to wysadzane rubinami przedstawienia boga Rubina, potwora o rozwartej paszczy ze złotymi kłami i pazurami. Armin zauważył, że wzdrygnęła się na ten widok.

– *Już za chwilę rozpoczniemy nasz bal uroczystą pieśnią ku czci boga Rubina oddając mu hołd jako jednemu z naszych bogów, najważniejszemu tuż po Kronosie!* – odezwał się wzmocniony głos prowadzącego, który stał z muzykami na scenie. – *A potem nasi wspaniali Wielcy Rządzący powiedzą do nas kilka słów i ześlą specjalne błogosławieństwo na wszystkich zebranych!*

Nagle Mari obejrzała się za siebie.

– Och, właśnie mi się przypomniało – powiedziała szybko.

– Co takiego? – spytał Armin.

– Muszę pójść… hm, do toalety – dodała ciszej.

– Toalety są tam – powiedział, pokazując jej osobne przejście na drugim końcu sali. – Tam i na lewo.

– Dobrze to… Zaraz będę… Za parę minut – powiedziała, zmieszana.

– Nie ma problemu, ja będę cały czas tutaj – odparł.

Mari uśmiechnęła się niezręcznie i poszła. Armin patrzył za nią jak idzie przez cały środek sali. Założyła wysokie obcasy co sprawiało, że wyglądała na jeszcze smuklejszą. Z tyłu jej sukienka miała kolejne delikatne rozcięcie na plecach. Widział, że zwracała na siebie uwagę. Poważni lordowie zatrzymywali na niej wzrok, a wytworne damy obrzucały ją zazdrosnym spojrzeniem. Armin skinął na robota-kelnera.

– Przynieś mi drinka, coś mocniejszego – powiedział, a robot zabłysnął oczami.

– Oczywiście, co sobie pan życzy? – zapytał, wyświetlając ze swojego korpusu wykaz wszystkich napoi.

Armin dotknął palcem jeden z obrazków.

– To, dwa razy – powiedział.

– Oczywiście – powtórzył robot tym samym mechanicznym głosem i odjechał do baru.

– *Skoro już wszyscy jesteśmy na miejscach, zaśpiewajmy wspólnie hymn ku czci boga Rubina* – oznajmił prowadzący.

Goście wstali od stolików. Wstał również Armin. Orkiestra zagrała i wspólnie odśpiewano hymn. Dla tych, którzy przybyli z innych miast i nie znali tej pieśni, słowa wyświetlano na ścianie w formie ruchomego hologramu. Armin mamrotał coś niewyraźnie pod nosem. Śpiewanie nigdy nie było jego mocną stroną.

Po hymnie na podium wyszło trzech Wielkich Rządzących Nerek, w długich czarnych płaszczach. Przywitała ich burza oklasków. Po kolei wygłaszali swoje przemówienia, witając wszystkich zgromadzonych, dziękując im za udział w międzymiastowych targach robotów i życząc im udanej zabawy. Armin rozglądał się po sali, pijąc drinka. Minęło już kilkanaście minut, a Mari nadal nie wracała. W końcu, podczas wyjątkowo długiego i nudnego przemówienia, podniósł się z miejsca i wyszedł z sali. Słyszał za plecami jak Wielcy Rządzący zaczynają odprawiać swoje rytuały błogosławienia, ale jego to zupełnie nie interesowało.

Przeszedł przez korytarz i zajrzał do toalet, ale nie wszedł do środka.

– Mari? – zapytał, stając na progu wejścia dla kobiet. – Jesteś tu?

Usłyszał stukot obcasów i po chwili Mari stanęła w przejściu.

– Pan Armin? – zdumiała się. – Co pan tu robi?

– Mari, wszystko dobrze? – zapytał. – Nie było cię tak długo, myślałem, że coś ci się stało.

Widział, że była bardzo zmieszana.

– Nie, nic się nie stało… – odparła. – Skończyli już? – zapytała.

– Kto skończył co? – zdziwił się.

– Ach… Nieważne – bąknęła.

Armin popatrzył na nią dłużej. Oprócz nich nie było nikogo innego na korytarzu.

– Czy teraz już wrócisz ze mną na salę? – spytał.

Niepewnie pokiwała głową. Armin podszedł do niej bliżej.

– Mari, jeśli chodzi o twój wygląd, to nie masz się czego wstydzić, wyglądasz zjawiskowo – powiedział. – Byłem już pewien, że nie wracasz tak długo, bo jakieś wredne damy rzuciły się na ciebie z pazurami zazdroszcząc ci urody, stroju, klasy i wdzięku.

Mari parsknęła śmiechem.

– Myliłem się? – spytał wesoło.

– Taak… – odparła, udobruchana.

– A zatem…

Armin podał jej ramię.

– Czy zrobi mi pani tę przyjemność i będzie mi towarzyszyć na balu?

Uchwyciła się jego ramienia.

– Oczywiście, panie Armin.

– Tak więc proszę za mną i proszę się niczym nie przejmować, niczym i nikim – dodał z naciskiem.

Ona spojrzała na niego z wdzięcznością.

– Dobrze, panie Armin.

Weszli do sali w chwili, kiedy pierwsze pary tańczyły już na parkiecie w takt sennej melodii. Armin zaprowadził ją do ich stolika.

– Zamówiłem coś takiego, nie wiem czy to lubisz – powiedział, podając jej drinka.

– Och, ja nie piję alkoholu – powiedziała, odsuwając od siebie kieliszek.

– W ogóle?

– Tak.

Zdziwił się, ale nie skomentował tego.

– To poczekaj, zaraz coś z tym zrobię – powiedział, wstając.

Zabrał kieliszek i poszedł z nim do baru. Siedziało tam kilku lordów, którzy na jego widok natychmiast się ożywili.

– Ooo, czyżby to sam Armin z ArminRobot? – zagadnął pierwszy z nich. – Widzieliśmy twoją prezentację Wojownika, niezłe cacuszko.

– Dziękuję, panowie – odparł. – A zatem zapoznaliście się już z moim najnowszym dziełem?

– Jak najbardziej, jesteśmy wszyscy zachwyceni – odezwał się jeden z lordów.

Armin rozpoznał go, był to Lord Gatt, ten, który wcześniej wysłał zapytanie do Mari, aby spotkać się z nim na osobności.

– Jeśli to nie będzie dla pana kłopot – zaczął Lord Gatt – chciałbym się z panem nieco rozmówić w kwestii tego robota. Miałbym pewne zamówienie, ale chciałbym jeszcze porozmawiać o szczegółach.

Armin błysnął uśmiechem.

– Jak najbardziej – powiedział, kładąc pełen kieliszek na ladzie. – Ej, daj mi jakiś sok bezalkoholowy! – zawołał do jednego z robotów, który obsługiwał bar.

Odwrócił się do lorda.

– W czym mogę panu pomóc? – zagadnął.

– Otóż widzi pan… – zaczął lord, siadając obok niego przy barze. – Potrzebowałbym około dwóch tysięcy takich robotów. Tu w Nerkach, nie wiem czy zdążył się pan o tym przekonać, mamy mnóstwo chrześcijan, którzy bez przerwy nam dokuczają.

– Niestety miałem tę nieprzyjemność spotkać ich na swojej drodze – powiedział kwaśno.

Lord pokiwał głową.

– A zatem sam pan rozumie przez co my tutaj przechodzimy – powiedział. – Ta dzicz nie chce się uspokoić, nie mamy już sił z nimi, a wciąż przybywa nowych. Strażnicy po prostu nie nadążają ich wszystkich łapać.

– Rozumiem, że przydałaby się wam jakaś pomoc… – powiedział znacząco, popijając drinka z kieliszka.

– Jak najbardziej – odparł. – Czy mógłbym na pana liczyć?

– Oczywiście – odparł z uśmiechem.

– Wolałem zapytać, bo nie byłem pewien, cóż… Różne plotki krążą o panu. Także i to, że wspiera pan królową chrześcijan…

– Ja nikogo nie wspieram, ja tylko sprzedaję swoje produkty tym, którzy chcą je kupić – odparł, przyglądając mu się uważnie.

– Ależ jak najbardziej, nikt pana o nic nie podejrzewa, pańska opinia jest wciąż nienaganna, a plotkom nie warto wierzyć – dodał pospiesznie.

– Nie warto – stwierdził dobitnie Armin. – A w kwestii zapłaty… – zaczął, sprowadzając rozmowę na bardziej interesujący go wątek.

– Kwestia zapłaty, tak – mruknął Lord Gatt. – Myślę, że to wystarczy na zaliczkę.

Podał mu dłoń i przekazał mu dwa miliony punktów. Twarz Armina nawet nie zadrgała.

– Zaliczka jest wystarczająca – odparł. – Pozwoli pan, że zanotuję sobie pańskie zamówienie – powiedział, otwierając hologram z dłoni. – W ciągu ostatnich dwóch dni przybyło mi ich jakieś kilkaset i szczerze powiedziawszy, sam już nie wiem co i komu obiecałem. Ale na szczęście moja asystentka to ogarnia – dodał lekko.

Lord Gatt uśmiechnął się poufale.

– Mam nadzieję, że moje zamówienie nie zaginie gdzieś po drodze? – zapytał.

– Ależ nie ma takiej możliwości – odparł Armin. – Ja nie zapominam o swoich najlepszych klientach.

Lord Gatt pokiwał głową, zadowolony.

– A zatem kiedy mogę oczekiwać robotów? – spytał.

– W ciągu najbliższych tygodni – odparł Armin. – Będziemy starać się zrobić je jak najszybciej dla pana, ale już teraz z góry proszę o cierpliwość i wyrozumiałość. Jesteśmy zawaleni pracą.

– To się rozumie samo przez się – powiedział Lord Gatt.

Armin dopił do końca drinka i odstawił pusty kieliszek na ladę. W tym samym momencie robot podał mu kolorowy napój w wysokiej szklance.

– Pański sok bezalkoholowy – oznajmił robot.

– O, właśnie – stwierdził, zabierając sok. – A więc, do usłyszenia, panu – powiedział, kłaniając się przed lordem.

– Do szybkiego – odparł Lord Gatt.

Armin ruszył w stronę stolika z numerem trzynastym, ale jakież było jego zdumienie, kiedy spostrzegł, że Mari tam nie było. Obejrzał się dookoła, pewien, że znowu gdzieś się schowała, ale naraz ujrzał ją na parkiecie. Tańczyła nieopodal z jakimś dystyngowanym lordem. Wyglądała na niepewną, ale trzymała się prosto i uśmiechała się dość przekonująco, sprawiając wrażenie zadowolonej i zrelaksowanej. Lord zabawiał ją rozmową, okręcając ją w tańcu, a ona delikatnie przemieszczała się po sali. Długa suknia wirowała za nią, jak skrzydła. Mari poruszała się wyjątkowo zgrabnie, uważając, aby nie szturchnąć kogoś w tańcu i ostrożnie stawiała kroki.

Armin usiadł przy swoim stoliku, obserwując ich uważnie. Czekał, bębniąc palcami o stół, kiedy wreszcie skończy się ta piosenka. Zdał sobie sprawę, że z minuty na minutę staje się coraz bardziej poirytowany. Jowialna twarz lorda, która nachylała się nad Mari, aby coś jej opowiedzieć, zaczynała go drażnić. Zamówił kolejnego drinka i wypił go jednym haustem, nie spuszczając ich z oczu.

Wreszcie piosenka się skończyła i zobaczył, jak lord kłania się Mari, dziękując jej za taniec. Ona powtórzyła jego ukłon, dygając przed nim lekko. Lord chwycił ją pod ramię i zaczął prowadzić do stolika, przy którym siedział Armin. Widząc, że się zbliżają, Armin natychmiast podniósł się z fotela. Pokręcił głową.

– Moja droga, zostawiłem cię tylko na pięć minut, a już ktoś mi ciebie porwał – oznajmił pół żartem, a pół serio, spoglądając uważnie na lorda.

Mężczyzna popatrzył na niego zdumiony.

– Pan Armin? – wybełkotał. – Och, nie wiedziałam, że to pańska…

– Najważniejsze, że mi ją zwróciłeś, całą i zdrową – Armin wszedł mu w słowo, podając ramię Mari.

Ta uchwyciła się go lekko i stanęła przy jego boku. Wyglądała na zmieszaną, ale nie powiedziała ani słowa.

– Ta piękna dama siedziała tu tak sama, nie mogłem więc pozwolić, aby nudziła się, podczas gdy inni się bawili – powiedział kurtuazyjnie lord.

– Dziękuję, że zabawiał ją pan dla mnie – powiedział Armin. – Ale teraz moja kolej – dodał, spoglądając na Mari.

Ona uśmiechnęła się lekko.

– Ależ jak najbardziej, zatem życzę państwu wspaniałego wieczoru – powiedział lord. – A szanownej pani dziękuję za taniec – dodał, po czym skłonił się im obojgu i odszedł.

Armin skinął mu lekko na pożegnanie i usiedli przy stoliku.

– Przyniosłem ci twój sok – powiedział, podając jej szklankę. – Bez alkoholu.

– Och, dziękuję, tak bardzo chciało mi się pić – powiedziała.

Szybko złapała za szklankę i wypiła jej zawartość. Armin oparł się wygodnie w fotelu i popatrzył na nią uważnie.

– Cóż, Mari – powiedział, poważniejąc. – Okłamałaś mnie.

Ona zamrugała zaskoczona. Odstawiła pustą szklankę i spojrzała na niego z przestrachem.

– S-słucham?

– Okłamałaś mnie.

Nachylił się do niej poprzez stolik.

– Powiedziałaś, że nie umiesz tańczyć, a ja ujrzałem coś zupełnie innego.

Odetchnęła z ulgą. Zdziwił się, że tak bardzo przejęła się jego słowami.

– Och, to wyszło tak nagle – powiedziała szybko. – Jak tylko pan poszedł, ten lord od razu do mnie zagadnął i chciał ze mną zatańczyć, a ja przestraszyłam się, że jeśli mu odmówię to stracę punkty, albo coś gorszego, więc się zgodziłam, no i…

Armin zaśmiał się cicho.

– Mari, nie musisz mi się tłumaczyć, przecież nie mam ci tego za złe – powiedział wesoło. – Po prostu byłem dość zaskoczony, przyznaję, kiedy znów mi uciekłaś. A jeszcze bardziej się zaskoczyłem, kiedy ujrzałem cię jak wspaniale wirujesz na parkiecie.

Mari poróżowiała.

– Och, nie wiem, czy tak wspaniale, starałam się wypaść nie najgorzej – powiedziała cicho.

– Zaprezentowałaś się znakomicie.

Mari spuściła skromnie oczy.

– Jeszcze nigdy nie tańczyłam na takim balu – przyznała. – W zasadzie to nie pamiętam, abym w ogóle tak tańczyła. Może kiedyś trochę, ale… ale…

Armin oblizał wargi.

– Jestem ciekaw, czy ze mną też potrafiłabyś tak zatańczyć – powiedział.

Ona spojrzała na niego pytająco.

– Z panem…? – zapytała.

Miał wrażenie, że głos lekko jej zadrżał.

– Tak, ze mną – powiedział, wstając.

Wyciągnął do niej dłoń.

– Zapraszam cię na parkiet.

Zawahała się na moment, w końcu podała mu rękę, a on ujął ją delikatnie i poprowadził za sobą w głąb sali. Zagrano jakąś łagodną melodię. Armin objął ją w pół, jedną dłoń kładąc jej na plecach. Ona położyła mu dłoń na ramieniu i spojrzała gdzieś za jego barkiem. Zaczął ją niespiesznie prowadzić po parkiecie. Milczeli. Armin, przy całej swojej pewności siebie, już po kilku sekundach zdał sobie sprawę, że pocą mu się ręce. Spojrzał na nią. Była oszałamiająco piękna.

– Mari…

Ona podniosła na niego wzrok. Spojrzenie miała łagodne i ciepłe.

– Widzisz, jednak miałem rację – powiedział.

Ona uniosła brwi. Pokazał na jej dłoń, którą trzymał w swojej dłoni.

– Twoje ręce są zbyt delikatne do montowania maszyn.

Uśmiechnęła się lekko.

– Za to bardzo dobrze się z nimi tańczy.

Obrócił ją powoli, przyglądając się całej jej sylwetce.

– Jestem pewien, że już cała sala zdążyła cię zauważyć – stwierdził, znowu przyciągając ją do siebie.

Ona przewróciła oczami.

– Oby nie – powiedziała cicho.

– Dlaczego?

– Nie lubię być w świetle reflektorów.

– A w mniejszym świetle? – zapytał, patrząc na nią.

– W mniejszym tak…

Armin uśmiechnął się lekko.

– Dlaczego mówiłaś, że nie umiesz tańczyć? – zapytał. – Przecież widzę, że umiesz.

Spojrzała znów ponad jego ramieniem, unikając jego wzroku.

– Obawiałam się tego całego balu – mruknęła.

– Obawiałaś się? I co, jest tak strasznie jak myślałaś? – zapytał, przekomarzając się z nią lekko.

– Nie… Po prostu… Nie jestem przyzwyczajona do takich…

Westchnęła ciężko.

– Do takiego otoczenia – dokończyła.

Znów miał wrażenie, że nie mówi mu wszystkiego, że coś ukrywa, czegoś się obawia.

– Rozumiem – powiedział. – Za to dobrze potrafisz się dostosować do okoliczności. Jesteś w tym trochę podobna do mnie.

Zerknęła na niego.

– Chyba nie aż tak bardzo – powiedziała.

– No tak – stwierdził. – Wiesz, tak mi się jeszcze przypomniało…

Znów ją obrócił, niespiesznie pozwalając jej okręcić się wokół jego ramienia.

– Jak tak na ciebie patrzę, to zdaję sobie sprawę, że jednak nie zmieściłbym się w twojej sukience.

Parsknęła śmiechem i szybko zasłoniła sobie usta dłonią. Armin zagryzł wargi, żeby się nie roześmiać.

– Niech pan mnie teraz nie rozśmiesza, wszyscy się na nas patrzą – szepnęła, rozglądając się ukradkiem.

Armin wzruszył ramionami.

– To co? Niech się patrzą. I niech mi zazdroszczą – powiedział.

Ona spojrzała na niego. Jej oczy były tak blisko, że mógł policzyć wszystkie jej rzęsy.

– W końcu tańczę z najpiękniejszą damą na tym balu.

Ona poczerwieniała.

– Nie jestem żadną damą…

– Ale mogłabyś nią być – powiedział, poważniejąc. – Mogłabyś nią zostać w jednej chwili.

Mari zerknęła na niego pytająco, ale nie powiedziała nic więcej. Zauważył tylko, że ona też spoważniała. Armin nie kontynuował tematu.

– Może chcesz odpocząć? – spytał.

– Tak, chętnie – odparła. – Trochę kręci mi się w głowie.

– Mnie też – przyznał. – Ale obawiam się, że to od nadmiaru alkoholu – przyznał z uśmiechem.

...tańczę z najpiękniejszą damą na tym balu...

Podprowadził ją do ich stolika.
- Chcesz się czegoś napić? Coś zjeść? - zapytał.
- Może tylko wody - odparła.
Armin kiwnął na robota i zamówił wodę dla niej i dla siebie.
- A czy...? - zaczęła, spoglądając na niego. - Czy nie będzie pan załatwiał teraz jakichś interesów?
Armin przypatrzył się jej.
- Cóż, jednego klienta pozyskałem czekając przy barze na twój sok, ale w tym samym czasie jakiś bogacz sprzątał mi ciebie sprzed nosa - powiedział. - Myślę, że lepiej będzie, jeśli zostanę tu

z tobą i cię przypilnuje, bo znowu ktoś mi ciebie zabierze – dodał z uśmiechem.

Robot przyniósł dzbanek wody z lodem i dwa kielichy. Napełnił je dla nich i odjechał.

– No chyba, że masz już mnie dosyć? – zapytał, obserwując ją jak pije wodę. – Rozumiem, że dwa dni przebywania bez przerwy ze swoim szefem może wykończyć każdego, nawet tak cierpliwego jak ty.

Mari parsknęła śmiechem prosto w kielich wywołując tym małą fontannę wody. Pospiesznie wytarła się serwetą, czerwona na twarzy.

– Niech pan mnie już więcej nie rozśmiesza – syknęła, na wpół zła, na wpół rozbawiona.

– Przykro mi, ale nic nie poradzę na to, że tak lubię twój uśmiech.

– W takim razie będę poważna – szepnęła przekornie.

– Proszę bardzo, ale wówczas ja będę smutny – dodał i komicznie zwiesił usta w podkówkę, czym wywołał w niej kolejny atak śmiechu.

Mari zasłoniła sobie usta serwetą. Zobaczył, że trzęsie się cała, a z jej oczu płyną łzy.

– Niech pan już wreszcie przestanie – powiedziała, chowając się za serwetą.

– Mari, to ty już wreszcie przestań – oznajmił, poważniejąc.

Ona opuściła serwetę i spojrzała na niego zdumiona.

– Co takiego? – zapytała.

– Mari, proszę cię – powiedział, wyciągając do niej otwartą dłoń. – Mów mi po imieniu.

Spojrzała w bok.

– Pan jest moim szefem...

– A ty jesteś moją asystentką i to było polecenie służbowe, a nie prośba – powiedział. – A wiesz co cię czeka za niewykonanie poleceń służbowych...

Starał się być poważny, ale wciąż uśmiechał się do niej kącikiem ust. Ona przewróciła oczami, ale wyglądała na rozbawioną.

– No cóż, chyba nie mam wyjścia, *Armin*... – powiedziała, podając mu rękę.

Uśmiechnął się szeroko, słysząc swoje imię w jej ustach. Uścisnął jej dłoń i wstał razem z nią.

– W takim razie chodź ze mną znów zatańczyć.

Pociągnął ją za sobą, zanim zdążyła otworzyć usta i zaprotestować i już po chwili wirowali na parkiecie. Armin nie wypuszczał jej z ramion. Nie chciał jej wypuścić. Widział spojrzenia niektórych par, widział jak bogaci lordowie spoglądali na Mari i na niego. Wiedział, co sobie mogą o nim pomyśleć o tym, że zadaje się z asystentką z poziomu E, ale w tym momencie nie miało to dla niego żadnego znaczenia.

Po jakimś czasie znów usiedli, a gdy tylko zdążyli nieco odsapnąć, dosiadł się do nich jakiś bogaty jegomość, który chciał omawiać interesy. Armin załatwił z nim sprawę krótko, tłumacząc, że nie może zostawić tak damy bez towarzystwa i mężczyzna szybko się zwinął. Pierwszy raz zdarzyło mu się tak spławić kontrahenta.

Zamówił kolejnego drinka, bo czuł, że jest cały roztrzęsiony. Spojrzał na Mari.

– Nie smakuje ci alkohol? – zapytał, starając się, aby zabrzmiało to obojętnie.

– Po prostu nie piję.

– Wolisz coś mocniejszego? – zagadnął żartobliwie, a ona tylko się uśmiechnęła.

Armin patrzył na nią, popijając drinka.

– Jesteś bardzo tajemnicza – stwierdził. – Chciałbym cię lepiej poznać, ale mam wrażenie, że za każdym razem, kiedy próbuję się do ciebie zbliżyć, ty uciekasz. Boisz się mnie?

Ona spojrzała na niego śmielej.

– Nie, po prostu…

– Po prostu cenisz sobie swoją prywatność, rozumiem – odparł. – Twoja prywatność musi być chyba wielkości tego pałacu, skoro tak bardzo ją chronisz.

– Mam sporo takich spraw, których… hm… Których nie da się wszystkim opowiedzieć – powiedziała.

– Również mi?

– Tak – odparła szczerze.

Zaskoczyła go tym.

– Nie ufasz mi?

– Nikomu tak do końca nie ufam.

Pokręcił głową.

– Chyba trzeba się strasznie napracować, aby zdobyć twoje zaufanie – stwierdził. – Czy komuś już się to udało?

– Paru osobom – powiedziała wymijająco.

– Co musiałbym zrobić, żebyś mi zaufała? – zapytał ją wprost.

– To nie chodzi o to, co musiałbyś zrobić, to tak nie działa. To bardziej jest kwestia tego, hm… Tego, kim jesteś.

Armin oparł się w fotelu.

– Powiedz mi zatem, kim jestem.

– Jesteś Arminem, jednym z najbogatszych ludzi w Języku, właścicielem największej firmy robotów.

– I to ci przeszkadza w zaufaniu mi?

Ona spojrzała na niego poważnie.

– Po co ci moje zaufanie? – zapytała go, czym znów go zaskoczyła.

– Chcę, żebyś czuła się przy mnie bezpiecznie – powiedział. – Zasługujesz na to.

Mari zmieszała się. Zobaczył, że ręka jej zadrżała, kiedy sięgała po kielich z wodą.

– Nie musisz się mnie obawiać, nie skrzywdzę cię – powiedział łagodnie. – Po prostu chcę ci pomóc.

– Ale ja nie potrzebuję twojej pomocy – odparła, poprawiając nerwowo sukienkę.

– Wiem, ale… Ale chciałbym być dla ciebie potrzebny.

Nachylił się do niej.

– Kiedy robię coś dla ciebie, to tak bardzo mnie to cieszy, jakbym robił to dla samego siebie – powiedział. – Cieszy mnie pomaganie tobie. Cieszę się, kiedy widzę twój uśmiech i twoją wdzięczność.

Westchnął.

– Nie wiem, chyba już za dużo wypiłem, to dlatego tak mi się język rozwiązuje – stwierdził i przechylił do końca swój kieliszek. – Może gdybyś też się napiła, powiedziałabyś mi coś wreszcie o sobie.

Ona patrzyła na niego. Jej oczy były okrągłe ze zdumienia. Obserwował ją chwilę.

– Mari… Jesteś chrześcijanką, prawda? – zapytał ją cicho.

Zobaczył, że gwałtownie czerwienieje na twarzy i odsuwa się od niego przestraszona.

– Mari, nie bój się, nikomu nic nie powiem.

Dotknął jej dłoni. Jej palce były zimne.

– Nie bój się mnie – szepnął. – Widzę w twoich oczach, że wciąż się mnie obawiasz. Mari, myślisz, że ja nie mam co robić, tylko donosić na chrześcijan? Nie wszyscy bogacze są tacy źli, jak się o nich mówi.

Uścisnął mocniej jej dłoń. Zobaczył, że w oczach ma łzy.

– Mari, jesteś wspaniałą osobą, przepiękną kobietą i rozumiem, że masz pewne obawy, by przebywać w takim środowisku jak to, ja to naprawdę rozumiem – powiedział. – Nie jestem tak głupi, aby się tego nie domyślić.

Mari płakała bezgłośnie, a jej łzy spływały na serwetę, którą ściskała w dłoni. On patrzył na nią w milczeniu.

– Chcesz już stąd pójść? – zapytał ją miękko.

Mari bez słowa pokiwała głową, ocierając twarz w serwetę.

– To chodź ze mną.

Chwycił ją pod ramię i wyprowadził, chroniąc przed wścibskim wzrokiem gości, których mijali po drodze. Weszli do windy.

– Armin… – szepnęła. – Dziękuję ci.

On tylko objął ją ramieniem i nic nie powiedział. Mari położyła głowę na jego barku i przymknęła oczy. Poczuł, jak wzdycha płaczliwie.

– Już dobrze, Mari, nie płacz – powiedział miękko, gładząc ją po plecach. – Nie płacz.

Drzwi windy otworzyły się i poprowadził ją do jej apartamentu, nadal obejmując ją w pasie. Wydawała się taka krucha i drobna.

– Śpij dobrze – powiedział, zatrzymując się przed jej drzwiami. – I… nie myśl o mnie bardzo źle.

Ona uśmiechnęła się ciepło. Jej uśmiech był jak promień słońca. Zbliżył się do niej. Chciał się ogrzać w tym promieniu, bo zdał sobie sprawę jak bardzo w jego wnętrzu było zimno i pusto.

– Ja myślę o tobie bardzo dobrze – powiedziała naraz.

Nachylił się nad nią. Była bardzo blisko.

– Ja o tobie też.

Zrobił jeszcze jeden mały ruch w jej stronę, ale natychmiast tego pożałował, bo ona naraz cofnęła się, zmieszana.

– Przepraszam… – powiedział, ale było już za późno.

Spłoszyła się jak dziki ptak.

– Dobranoc, Armin – powiedziała, znikając za drzwiami.

On popatrzył na zamknięte przed sobą drzwi i z sykiem wypuścił powietrze. Odwrócił się i poszedł do swojego apartamentu. Nie miał ochoty widzieć się już z nikim, aby dyskutować o interesach. Nalał sobie drinka, usiadł w fotelu na wprost wielkiego okna i popatrzył na nocną panoramę miasta pod sobą. Siedział tak chyba z godzinę, po czym odstawił nietknięty napój na stolik i położył się do łóżka, ale długo nie mógł zasnąć.

ROZDZIAŁ VI

Wstał wcześnie, kiedy jeszcze było ciemno i wziął szybki prysznic. Nie spał dobrze i czuł się potwornie zmęczony, ale zimna woda otrzeźwiła go zupełnie. Ubrał się pospiesznie i wyszedł ze swojego apartamentu. Wsiadł do autolotu i poleciał prosto do centrum. Głowa pulsowała mu tępym bólem. Zdecydowanie za dużo wczoraj wypił.

Wylądował przy halach targowych. Już nawet o tak wczesnej porze kręcili się tu sprzedawcy, wykładając w skrzyniach i na ladach swoje towary. Armin zaczął chodzić między stoiskami, szukając tego, po co tu przyjechał. W końcu natrafił na dział z kwiatami. Wszedł do wielkiej hali i obrzucił wzrokiem niekończące się kolorowe aleje. Podszedł do najbliższej z nich i popatrzył na czerwone róże. Nachylił się i powąchał je. Zawiedziony, poszedł dalej do innych. Znów nachylił się i powąchał. Robił tak jeszcze kilka razy, w końcu sfrustrowany podszedł do sprzedawcy.

– Czy macie tu jakieś pachnące kwiaty? – zapytał.

– Nie, proszę pana, tylko zmodyfikowane – odparł pospiesznie sprzedawca, kłaniając mu się w pas. – Takie, jakie zarządzili nasi władcy. Tu wszystko jest legalne.

Armin nic na to nie powiedział, tylko pokiwał głową. Wyszedł z hali i opuścił targ. Skierował swoje kroki w stronę rzeki, która oplatała całe Nerki. Na szerokim pomoście często można było spotkać biedaków handlujących jakimiś drobnymi towarami, również kwiatami, zazwyczaj z własnych upraw. Nie mieli pracy, żyli na ulicy i z tego, co im kto dał. Ale jak na złość tym razem nikogo tu nie było.

Zatrzymał się na pomoście i oparł się o barierkę. Popatrzył w wodę. Zdał sobie sprawę, że jest zły na samego siebie, ale nie z powodu kwiatów, których nie mógł znaleźć, ale tego, jak się wczoraj zachował. Kopnął mały kamyk, a ten wpadł w toń. Podniósł wzrok. Zobaczył jak nad rzeką wyłaniają się pierwsze promienie słońca. Zabarwiły niebo na jasnożółte i różowe odcienie. Armin zapatrzył się w niebo. Nie pamiętał, kiedy ostatni raz widział taki piękny wschód słońca.

Wtem poczuł jakiś miły zapach. Obejrzał się za siebie i niespodziewanie zobaczył siedzącą nieopodal staruszkę. W małym wazonie trzymała bukiet ściętych kwiatów. Były to czerwone róże. Kobiecina wyglądała biednie i nędznie, ale kwiaty prezentowały się pięknie. Armin podszedł do niej.

– Po ile ma pani te kwiaty? – zapytał ją.

Ta podniosła na niego wzrok, najwyraźniej zdumiona, że ktoś odezwał się do niej per „pani". Kiedy spojrzała na niego, Armin zauważył jej jasnoniebieskie oczy, bardzo żywe jak na jej sędziwy wiek.

– Po dwadzieścia – odparła schrypniętym głosem.

– Dwadzieścia za sztukę?

– Dwadzieścia za bukiet – powiedziała.

Armin popatrzył na kwiaty. Było ich w sumie dwadzieścia sztuk. Ustawił na swoim identyfikatorze odpowiednią sumę.

– Wezmę wszystkie – powiedział, podając jej rękę.

Ona niepewnie wyciągnęła do niego dłoń i zaraz wybałuszyła oczy, widząc kwotę, jaką jej dał.

– Pięćset… – szepnęła. – Ależ… Ależ, panie…

Wyglądała na przerażoną.

– Panie, to za dużo…! – jęknęła.

– Nie, to nie za dużo, uwierz mi – powiedział, uśmiechając się lekko. – Te kwiaty są warte znacznie więcej.

Kobiecina popatrzyła na niego urzeczona. Jej starcza, pomarszczona twarz, na jedną chwilę rozbłysła dziewczęcym uśmiechem.

– Niech ci Bóg wynagrodzi w dzieciach, młodzieńcze – powiedziała z namaszczeniem.

Armin cofnął się zaskoczony.

– Co…? Dlaczego to powiedziałaś? – zapytał.

Kobieta nie odpowiedziała, tylko uśmiechnęła się i skinęła głową.

– Nie mam dzieci – odparł. – I nie będę ich miał. Dlaczego to powiedziałaś?

– Niech ci Bóg wynagrodzi w dzieciach, młodzieńcze...

Ale ona wyglądała, jakby się w ogóle nie przejęła jego słowami. Nadal uśmiechała się pogodnie. Armin czekał, ale ona nic nie mówiła. W końcu wzruszył ramionami, po czym wziął od niej kwiaty i zaczął iść przed siebie. Zrobił tylko kilka kroków i zaraz obejrzał się. Jej słowa nie dawały mu spokoju.
– Dlaczego...? – zaczął i zamarł.
Na moście nikogo nie było.
Armin ścisnął mocniej bukiet kwiatów i ruszył do autolotu. Wchodził do swojego apartamentu akurat w chwili, kiedy Mari wychodziła ze swojego.

– Och…! – westchnęła na jego widok, a on szybko schował bukiet za drzwiami.

Stanął w progu, z jedną ręką ukrytą we wnętrzu swojego pokoju.

– Mari, jadłaś już śniadanie? – powiedział od razu.

Ona wyglądała na zmieszaną i nieco onieśmieloną.

– Chciałam zamówić na panelu, ale nie mogłam się połapać w tych przyciskach – powiedziała. – Chyba ich za dużo, albo po prostu ja się na tym nie znam, sama nie wiem…

Mówiła szybko i nerwowo, pospiesznie wyrzucając z siebie słowa.

– Mari, posłuchaj, co do wczorajszego wieczoru…

– Nic się nie stało – odparła zdawkowo, ale nie udało jej się ukryć zdenerwowania. – To nic takiego.

– Mari, przepraszam cię, nie powinienem był zachowywać się w ten sposób, to było po prostu nieuczciwe wobec ciebie i nieprofesjonalne z mojej strony – powiedział jej otwarcie. – Poza tym zdecydowanie za dużo wczoraj wypiłem i trochę mi to namieszało w głowie, choć wiem, że to nie jest żadna wymówka.

Ona nawinęła włosy za ucho. Uczesała je tak jak zwykle, a na twarzy nie miała już takiego makijażu. Przyjrzał się jej. Ubrana była w prostą, ciemną, ołówkową spódnicę i elegancką bluzkę z garsonką. Była jak zawsze skromna i nienaganna.

– Naprawdę nic się nie stało… – powiedziała, starając się aby to zabrzmiało lekko, ale widział, że była poruszona jego słowami.

– Mam nadzieję, że ten incydent nie zaburzy naszej wspólnej pracy – powiedział. – Nie wyobrażam sobie, gdybyś musiała przez to krępować się będąc przy mnie, lub z tego powodu ograniczać kontakt ze mną. Jesteś mi naprawdę potrzebna.

Ona spoważniała. Patrzyła na niego uważnie. Przestała już powtarzać, że nic się nie stało. Wiedział, że się stało, dostrzegł to w jej spojrzeniu wczoraj, kiedy uciekła mu sprzed drzwi.

– Mam nadzieję, że nie myślisz już o mnie bardzo źle, bo ja nadal myślę o tobie bardzo dobrze – powiedział.

Zobaczył, że uśmiecha się lekko, nieśmiało. Wziął to za dobry znak.

– Więc jeśli jeszcze nie masz mnie dosyć, to zapraszam cię na śniadanie – powiedział. – No i… To w ramach przeprosin – dodał, wyciągając rękę z bukietem.

Zobaczył, jak jej oczy rozszerzają się ze zdumienia.

– Och… – wydusiła z siebie.

Podał jej ogromny bukiet, a ona wzięła go w ramiona.

– Och, jakie wspaniałe… – szepnęła.

Nachyliła się i powąchała je. Zamrugała zaskoczona.

– I jak cudownie pachną.

Spojrzała na niego i uśmiechnęła się pięknie. Widział w jej oczach szczery zachwyt, a to natychmiast złagodziło całe jego zmęczenie, nieprzespaną noc, ból głowy i wyrzuty sumienia.

– Gdzie je znalazłeś? – zapytała, przyglądając się kwiatom.

– Ach, jakoś tak… Same wpadły mi w ręce – powiedział wymijająco.

– Myślałam, że wszystkie kwiaty są już zmodyfikowane.

– Te na szczęście nie były – odparł.

Mari uśmiechnęła się uradowana.

– Dziękuję – powiedziała.

Armin zrobił jeden mały krok w jej stronę, ale nie ośmielił się podejść bliżej.

– Więc mam rozumieć, że przeprosiny zostały przyjęte? – zapytał, uśmiechając się lekko.

Skinęła głową.

– W takim razie chodź, pokażę ci jak się zamawia posiłki z tego panelu – powiedział, prowadząc ją do swojego apartamentu.

★★★

Zaraz po śniadaniu spakowali się i zaczęli szykować się do drogi powrotnej. Armin czekał w holu na Mari, aż ta zbierze wszystkie swoje rzeczy. W międzyczasie skomunikował się z jednym z lordów.

– Lord Mirell – przywitał się z hologramowym mężczyzną, którego wyświetlił ze swojego identyfikatora.

Posępny jegomość zmierzył go krytycznym spojrzeniem.

– Armin – stwierdził bez entuzjazmu.

– Wiem, że chciał się pan ze mną spotkać osobiście i bardzo mi przykro, że nie udało nam się wczoraj porozmawiać – powiedział.

Lord popatrzył na niego z kpiącym uśmieszkiem.

– Nie byłem tym zaskoczony, kiedy zobaczyłem jaką masz partnerkę – zaczął nieco uszczypliwie. – Byłeś cały wieczór tak nią pochłonięty, że zapewne na nic innego nie miałbyś czasu – skwitował. – Trochę się tym zbłaźniłeś. Moi znajomi opowiadali mi, że to jakaś dziewka z poziomu E. Buzię może i ma ładną, ale Armin, tak szczerze, to chyba stać cię na coś lepszego…

Armin nie dał po sobie poznać, że jakkolwiek dotknęła go ta uwaga.

– Jeśli chciałby pan porozmawiać ze mną o moim najnowszym projekcie robota, zawsze możemy to zrobić, kiedy już wrócę do Języka, będę miał wtedy czas dla wszystkich moich klientów – powiedział, w ogóle nie podejmując wątku.

– Niech będzie – mruknął lord. – A zatem do usłyszenia – powiedział i hologram zgasł.

Armin popatrzył na swoją rękę, a po chwili drgnął, bo poczuł, że nie jest sam. Mari stała na wprost niego obładowana pakunkami. Natychmiast rozpoznał w jej spojrzeniu, że wszystko musiała usłyszeć.

– Mari… – zaczął, ale ona tylko pokręciła głową.

– Gdzie ten robot służebny, kiedy go potrzebuję? – powiedziała szybko, rozglądając się.

– Zaraz go tu sprowadzę.

Przywołał robota na panelu, a ten po chwili zjawił się w holu. Zabrał ich bagaże i wpakował je do bagażnika autolotu.

– No to do domu – powiedział, siadając za sterami.

Mari zapięła się podwójnymi pasami na ramionach i spojrzała na niego wyczekująco.

On popatrzył na nią dłużej. Wciąż miał przed oczami to, jak wyglądała wczoraj na balu. Nie potrafił sobie tego wymazać z pamięci.

– To lecimy? – spytała, bo nadal nie ruszali.

Armin oderwał od niej wzrok i skupił się na hologramach sterowniczych.

– Lecimy.

Zastartował maszynę i wzbili się w przestworza. Mari zamknęła oczy i otworzyła je dopiero, kiedy wzlecieli ponad chmury. Milczeli, ale był do tego przyzwyczajony i ta cisza nie przeszkadzała mu. Oparł się wygodnie o fotel i odprężył się. Zerkał od czasu do czasu na Mari, a ta patrzyła cały czas w okno. Zauważył, że głowa coraz bardziej jej opada, aż w końcu przykleiła policzek do szyby i po chwili usłyszał jak miarowo oddycha. Wygrzebał za plecami koc i okrył ją, a sam oddał się rozmyślaniu.

Późnym popołudniem przylecieli do Języka. Mari obudziła się, kiedy byli tuż nad miastem i zaczęli obniżać lot. Przeciągnęła się i popatrzyła wokół zdumiona.

– Och, znowu zasnęłam…? – zdziwiła się.

Armin spojrzał na nią z uśmiechem.

– Tak – powiedział. – Powiedz mi, gdzie mieszkasz, żebym cię mógł odwieźć?

– Gdzie mieszkam…? – zdziwiła się. – Och, nie, nie trzeba. Wysadź mnie przed firmą.

– Mari, nie wygłupiaj się, proszę – powiedział miękko. – Powiedz, gdzie mam cię wysadzić?

Ona spojrzała na niego niepewnie.

– Najlepiej jeśli wysadzisz mnie w centrum, przy pomniku Kronosa.

– Tam mieszkasz? – zdziwił się.

– Po prostu tam mnie wysadź.

Zerknął na nią. Na jej twarzy widać było zacięcie.

– Dobrze, jak sobie życzysz – odparł, ustawiając odpowiednie parametry na hologramowej mapce.

Skręcił autolotem i skierował się w tamtą stronę.

– Daleko masz stamtąd do swojego domu? – zapytał.

Ona nie odpowiedziała.

– Mari…?

Ale ona nie reagowała. Patrzyła w bok przez okno.

– Mari, coś się stało? – spytał, kiedy wciąż milczała.

– Nie, nic się nie stało – odparła, siląc się na obojętny ton, ale słyszał, że była zdenerwowana. – Po prostu jestem już zmęczona tym wszystkim, tym całym wyjazdem.

– Mną także? – zapytał, próbując ją sprowokować.

Ona spojrzała na niego krótko.

– Być może – odparła dość niejednoznacznie.

Armin nie dał się zbić z tropu.

– W takim razie już lądujemy – powiedział z uśmiechem.

Zaparkował na placu tuż przy złotym posągu Kronosa. Było to samo centrum, gwarne i ruchliwe. Wokół placu z posągiem znajdowały się głównie budynki użyteczności publicznej, liczne sklepy, bary, a niedaleko stała świątynia Kronosa. Na ruchomych chodnikach przesuwających się w obie strony, podążali piesi zajęci swoimi sprawami. Nad nimi krążyły autoloty, a kilkanaście metrów dalej zatrzymał się wielki busolot, z którego zaczęli wychodzić pasażerowie.

Armin otworzył bagażnik i wyciągnął jej walizkę.

– To gdzie teraz ci to zanieść? – zapytał, rozglądając się.

– Nigdzie – odparła, łapiąc pospiesznie za uchwyt walizki. – Tam mam swój busolot, podrzuci mnie prosto pod dom.

– Mari, ależ…

– Do widzenia, Armin – powiedziała, i odwróciła się w stronę busolotu.

– Mari, poczekaj – powiedział, chwytając ją za rękę. – Przecież mogę cię podrzucić pod sam dom, nie rozumiem, po co to wszystko? O co ci chodzi? – zapytał.

– Nie trzeba – ucięła krótko. – Nie chcę, żeby ktoś cię tam widział.

– A to niby dlaczego?

– Taki bogacz jak ty nie powinien pojawiać się w dzielnicy biedoty – powiedziała.

– Słucham…?

– Nie chcę, żeby ktoś cię tam zauważył ze mną – dodała.

Głos jej drżał, był nabrzmiały od łez.

– Mari, ale…

– Nie chcę ci znowu narobić wstydu – wyrzuciła z siebie gorzko i nie patrząc w jego stronę, uwolniła dłoń z jego uścisku i ruszyła przed siebie.

Armin stał nieruchomo i patrzył na nią zdumiony. Widział jak podbiega do busolotu i siłując się z walizkami, ładuje się do środka. Po chwili pojazd odleciał i Armin został sam na parkingu przy złotym posągu. Wsiadł do autolotu i poleciał do swojego biura.

– Alexandra! – zawołał od progu, rzucając walizkę na podłogę obok łóżka. – Przekaż najnowsze raporty o stanie produkcji na moje biurko, natychmiast!

Robot cicho zjawił się w jego salonie.

Całkowicie się wyłączył...

– Oczywiście – powiedział, błyskając oczami.

– A i zajmij się tymi brudnymi rzeczami – powiedział pokazując na walizkę.

Zdjął z siebie marynarkę i rzucił ją na ziemię.

– To też zabierz – nakazał.

Robot posłusznie zebrał brudne ubrania.

– Oczywiście – stwierdził beznamiętnie.

– I zrób mi kawę – powiedział, przechodząc do swojego gabinetu.

Robot błysnął oczami.

– Czy komenda o zakazie robienia kawy została zniesiona? – spytał.

Armin spojrzał na robota półprzytomnie.

– Co?

– Przypominam, że otrzymałam komendę o zakazie robienia kawy – powiedział robot.

– Ach... Tak, komenda została zniesiona – odparł.

Pochylił się nad biurkiem i uruchomił hologramy. Sprawdzał tabele, rozliczenia i wykresy produkcji. Wykonał kilkanaście rozmów, między innymi z Lordem Mirellem, ustalając wielkość zamówienia i zapłatę. Był tak pochłonięty pracą, że zapomniał zupełnie o kawie, która od godziny stała nietknięta na jego biurku. Zapomniał o wszystkim. Całkowicie się wyłączył.

✳✳✳

– Jak to kolejne opóźnienie? Przecież części miały być na wczoraj! – zagrzmiał, uderzając pięścią w biurko.

Kierownik produkcji nowej linii, z którym rozmawiał poprzez hologram, poruszył się niespokojnie.

– Nie było mnie w firmie dwa dni i już narobiliście takich opóźnień? – mówił dalej twardo. – Czy ja naprawdę muszę stać wam nad karkami i pilnować was, żebyście robili, co do was należy?

– P-panie, ale to ci nowi pracownicy wszystko opóźniają... – bąknął kierownik.

– Którzy nowi pracownicy?

– Ci od Wielkich Rządzących – powiedział. – Zamknęli się w hali, nikogo do niej nie wpuszczają, a my stoimy z produkcją, bo oni mają wszystkie części składowe.

– No to teraz mi to mówisz? – warknął. – Połącz mnie natychmiast z ich nadzorcą!

Hologram zamigotał i kierownik produkcji zniknął. Przez chwilę nie widać było niczego. Armin potarł oczy. Od samego rana był spięty, a dzień już od świtu zapowiadał się na bardzo pracowity.

Po chwili hologram znów rozbłysnął i pojawił się główny nadzorca pracowników Wielkich Rządzących.

– Witaj, panie, w czym mogę ci pomóc? – przywitał się grzecznie.

– To ja się pytam, w czym mogę wam pomóc? – zagadnął Armin. – Czy wszystko przebiega zgodnie z waszymi wytycznymi? Czy czegoś wam nie brakuje? Może podesłać dodatkowych ludzi? Sprzęt?

– Nie ma takiej potrzeby, jesteśmy w pełni zaopatrzeni, dziękujemy – odparł.

– Doskonale – odparł, rozsiadając się wygodnie w fotelu. – W takim razie mogę wiedzieć, dlaczego nie dajecie części do kadłuba Wojownika moim ludziom?

Powiedział to lekkim tonem, ale wzrok miał stalowy. Nadzorca nie wyglądał na zmieszanego.

– My nie mamy nic do ukrycia – powiedział. – I żadnych części nie chowamy dla siebie.

– Dlaczego zatem zablokowaliście magazyn i nikogo do niego nie wpuszczacie?

– Nasze ulepszenia nie mogą wyjść poza teren sali, w której pracujemy i wiedza o tym nie może wpaść w niczyje niepowołane ręce.

– Przypominam wam, że pracujecie w *mojej* firmie i to jest *moja* sala – powiedział twardo Armin. – I wszystko, co tam robicie podlega mojemu nadzorowi.

– A ja chciałbym tylko panu przypomnieć, że my podlegamy bezpośrednio Wielkim Rządzącym, a nie panu – odparł nadzorca bez zająknięcia.

– O ile dobrze mi wiadomo, ta firma nie należy do Wielkich Rządzących – powiedział Armin.

Nadzorca uśmiechnął się dziwnie.

– Jeszcze nie...

Armin zamrugał.

– Słucham? Co to miało znaczyć? – podchwycił natychmiast.

– Ale co takiego? – zapytał nadzorca.

Patrzył mu prosto w oczy i wciąż uśmiechał się zuchwale. Armin zacisnął szczęki.

– Macie natychmiast udostępnić ten magazyn dla moich ludzi – rozkazał. – Inaczej was stamtąd wykurzę.

– Oj, chyba nas pan jednak stamtąd nie wykurzy... – odparł nadzorca prześmiewczym tonem.

– Jeśli moi ludzie nie dostaną części, nie będzie żadnego Wojownika, ani dla mnie, ani dla Wielkich Rządzących, ani dla nikogo – warknął. – Przemyślcie sobie, co wam się bardziej opłaca.

To powiedziawszy zamknął hologram, nie czekając aż tamten mu na to odpowie. Armin odetchnął głęboko. Wtem rozległo się pukanie.

– Proszę – powiedział szorstko głosem, w którym jeszcze pobrzmiewał gniew.

Do gabinetu weszła Mari. Armin zauważył ją dopiero wówczas, kiedy postawiła przed nim filiżankę z kawą.

– Dziękuję – powiedział, łagodniejąc.

Mari bez słowa zabrała brudny kubek, który stał tu od wczorajszego dnia i odwróciła się do wyjścia.

– Mamy jakieś nowe zamówienia? – zapytał, zanim zdążyła zrobić choćby jeden krok.

Zatrzymała się w miejscu.

– Tak, dwadzieścia z Nerek i trzy z Języka – oznajmiła. – Zapisałam klientów na listę. Obecnie czas oczekiwania wynosi miesiąc.

Armin pokiwał głową, patrząc na nią. Była ubrana elegancko, ale nie wytwornie. Ciemna spódnica, jasna bluzka i krótki żakiet. Minę miała poważną, krótkie włosy zaczesane na jedną stronę twarzy.

– Dobrze zrobiłaś – powiedział.

Ona tylko skinęła mu głową i wyszła z gabinetu, nie mówiąc nic więcej. Armin popatrzył dłużej na drzwi, za którymi zniknęła, ale zaraz otrzeźwił go sygnał komunikacyjny. Dotknął biurka i wyświetlił hologram. Znów zobaczył przed sobą swojego głównego kierownika produkcji. Spiął się.

– Co znowu? – zapytał.

– Panie, udostępnili magazyny – powiedział tylko.

Armin odetchnął.

– No i bardzo dobrze – mruknął, zadowolony.

– Teraz możemy ruszać z produkcją na całego – dodał. – Mamy już przygotowane dwie hale. Jutro zaczną wychodzić pierwsi Wojownicy.

– Doskonale – powiedział tylko i rozłączył się.

Wziął kawę, upił łyczek i odprężył się. Uśmiechnął się do siebie. Kawa była pyszna. Wszystko szło po jego myśli. Dokładnie tak, jak zaplanował.

Odstawił filiżankę na spodek i obrócił ją dookoła. Popatrzył znów na drzwi, stukając palcem o filiżankę. Siedział w zamyśleniu i wybijał niespokojny rytm. W końcu włączył tabele i zaczął sprawdzać wyniki ze sprzedaży.

Po południu spotkał się osobiście z kilkoma ważnymi kontrahentami, ubił parę dobrych interesów przedstawiając swojego Wojownika i umówił się na następny dzień na prywatny pokaz w domu jednego z lordów. Miało tam pojawić się paru jego ważnych znajomych. Armin już zacierał ręce na myśl o transakcjach, które będzie mógł przeprowadzić z tymi grubymi rybami. Nie pokazywał jednak po sobie, jak bardzo się z tego cieszy. Nauczył się, że przy tego typu sprawach najlepiej jest zachować powściągliwość.

Wieczorem, zmęczony, ale szczęśliwy, wrócił do biura.

– Mari i jak dzisiaj? – rzucił od windy, spoglądając w stronę wysepki sekretariatu, przy której pracowała, ale jej tam nie było.

Podszedł i popatrzył wokół. Wszystko było schludne, papiery poukładane, a stanowisko uprzątnięte. Sprawdził swój identyfikator.

– Ach, już tak późno… – mruknął.

Wszedł po schodach do swojego apartamentu i poszedł popływać. Tego wieczoru przepłynął dwa razy dłuższy dystans co zwykle, a mimo to nadal nie czuł odprężenia. Wręcz przeciwnie, czuł się jeszcze bardziej spięty, wręcz rozdrażniony, choć wiedział, że nie miał żadnych powodów do niepokojów.

Sprawdził swój status. Wszystko wydawało w jak najlepszym porządku. Ubrał się w szlafrok i usiadł w fotelu z drinkiem w ręce, patrząc na panoramę nocnego miasta. Próbował oglądać coś na ekranie, ale wszystko go nużyło. Wszędzie informowano tylko o strajkach chrześcijan. W Języku również zaczęli manifestować, domagając się prawa do pracy i zniesienia sankcji w postaci danin nałożonych na nich przez Wielkich Rządzących. Armin słuchał tego jednym uchem, popijając drinka, a tak naprawdę odpływał myślami do następnych zleceń, wyników i sprzedaży.

Rano ciężko mu było wstać i nawet robienie ćwiczeń nie zdołało go dobrze obudzić. Ubrał się, zjadł śniadanie i z ociąganiem zszedł do biura. Sprawdził najnowsze przychody, rozmówił się ze swoim kierownikiem produkcji na temat pierwszych egzemplarzy Wojownika, które właśnie wyszły z hali, a potem z dostawcą, uzgadniając, do których klientów polecą najpierw.

Rozejrzał się za kawą, ale na biurku stała tylko pusta filiżanka. Już miał nacisnąć przycisk, aby ją przywołać, gdy w tej samej chwili usłyszał pukanie.

– Wejdź, Mari – powiedział, odwracając się w stronę drzwi.

Mari weszła do środka z kawą i postawiła ją na biurku.

– Dziękuję – powiedział, spoglądając z zainteresowaniem na kobietę.

Stała przed nim poważna.

– Jak ci mija dzień? – zagadnął.

– Pracowicie – odparła. – Miałam kilka rozmów z klientami i przełożyłam kolejne zamówienia na za dwa miesiące.

Pokiwał głową.

– Dobrze – odparł, przyglądając jej się. – A co u ciebie?

– U mnie wszystko dobrze – odparła bardzo oficjalnie. – A u pana?

Armin drgnął. Odstawił filiżankę z kawą na spodek.

– Mari – powiedział powoli. – Przecież prosiłem cię, abyś mówiła mi po imieniu.

Zobaczył, że przygryza lekko wargi.

– Ale postanowiłam wrócić do starej formy – odparła. – Pomyślałam sobie, że w ten sposób nasza relacja będzie dużo bardziej profesjonalna.

– Mari, ależ…

Ona patrzyła na niego zmieszana. Widział, że zaczyna się czerwienić.

– Przecież nasza relacja jest profesjonalna – powiedział.

Ona milczała. Wyglądała na zażenowaną.

– Mari, czy czujesz się w jakiś sposób skrępowana?

– Nie… – powiedziała cicho.

– To czego się obawiasz? – zapytał ją miękko. – Mnie?

– Nie, nie ciebie.

Zarejestrował, że tym razem powiedziała mu na „ty".

– A czego?

Podniosła na niego oczy. Nawet bez makijażu i ubrana w zwykły żakiet, robiła na nim wrażenie.

– Siebie – powiedziała, czym bardzo go zaskoczyła.

– Mari, co…? – chciał spytać, ale ona odwróciła się szybko do wyjścia

– Muszę już iść, mam klienta na linii… – powiedziała wymijająco.

– Mari, zaczekaj – poprosił.

Ona była tuż przy drzwiach.

– Mari, zatrzymaj się.

Ale ona wyszła i drzwi się za nią zamknęły. Armin popatrzył za nią zdumiony. Po chwili zerwał się z fotela i poszedł za nią. Wyszedł z gabinetu i podszedł do wysepki, przy której właśnie prowadziła hologramową rozmowę z jakimś kontrahentem.

– Armin zapowiedział, że roboty będą gotowe do końca tego tygodnia i gdzie one są? – powiedział oschle klient. – Miałem dostać swoje dziesięć sztuk.

– Przykro mi, robimy co w naszej mocy, aby towar dotarł na czas do naszych klientów – powiedziała Mari ułagodzonym tonem. –

Dziś wyszły pierwsze sztuki Wojownika, jestem przekonana, że wśród nich będą również te dla pana.

– To lepiej niech będą, laluniu, bo inaczej poskarżę się twojemu szefowi! – zagroził klient.

Armin słysząc to, natychmiast stanął przy Mari. Uśmiechnął się szeroko na widok zdumionej miny mężczyzny.

– Panie Victorze, ale po co te nerwy? – zagadnął przemiłym głosem. – Nie lepiej porozmawiać o tym ze mną bezpośrednio, zamiast wyżywać się na mojej sekretarce?

– No ale wie pan, no… tego… ja już tyle czekam… – wybełkotał Victor.

– Ależ oczywiście, tak jak i wszyscy – odparł Armin. – Czy mam pokazać panu listę moich klientów? Niektórzy mają wyznaczony czas oczekiwania na towar do dwóch miesięcy, a zamówili znacznie więcej niż pan i zapłacili dużo hojniejsze zaliczki. Może chciałby się pan z nimi zamienić miejscami?

– Nie, nie trzeba – mruknął mężczyzna, spuszczając z tonu. – Tylko proszę dopilnować, żebym dostał to w tym tygodniu.

– Zrobimy wszystko, co w naszej mocy – powiedział dyplomatycznie. – Będzie pan w kolejce tuż za Wielkimi Rządzącymi.

Zobaczył jak tamten przełyka ślinę.

– Dobra, to… Niech będzie, żegnam – powiedział i rozłączył się.

Armin spojrzał na Mari, która przez cały ten czas patrzyła niemo przed siebie.

– Hej – odezwał się do niej, dotykając jednym palcem jej ramienia. – Przypominam ci, że jestem twoim przełożonym i masz wykonywać wszystkie moje polecenia, a więc jeśli mówię ci, że masz poczekać, to masz poczekać, a nie wychodzić w trakcie rozmowy.

Starał się mówić lekkim i żartobliwym tonem, ale musiał przyznać, że trochę go zaskoczyła swoim zachowaniem.

– Ale ja skończyłam już z panem rozmowę – odparła, nie patrząc na niego.

Armin obrócił jej fotel tak, aby była twarzą do niego.

– Ale ja nie skończyłem – powiedział poważniejąc. – Druga sprawa, powiedziałem ci, żebyś mówiła mi po imieniu…

– Ale… – chciała wtrącić, ale on nie pozwolił jej dokończyć.

– …i to też było polecenie służbowe, więc radzę ci je wykonywać, inaczej zacznę ci odejmować punkty za każdym razem, gdy będziesz do mnie mówiła na „pan".

Ona poczerwieniała gwałtownie, ale nic nie powiedziała.

– Czy to jest jasne? – spytał, zaglądając jej w twarz.

Mari popatrzyła w bok, jakby unikała jego wzroku.

– Mari…? – spytał łagodniej, kładąc obie dłonie na jej ramionach. – Co ci jest?

…to też było polecenie służbowe…

– Nic – odparła, odwracając się z krzesłem w stronę biurka.
– Czy mogę teraz wrócić do pracy?
– Nie.
– Mam masę ważnych spraw, które muszę załatwić – powiedziała.
– Ta rozmowa jest teraz ważniejsza od tego.
– To są pańscy kontrahenci...
– Mari, dość tego – powiedział twardo. – Podaj mi rękę.

Ona wreszcie spojrzała na niego. Widział, że była przestraszona, a jednocześnie oburzona. Nie miał pojęcia, o co jej chodziło, ale nie miał zamiaru dawać się tak traktować przez swoją pracownicę.

– Skoro nie przemawiają do ciebie prośby widzę, że muszę inaczej do ciebie przemówić – powiedział.

Przyłożył swoją rękę do jej nadgarstka i odjął jej dwa punkty. Mari przygryzła wargi. Nie wyrzekła ani słowa, tylko jej oczy zaszkliły się od łez. Armin zmieszał się, widząc to, ale na zewnątrz zachował kamienną twarz.

– Przykro mi – powiedział. – Teraz możesz wrócić do swoich obowiązków.

Obrócił się i ruszył do gabinetu, ale zaraz coś go tknęło. Podszedł znowu do niej.

– Mari, pokaż mi jeszcze raz swoją rękę.
– Po co? – spytała, zerkając na niego.
– Chcę coś sprawdzić.
– Co?

Widział, że przezornie schowała swoją prawą dłoń w lewą.

– Mari, nie bój się, nie odejmę ci znowu punktów – powiedział łagodniejszym tonem. – Chcę tylko sprawdzić twój status.

Podała mu niechętnie dłoń, a on zerknął w jej dane.

– Dziwne... – mruknął. – Myślałem, że po ostatniej premii wskoczyłaś już na poziom D, a ty nadal jesteś na E.

Spojrzał na nią.

– Widocznie ta suknia musiała cię kosztować fortunę – powiedział pół żartem, chcąc nieco rozładować sytuację.

Ona cofnęła rękę.

– Miałam dużo wydatków – powiedziała wymijająco.

– Zapewne, choć nawet mi nieczęsto zdarza się wydać dwadzieścia tysięcy punktów w... cztery dni – powiedział, uśmiechając się lekko. – Czyżbyś kupiła sobie pałac?

Ona zaczerwieniła się.

– To moja prywatna sprawa na co wydaję swoje punkty – odparła, odwracając się do hologramów z tabelkami.

– Oczywiście – powiedział. – Wybacz, Mari, chciałem cię tylko trochę rozśmieszyć, żeby znów móc zobaczyć twój uśmiech.

Zobaczył, że ona odwraca na niego oczy. Wyglądała na mile zaskoczoną.

– Mam nadzieję, że nie masz mi tego za złe – dodał.

– Nie aż tak bardzo – mruknęła, spoglądając znów na hologramy przed sobą.

– Nie aż tak... Och, Mari, nie przestajesz mnie zaskakiwać – odparł z uśmiechem.

Nachylił się lekko do niej.

– Czy mam znów zrobić z siebie kretyna, żeby zobaczyć jak się uśmiechasz? – zapytał. – Jestem na to gotowy. Spójrz tylko.

Mari zerknęła na niego, a on komicznie zwinął usta w podkówkę. Widział, że wargi jej drgają i siłą woli powstrzymuje się przed parsknięciem śmiechem.

– Czy teraz już wzbudzam w tobie litość? – zapytał piskliwym głosem.

Mari zaśmiała się, słysząc go.

– Armin, przestań już – powiedziała, zakrywając sobie usta ręką.

– Nie... – powiedział łagodnie, ujmując jej dłoń i odsłaniając jej twarz. – Pozwól mi zobaczyć twój uśmiech. Już dawno go nie widziałem i przyznaję, stęskniłem się za nim.

Ona przekrzywiła nieco głowę.

– Zawsze musisz się tak ze mnie nabijać? – spytała.

– Ja się nie nabijam, ja mówię prawdę – powiedział, puszczając jej rękę.

Delikatnie zaczesał kosmyk jej włosów za ucho, odsłaniając jej twarz. Mari uśmiechnęła się.

– No, wreszcie, już się zastanawiałem gdzie się podziała moja Mari – powiedział, uśmiechając się do niej. – A ona cały czas tu była, tylko się trochę schowała.

Mari przewróciła oczami.

– Czy teraz już mogę wrócić do pracy? – spytała, ale głos jej złagodniał i patrzyła na niego przychylniej

– Jeszcze nie – powiedział, biorąc ją znów za rękę.

Przyłożył swój nadgarstek do jej. Ona spojrzała zdumiona. Przekazał jej pięćdziesiąt punktów.

– A to za co? – spytała.

– To taka mini premia – powiedział, puszczając jej rękę. – Pomyślałem sobie, że przyda ci się, skoro masz aż tyle wydatków.

Wyprostował się. Ona patrzyła na niego zaskoczona. Policzki miała zaróżowione.

– Dziękuję – powiedziała cicho. – Ale nie trzeba było…

Armin uśmiechnął się.

– Teraz możesz wrócić do pracy – powiedział. – I ja też już mogę spokojnie wrócić do pracy.

Mari popatrzyła na niego rozpromieniona. Spojrzenie miała takie samo jak wówczas, gdy wręczył jej bukiet róż. Nie mógł oderwać od niej oczu.

– Choć chętnie zostałbym tu z tobą dłużej… – dodał cicho.

Ona spuściła wzrok.

– No ale obowiązki wzywają – stwierdził, powracając do rzeczywistości.

Zmusił się, żeby ruszyć do gabinetu. Zaledwie usiadł przy biurku, otrzymał powiadomienie od Wielkich Rządzących. Pospiesznie zapiął marynarkę i włączył hologram. Przed nim stanęła sylwetka Oscara.

– Witam, szanownego pana – powiedział gładko, na twarzy nie zdradzając żadnych emocji. – W czym mogę panu pomóc?

– Witaj, Armin – przywitał się Oscar. – Słyszałem, że dziś wypuszczasz pierwsze roboty.

– Bardzo dobrze pan słyszał – stwierdził z uśmiechem.

– Tak się składa, że my też dzisiaj wypuszczamy pierwsze egzemplarze. Chcielibyśmy je nieco wypróbować. Nie miałbyś nic przeciwko, gdyby nasi pracownicy wzięli je w teren i sprawdzili jak działają w różnych sytuacjach…?

– Ależ oczywiście, że nie – odparł. – Jak tylko pozwolą moim ludziom pracować.

– Ten nieprzyjemny incydent został już zażegnany, a nasz pracownik został odpowiednio, hm, upomniany – powiedział Oscar z tajemniczym wyrazem twarzy.

Armin nawet nie chciał się domyślać jak to „upomnienie" mogło wyglądać, więc zmilczał tę uwagę.

– A zatem życzę pomyślnych owoców z wypróbowywania Wojownika – powiedział. – Gdybyście mieli państwo jakieś pytania czy sugestie, służę pomocą.

– Będziemy to mieć na uwadze – powiedział Oscar i hologram wyłączył się.

Armin oparł się ciężko o fotel. Spojrzał na kawę, która stała tuż przy nim. Upił łyk. Była pyszna, ale już zimna. Wziął głęboki oddech i zaczął umawiać się na indywidualną prezentację w domu jednego z lordów.

– Lordzie Michalinie, mogę przybyć do pana w każdej chwili, nawet teraz – powiedział do grubiutkiego pana z podkręconymi włosami, który wyświetlił się na hologramie przed jego biurkiem.

– Wspaniale! – zawołał lord, klaszcząc pulchnymi dłońmi. – A zatem zapraszam, zapraszam. Wszyscy już na ciebie czekamy. Możesz przylecieć od razu! Ach, to będzie coś wspaniałego!

– Oczywiście, w takim razie będę do godziny – powiedział, rozłączając się.

Dopił kawę, przeczesał palcami włosy i wstał od biurka.

– Alexandra, zapakuj mi Wojownika do autolotu służbowego numer pięć – poinformował robota poprzez swój identyfikator.

– *Oczywiście* – odezwał się mechaniczny głos z jego dłoni.

Wyszedł z gabinetu i skierował się do windy. Spojrzał przelotnie na Mari, która zajęta była układaniem przed sobą hologramowych liczb. Nie powiedzieli do siebie ani słowa, zauważył tylko, że spojrzała na niego krótko i uśmiechnęła się, a on odpowiedział jej takim samym uśmiechem.

Wyszedł na parking nadziemny i wsiadł do swojego pojazdu.

– Alexandra, zastąp mnie w gabinecie – powiedział do hologramu. – Wszystkie zamówienia przekazuj mojej sekretarce.

– *Oczywiście.*

Zastartował i wyleciał w niebo. Śmigał podniebnymi szlakami, wymijając inne autoloty. Gdzieś na jednym z wielkich ekranów mignął mu urywek z jakiejś manifestacji, ale zignorował to. Miał teraz ważniejsze sprawy na głowie.

Obniżył lot i szybko odnalazł wśród ładnych domów, ten należący do Lorda Michalina. Zaparkował przy wielkiej, żelaznej bramie.

– Pan do kogo? – zapytał go robot-lokaj, zatrzymując go przed furtą.

Armin wyciągnął Wojownika z bagażnika, a mały robocik podprowadził go przed nim. Bez słowa podał dłoń ze swoim identyfikatorem, a robot-lokaj zeskanował go.

– Pan Armin, miło mi pana widzieć – powiedział grzecznie błyskając szklanymi oczami. – Właśnie poinformowałem mojego pana o pańskim przyjeździe – dodał, otwierając przed nim bramę.

– Wspaniale – odparł Armin, przechodząc z Wojownikiem na szeroki dziedziniec.

Zaledwie zdążył dotknąć drzwi wejściowych, a te natychmiast się otworzyły. W progu stanął niziutki, pulchniutki Lord Michalin.

– Armin! Wspaniale! – zawołał na jego widok. – Chodź, chodź, wszyscy już są!

Wprowadził go do przestronnego, eleganckiego salonu, gdzie czekało na niego kilku bogatych jegomości. Armin przywitał się z każdym z nich z osobna, wymieniając kilka grzecznościowych uwag. Jego robocik ustawił Wojownika na środku pomieszczenia.

– Czy chcesz się czegoś napić? – zapytał Lord Michalin, siadając w fotelu i pokazując na barek obok siebie.

– Najpierw praca, potem przyjemności – powiedział Armin z uśmiechem i rozpoczął swoją prezentację.

Trwało to jakiś czas. Lordowie byli bardzo zaciekawieni dodatkowymi ulepszeniami robota i zadawali dużo pytań, a Armin na

– Najpierw praca, potem przyjemności...

każde z nich starał się odpowiedzieć jak najbardziej wyczerpująco i profesjonalnie.

Część oficjalna spotkania zakończyła się późnym popołudniem, potem atmosfera trochę się rozluźniła i lordowie przy drinkach zaczęli rozmawiać już nie tylko o jego robotach, ale i o bardziej błahych sprawach.

I mimo, że wszystko przebiegało zgodnie z planem, prezentacja się udała, a lordowie złożyli liczne zamówienia wraz z hojnymi zadatkami, Armin czuł się dziwnie podenerwowany. Nie wiedział, co mu jest, ale chcąc się uspokoić, podszedł do barku i zrobił sobie drinka. Popatrzył na swoją dłoń zaciśniętą na szklance. Drżała.

– Armin, muszę ci pogratulować, ten robot to naprawdę jeden z twoich najlepszych dzieł – powiedział Lord Michalin, stając obok niego.

Armin uśmiechnął się i elegancko skinął mu kieliszkiem.

– Miło słyszeć pochwały z ust tak szacownych klientów – powiedział.

– Jestem ciekaw, jak Wojownik sprawdzi się w działaniu – powiedział lord. – Już się nie mogę doczekać, aż zobaczę go w akcji…

To powiedziawszy, zaśmiał się cicho.

– Być może już wkrótce będzie pan miał okazję się o tym przekonać – odparł Armin, popijając swojego drinka.

– Co masz na myśli? – spytał Lord Michalin.

– Wielcy Rządzący chcą wypróbować dziś moje roboty w terenie, być może będzie z tego jakaś relacja na żywo.

Lordowie, słysząc to, zgromadzili się wokół niego.

– Ooo, naprawdę? – zainteresował się Lord Michalin. – To byłoby pyszne!

– Ach, szkoda tylko, że tego bardziej nie rozgłosili – powiedział inny lord. – Zarezerwowałbym sobie miejsce w pierwszym rzędzie, żeby ujrzeć jak twoi Wojownicy poskramiają jakichś zbuntowanych obywateli.

– Na przykład tych chrześcijan! – zawołał ktoś i wszyscy wybuchli śmiechem.

Armin tylko uśmiechnął się kącikiem ust, nie wchodząc w dalszą dyskusję. Pospiesznie dopił swojego drinka i odstawił pustą szklankę na barek.

– Panowie – powiedział, kłaniając się im w pas. – Na mnie już pora. Było mi niezmiernie miło gościć u pana, Lordzie Michalinie.

– Ależ cała przyjemność po mojej i naszej stronie – odparł lord, kiwają mu głową.

– Będziemy w kontakcie – powiedział Armin, po czym zawinął się ze swoim robotem i opuścił jego posiadłość.

Zapakował Wojownika do autolotu i wziął głęboki oddech. Nadal czuł się dziwnie roztrzęsiony. Pewien, że to po prostu alkohol za bardzo zamroczył mu myśli, postanowił nieco się przejść i ochłonąć.

Zaczął spacerować wzdłuż cienistej alei, wiodącej pomiędzy wspaniałymi willami bogaczy. Było tu dużo przestrzeni i zieleni, panował spokój i atmosfera relaksu. Przechodnie mijali się, posyłając sobie pogodne uśmiechy, ale on nie podzielał ich nastroju. Zdał sobie sprawę, że coraz bardziej się czymś niepokoi. W końcu usiadł na ławce przy placu, gdzie krzyżowały się główne drogi dla spacerowiczów. Dalej stały sklepy z wytworną odzieżą, salony kosmetyczne i inne budynki użyteczności publicznej. Na rogu wielkie ekrany informowały o bieżących sprawach, które działy się w mieście.

Armin patrzył przed siebie, nie zwracając uwagi ani na przechodniów, ani na ekrany. Zastanawiał się, czemu czuje się taki spięty. Tłumaczył to sobie tym, że pewnie za dużo ma na głowie i zaczyna go to przerastać, a spektakularny sukces Wojownika jest o tyle satysfakcjonujący, co stresujący. Zdał sobie sprawę, że jeśli dojdą do skutku wszystkie transakcje i zrealizuje wszystkie zamówienia, stanie się najbogatszym człowiekiem w Języku. Być może stanie się nawet bogatszy od samych Wielkich Rządzących.

Oparł się o ławkę i zamknął oczy. Nie tylko jego pozycja finansowa zaczynała go niepokoić, było jeszcze coś, o czym myślał bez ustanku, a do czego nie przyznawał się nawet przed samym sobą.

Gryzł się z tym i choć próbował zagłuszyć te myśli masą obowiązków, to nadal wypływały na wierzch i dręczyły go.

– *...właśnie teraz służby porządkowe starają się stłumić zamieszki wywołane przez agresywnych chrześcijan, którzy całkowicie opanowali plac Kronosa.*

Drgnął zaskoczony i otworzył oczy. Tuż przed sobą na wielkim ekranie zobaczył naraz tłum ludzi krzyczących i trzymających wysoko transparenty oraz krzyże. Strażnicy w białych mundurach próbowali nad nimi zapanować, strzelając do nich z paralizatorów, ale bezskutecznie. Tłum nadal maszerował, głośno skandując.

– Przecież to zaraz za rogiem – mruknął Armin.

Zobaczył, że inni przechodnie zatrzymują się i zaczynają gromadzić się przed ekranami, patrząc tak jak i on zdumiony na to, co się dzieje.

– *Bojówkarze, pomimo usilnych próśb strażników, zmierzają prosto w stronę siedziby Wielkich Rządzących* – mówiła spikerka. – *Ci wysłali już na pomoc armię robotów, aby rozproszyły protestujących.*

Armin zerwał się z ławki. Na ekranie zobaczył teraz swoje roboty, które w tłumie strażników maszerowały wprost na chrześcijan.

– A niech mnie… – szepnął.

Krzyki protestujących i odgłosy petard zaczęły narastać. Obrócił się i zdał sobie sprawę, że słyszy je równocześnie z ekranu i na żywo. Wyszedł na środek placu i naraz zobaczył ich, jak szli śpiewając jakieś pieśni. Po drugiej stronie ulicy zaczęły przeć roboty, wysyłając ostrzegawcze sygnały alarmowe.

– *Ostatni raz ostrzegamy was, abyście się rozeszli do swoich parcel, inaczej użyjemy środków przymusu bezpośredniego!* – zawołał strażnik przez megafon, ale tłum kompletnie go zignorował.

Byli coraz bliżej, zaledwie kilkadziesiąt metrów od niego. Armin obserwował roboty, które mieli po swojemu przerobić Wielcy Rządzący, ale nie widział dobrze z daleka, czy różnią się czymkolwiek od jego oryginalnego projektu. Postanowił więc podejść nieco bliżej od strony strażników. Zrobił kilka kroków i wtem usłyszał jak jeden z dowódców mówi do swoich ludzi:

– Dobra, koniec z tym, załączcie je.

Ci uruchomili roboty swoimi identyfikatorami. Wojownicy zaświecili oczami, a ich korpusy zabuczały. Rozłożyli ramiona, pochwycili karabiny, które były wbudowane w ich kończyny i zaczęli iść prosto na tłum.

Armin cofnął się do jakiejś bramy i patrzył, co się będzie dalej działo. Na wprost siebie miał sklep przemysłowy, z którego wychodzili zdumieni klienci i przyglądali się marszowi. Roboty tymczasem wydały z siebie kolejny ostrzegawczy sygnał, a po nim uruchomiły urządzenia emitujące gaz łzawiący i zaczęły tym strzelać do ludzi. To skutecznie rozbiło tłum. Rozpętała się panika, rozległy się krzyki, piski i nawoływania, a ludzie zaczęli rozpierzchać się we wszystkie strony. Wokół unosiły się kłęby gryzącego dymu, a roboty, z włączonymi czujnikami laserowymi, podążały za najbardziej agresywnymi, wyłapując ich i obezwładniając paralizatorami. Armin podszedł jeszcze bliżej.

Wtem usłyszał strzały. Roboty uruchomiły ostrą broń i polała się krew. Krzyki przerażenia mieszały się z ostrymi głosami strażników, nakazującym wszystkim rozejść się. Armin cofnął się, stwierdzając, że widział już wystarczająco i może wracać, ale wtem, tuż na wprost zobaczył jak ze sklepu spożywczego wychodzi jakaś młoda, piękna kobieta, obładowana pakunkami. Na jej widok serce podjechało mu do samego gardła.

– Mari! – zawołał, ale ona nie była w stanie go usłyszeć poprzez wrzawę.

Widział, jak ona patrzy przerażona na to, co się dzieje. Nie miała dokąd uciec. Spanikowani klienci zatarasowali wejście do sklepu, a z zewnątrz tłum napierał na nią coraz bardziej. W pewnej chwili ktoś popchnął ją i Mari upadła na ziemię. Armin zerwał się i natychmiast popędził w jej stronę, wpadając prosto w tłum rozhisteryzowanych ludzi. Wojownicy strzelali we wszystkie strony i uderzali gazem łzawiącym, a on biegł przed siebie, próbując nie stracić jej z oczu. Była już tylko kilka metrów przed nim, widział jak w popłochu stara się zebrać z chodnika swoje rozsypane pakunki, gdy wtem niespodziewanie wyrósł na wprost niej opancerzony Wojownik. Skierował na nią lufę wyrzutni gazu łzawiącego. Mari krzyknęła.

– STOP! – rozkazał Armin, wyciągając przed siebie dłoń z identyfikatorem. – ArminRobot reset kod!

Robot zatrzymał się, obrócił głowę w jego stronę i zeskanował go oczami.

– ArminRobot reset kod! – zawołał, podbiegając do Mari.

Wszystkie jego roboty miały wbudowany system bezwzględnego posłuszeństwa wobec niego. To było jego zabezpieczenie na wypadek tego, gdyby ktoś chciał wykorzystać jego roboty przeciwko niemu. To hasło powinno go od razu wyłączyć, ale robot był nadal aktywny.

– Powiedziałem, ArminRobot reset…!

Robot ponownie go zeskanował.

– STOP!...

– Brak autoryzacji – stwierdził głucho, po czym odwrócił się w stronę Mari.

– Chrześcijanin – stwierdził, skanując ją.

Zanim Armin zdążył zareagować, rzucić się, krzyknąć, zrobić cokolwiek, robot strzelił jej gazem łzawiącym prosto w twarz.

– MARI!

Armin złapał ją w ramiona, w chwili kiedy upadała na ziemię, chroniąc ją przed uderzeniem. Mari zaczęła zanosić się kaszlem tak mocno, aż nie mogła złapać oddechu. Twarz miała czerwoną, opuchniętą i zalaną łzami. Nie była w stanie powiedzieć ani słowa i prawdopodobnie nic nie widziała. Armin obejrzał się na robota z wściekłością.

– Dlaczego nie wykonałeś mojej komendy?! Kto ci kazał w nią strzelać?! Skąd wiesz, że jest chrześcijanką?! – wrzeszczał na niego.

Robot zeskanował go ponownie.

– Informacja tajna – powiedział tylko, po czym wyminął go, ruszając w pogoń za innymi demonstrantami.

– Co…? Co to ma…?

Był w szoku, ale wiedział, że nie był to teraz czas na rozmyślanie nad tym, co się stało.

– Mari, słyszysz mnie? Możesz iść? – powiedział do niej trzęsącym się ze zdenerwowania głosem.

Ona tylko kaszlała i kręciła głową.

– Mari, złap mnie za szyję.

Ona bezradnie wyciągnęła przed siebie ręce, nie widząc nawet gdzie chwycić. Poczuł jak serce pęka mu na ten widok. Była zupełnie bezbronna.

Armin bez słowa wziął ją na ręce i trzymając mocno, wyniósł ją z tego tłumu, uciekając z nią w boczną aleję. Ona trzymała się go kurczowo, wciąż kaszląc i szlochając na przemian.

– Już dobrze, Mari, już cię stąd zabieram – powiedział, wbiegając na ulicę, przy której stała posiadłość Lorda Michalina.

Wsadził ją do autolotu i zapiął pasami. Miała tak spuchnięte oczy, że nic nie widziała. Pospiesznie wyciągnął butelkę wody i polał jej twarz.

– Już, już, spokojnie… – mamrotał, polewając wciąż jej oczy.

– To było wspaniałe! – usłyszał naraz czyjś podekscytowany głos. – Twoi Wojownicy byli niesamowici! Oglądaliśmy relację na żywo! A wszystko to działo się dosłownie tuż za płotem, niedaleko nas!

Armin wyprostował się i zobaczył Lorda Michalina machającego mu przez otwarte okno swojej willi.

– Widziałeś, jak się rozprawili z tą bandą oszołomów? To było niesamowite!

Armin popatrzył na niego, a potem spojrzał na szlochającą Mari, która wiła się na fotelu, sama nie wiedząc, co się z nią dzieje. Otworzył usta, ale nic nie powiedział. Zabrakło mu słów.

Siadł za sterem i natychmiast odleciał.

– Alexandra, wiozę rannego zaatakowanego gazem łzawiącym, przygotuj tlen, okłady, środki dezynfekujące i maść nawilżającą – nakazał, mówiąc do hologramu przed sobą.

– Oczywiście – odparł robot bez cienia emocji.

– Przygotuj też osobne łóżko w moim apartamencie w pokoju dla gości.

– Oczywiście – powtórzył robot tym samym tonem.

Rozłączył się. Spojrzał na Mari. Próbowała coś powiedzieć, ale tylko kaszlała i charczała.

– Spokojnie, Mari, nic nie mów, bo będzie jeszcze gorzej – powiedział.

Głos mu drżał, kiedy to mówił. Wiedział, w jaki sposób działał gaz łzawiący. Sam go przecież udoskonalił, aby był wyjątkowo wredny i dotkliwie kaleczył demonstrantów. Jego działanie było o wiele silniejsze niż zwykłego gazu, a efekty mogły trwać nawet przez kilka godzin.

Leciał bardzo szybko, brawurowo wymijając inne autoloty. Złamał przy tym kilka przepisów i nawet stracił jakieś punkty, ale kompletnie nie zwracał na to uwagi. Spoglądał tylko od czasu do czasu na Mari. Nie potrafił znieść widoku jej cierpienia. Gdyby był w stanie, krzyczałby z bólu, ale tylko nerwowo przełykał ślinę.

W końcu znaleźli się przy jego wieżowcu. Zaparkował, wysiadł i otworzył drzwi z jej strony. Trzęsącymi się dłońmi odpiął jej pasy.

– Chodź, Mari…

Ona wyciągnęła przed siebie ręce jak ślepiec, a on widząc to, znów wziął ją w ramiona i poniósł do swojego apartamentu. Alexandra czekała przed wejściem.

– Pokój jest przygotowany – stwierdził robot, otwierając przed nim drzwi i wpuszczając go do środka.

Armin podszedł do łóżka i położył na nim Mari.

– Zeskanuj ją, zbadaj i ulecz – rozkazał.

Robot podjechał do leżącej kobiety i błysnął czerwonym światłem, skanując ją od góry do dołu.

– Chodź, Mari...

– Wykryłam nieznaczny ubytek zdrowia na twarzy, poparzenia oczu, górnych dróg oddechowych, skóry i zmiany w gardle – oznajmił robot. – Przystępuję do leczenia.

Armin stanął z boku i patrzył, jak robot sprawnie się nią zajmuje. Najpierw podał jej tlen, a potem szybko zajął się jej oczami, wstrzykując w nie jakieś krople. Do ust podał jej coś do picia, a ona z trudem to przełknęła, ale po tym jej kaszel nieco zelżał. Potem nałożył nawilżone jakąś substancją płatki na jej oczy, a na koniec zaczął smarować jej twarz maścią.

– Ach, zimne... – szepnęła ochryple Mari.

Armin podszedł do niej.

– Odsuń się, ja to zrobię – powiedział do robota, zabierając mu pojemnik z maścią. – Ty masz za zimne ręce.

– Oczywiście – stwierdził robot, odjeżdżając w głąb pomieszczenia.

Armin usiadł na skraju łóżka i dokończył smarować ją maścią. Dotykał jej twarzy, starając się robić to jak najdelikatniej i najłagodniej, choć ręce bardzo mu drżały.

– Gdzie... jestem? – spytała go cicho.

– Jesteś u mnie, Mari, w moim apartamencie – powiedział do niej miękko.

– Nie... Dlaczego?

– Ciii, nic nie mów – powiedział, kładąc jej palec na ustach. – Twoje gardło musi odpocząć.

Armin odstawił pojemnik z maścią i wytarł ręce w ręcznik.

– Chcesz się czegoś napić? Nie mów, tylko kiwnij głową, jeśli tak.

Skinęła słabo.

– Wody... – szepnęła.

– Dobrze, dobrze, już ci przynoszę, nie ruszaj się – powiedział, zrywając się.

Poszedł po wodę, nalał jej do kubka i usiadł znów przy niej. Jednym ramieniem podciągnął ją do góry, aby usiadła. Ona wyciągnęła bezradnie dłonie przed siebie, a on włożył jej kubek w rękę. Piła powoli, małymi łyczkami. Armin patrzył na nią w milczeniu. Włosy miała mokre od wody, potu i łez, elegancki żakiet był umorusany w ulicznym pyle. Na nogach nie miała butów, a jej rajstopy były podziurawione. Wyglądała jak bezbronny kwiat, chwiejący się na wietrze. Serce wyrywało mu się w piersiach, żeby coś dla niej zrobić.

– Jeszcze wody? – zapytał cicho, trzymając ją mocno ramieniem. – Chcesz czegoś jeszcze? Tylko szepnij, a przyniosę ci, co tylko będziesz chciała.

Ona pokręciła głową i podała mu kubek, a on położył go na szafkę przy łóżku.

– Powiedz, czego jeszcze potrzebujesz, moja Mari? – zapytał, pomagając jej ułożyć się z powrotem na łóżku. – Czy mogę coś dla ciebie zrobić? Proszę, czy jest coś, co... Co ja mógłbym jakoś... Dla ciebie...

Głos zaczął mu się łamać. Chcąc ukryć wzruszenie, zaczął przykrywać ją kocem. Zatrzymał dłużej dłoń na jej ramieniu.

– Mari, tak mi przykro – powiedział zdławionym głosem. – Mari, nie wiem, co ci powiedzieć, tak mi cholernie przykro…

Zsunął się z jej łóżka i uklęknął przy niej. Ujął jej dłoń w swoją.

– Mari, nie mam pojęcia jak to się stało, dlaczego ten robot mnie nie posłuchał, one wszystkie powinny być mi posłuszne, mają takie oprogramowanie, ale ten…

Przełknął ślinę, czując narastającą gulę w gardle, której nie był w stanie zdławić.

– Na jedno moje słowo powinien się wyłączyć, a on… Och, Mari… Moja Mari, co on ci zrobił…? Dlaczego cię określił jako chrześcijankę…? Przecież nigdzie tego nie ma w twoim identyfikatorze… Dlaczego…? Och, Mari, jak ci pomóc? – mówił, coraz bardziej złamanym głosem.

Głaskał jej dłoń.

– Armin… nie… – szepnęła. – To nic…

– Mari, nie mów tak, nie daruję sobie, jak coś ci się stanie – powiedział gwałtownie. – To nie jest taki zwykły gaz, ja wiem przecież… Och, Mari, przecież ja sam go ulepszałem!

Przytulił twarz do jej dłoni.

– Jeśli przez to stracisz wzrok to… – wyszeptał tuż do jej ręki. – Mari, ja sobie tego nigdy nie wybaczę…

– Armin… nie martw się o mnie – szepnęła. – Nie stracę.

– Moja dobra kobietko – powiedział, podnosząc na nią wzrok. – Moja ty dobra kobietko, najpierw myślisz o innych, a dopiero potem o sobie, prawda?

Mari nic nie powiedziała.

– A kto będzie myślał o tobie? Kto się o ciebie zatroszczy? Masz kogoś bliskiego, kto się tobą zaopiekuje w tym stanie? Czy chcesz, żebym cię gdzieś odwiózł? – spytał. – Mari, możesz u mnie zostać tak długo jak tylko zechcesz, ale nie chcę cię wprawiać w zakłopotanie. Wiedz też, że dla mnie to nie jest żaden ciężar mieć cię tutaj, ani tym bardziej problem, tylko sama przyjemność.

Mari poruszyła lekko głową.

– Nie mam… nikogo – szepnęła.

Przysunął się do niej bliżej, wciąż klęcząc przy jej łóżku.

– W takim razie zarządzam, że zostajesz u mnie, aż wydobrzejesz – powiedział. – I od dziś masz wolne do odwołania, aż staniesz na nogi.

– Dobrze… – powiedziała słabo.

Armin pogłaskał jej dłoń.

– Teraz odpoczywaj – powiedział, podnosząc się. – Nie chcę cię męczyć.

– Nie… męczysz…

Uśmiechnął się smutno. Nie chciał wcale od niej odchodzić. Ona też go nie męczyła. Objął ją całą spojrzeniem. W końcu nachylił się nad nią. Był tuż nad jej twarzą.

– Zdaję sobie sprawę, że… – zaczął niepewnie. – Że pewnych rzeczy nie da się już załatwić kwiatami.

Przełknął ślinę.

– Że są takie przeprosiny, do których nie wystarczy dołożyć bukietu róż, aby było po sprawie.

– Armin… ja rozumiem…

– Mari…

Delikatnie ujął jej dłoń.

– Wierz mi, zrobię wszystko, żeby ci to wynagrodzić, wszystko – powiedział z naciskiem. – Powiedz tylko co, a zrobię to. Chcesz dostać punkty? Dostaniesz tyle, ile zapragniesz. Mari, powiedz?

– Armin, wystarczy już – szepnęła. – Proszę.

Wyciągnęła na oślep dłoń i jej palce natrafiły na jego twarz. Dotknęła jego policzka.

– Już wystarczy…

Delikatnie pogłaskała go po twarzy. Rozczuliła go tym tak, aż zadrżało w nim serce. Jej dotyk był jak balsam.

– Mari, jeślibyś czegoś potrzebowała, Alexandra tu będzie, jest do twojej dyspozycji – powiedział miękko. – Ja już pójdę, zobaczę co w interesach, ale przyjdę tu do ciebie wieczorem sprawdzić jak się czujesz, dobrze?

– Dobrze… Dziękuję, Armin… – powiedziała cichutko.

Armin ujął dłoń, którą go głaskała, pocałował ją delikatnie i wyszedł.

ROZDZIAŁ VII

Pracował do późna, ale nic mu nie szło. Nie potrafił się skupić, a myślami wciąż uciekał do Mari i tego, co się stało. Nerwowo sprawdzał swoją dłoń, czekając na jakieś powiadomienia od Alexandry o stanie jej zdrowia, ale nic takiego nie otrzymał. W końcu wyszedł z biura i udał się do swojego apartamentu. Zapukał do jej pokoju, a gdy długo nikt mu nie odpowiadał, zajrzał do środka.
– Mari? Wszystko dobrze?
Zobaczył, że leżała na łóżku i spała. Zbliżył się do niej po cichu. Ochronne opatrunki zsunęły się jej z oczu. Widział, że powieki miała nadal spuchnięte, ale nie wyglądało to aż tak groźnie. Patrzył na nią w milczeniu. Robot Alexandra stał w głębi pokoju, czekając na jego rozkaz. Kiwnął na niego ręką, a on podjechał do niego.
– W czym mogę ci pomóc? – zapytał mechanicznie.
– Wyciągnij Wojownika z mojego autolotu i przyprowadź go do mojej pracowni – poinstruował.
– Oczywiście – odparł robot.
Armin wyszedł cicho z jej pokoju i poszedł do pracowni. Zdjął marynarkę i podciągnął rękawy koszuli. Po chwili zjawiła się Alexandra, prowadząc przed sobą Wojownika.
– Postaw go tu, na środku – nakazał, a robot zrobił jak mu powiedział.
Armin włączył dookoła hologramy i podszedł do Wojownika. Popatrzył na niego, potem otworzył mu klapę w korpusie i zaczął sprawdzać całą elektronikę. Następnie włączył go. Szklane oczy robota zaświeciły się.
– Wojownik skan – rozkazał, pokazując swoją dłoń z identyfikatorem.
Robot zeskanował jego rękę.
– Wojownik, ArminRobot reset kod – powiedział.
Oczy Wojownika natychmiast zgasły i robot wyłączył się. Armin oparł ręce na biodrach i patrzył na niego długo.
– Wojownik, ArminRobot restart kod.

Robot błysnął oczami i natychmiast się załączył.

– ArminRobot reset kod – powtórzył i robot znów się wyłączył.

Nie potrzebował powtarzać komendy kolejny raz, Wojownik działał bez zarzutu.

– Co oni takiego zrobili…? – szepnął.

Zaczął chodzić dookoła maszyny, myśląc intensywnie, potem sprawdzał różne jego funkcje, włączał go, wyłączał, grzebał we wszystkich jego zakamarkach, przeprogramowywał go, ale nadal nie potrafił zrozumieć. W końcu sfrustrowany tym, że nie może nic znaleźć, usiadł w fotelu.

– Co oni takiego zrobili…?

– Alexandra, przynieś mi drinka – nakazał.

Robot po chwili pojawił się przy nim ze szklanką w stalowej ręce. Armin wziął drinka, ale zamiast wypić go, patrzył tylko na Wojownika, stukając szklanką o podłokietnik fotela. Siedział tak aż do północy, w końcu stwierdził, że jest już zbyt późno, a on jest zbyt zmęczony, żeby wymyślić cokolwiek. Odstawił nietknięty napój na stolik i położył się w swojej sypialni, ale zamiast zasnąć, tylko patrzył w sufit, leżąc z rękami skrzyżowanymi za głową. Dopiero nad ranem, kiedy już świtało, zasnął na trochę.

Obudził się gwałtownie, jakby ktoś szarpnął go za ramię. Usiadł na łóżku. Głowa pulsowała mu tępym bólem. Popatrzył na swój identyfikator. Był już spóźniony do pracy. Podniósł się ociężale i ubrał się.

– Mari? – zapytał, pukając do drzwi jej pokoju. – Już wstałaś? Mogę wejść?

– Tak, proszę – usłyszał jej delikatny głos.

Otworzył drzwi. Ujrzał ją jak siedzi na łóżku w ubraniu. Podniosła na niego wzrok i zobaczył, że patrzy na niego całkiem przytomnie. Odetchnął z ulgą. Zdał sobie sprawę, że cały czas podświadomie obawiał się, że ona straci wzrok.

– Mari…

Armin podszedł do niej. Jej oczy były przekrwione, ale opuchlizna zniknęła.

– Mari, jak się czujesz? Czy wszystko dobrze? Czy widzisz wyraźnie? – zapytał.

– Tak, widzę, tylko trochę oczy mnie szczypią – powiedziała.

– Alexandra, zajmij się Mari i jej oczami – rozkazał, a robot natychmiast do niej podjechał.

– Ależ… – Mari chciała zaprotestować, ale robot już zakroplił jej coś w oczy, a powieki posmarował maścią.

– Gotowe – oświadczył robot.

Mari zamrugała.

– Lepiej? – zapytał Armin.

– Tak…

– Alexandra, przygotuj dla nas śniadanie – powiedział. – Mari, zjesz ze mną, prawda?

Mari spojrzała na niego zaskoczona.
– Och, ale…
Zerknęła na swój identyfikator.
– Czy nie powinieneś być już w pracy?
– Myślę, że sprawdzanie wyników z wczorajszej produkcji może jeszcze chwilę poczekać, a najbliższe spotkanie biznesowe mam dopiero w południe – odparł. – Tak więc teraz zapraszam cię na śniadanie. Oczywiście, jeśli chcesz – dodał zaraz pospiesznie.
Wyciągnął do niej rękę, a ona uchwyciła się jego dłoni.
– Bardzo chętnie – powiedziała, podnosząc się.
Armin przyjrzał się jej. Widział, że nadal była w tym samym, pomiętym ubraniu, dziurawych rajstopach i poplamionym żakiecie.
– Chodź, Mari, zjemy, a potem pomyślimy co dalej – powiedział tylko.

✳✳✳

Mari uparła się, że zrobi mu kawę zanim on pójdzie do biura, choć protestował i kazał jej od razu kłaść się do łóżka.
– Dobrze, ale potem masz leżeć i odpoczywać – powiedział jej, starając się przybrać surowy ton. – Nie chcę cię dzisiaj widzieć w pracy, zrozumiano?
– Oczywiście, szefie – odparła z uśmiechem.
Armin patrzył na nią jak krząta się w jego kuchni, szukając odpowiedniej filiżanki. Oparł się lekko o framugę i obserwował ją. Jego estetyczne, chłodne i pozbawione wszelkich ozdób mieszkanie natychmiast się ożywiło, gdy tylko do niego weszła. Zdał sobie sprawę, że już dawno nie było tu żadnej kobiety. Teraz, kiedy sięgnął pamięcią, nie przypominał sobie, aby w ogóle tu jakaś była.
W końcu Mari znalazła odpowiednią filiżankę, nalała do niej kawy z mlekiem i podała mu.
– Proszę.
– Dziękuję – odparł. – Gdybyś czegoś potrzebowała, natychmiast mnie wzywaj, będę tu jeszcze do południa.

– Dobrze – powiedziała.

Stał z filiżanką, patrząc na nią. Pierwszy raz tak bardzo nie chciało mu się iść do pracy.

– To idę – odezwał się wreszcie, choć wcale się nie ruszył.

– To idź – odparła.

– To idę, skoro mnie wyganiasz – powiedział żartobliwie.

Wreszcie ruszył się z ociąganiem. Mari tylko się uśmiechnęła. Była pogodna, ale gdzieś w głębi jej oczu czaił się smutek i niepewność. Widział to, ale nie pytał o nic.

Zszedł do gabinetu, usiadł przy biurku i zaczął przeglądać raporty. Dzień upłynął mu na zwykłych obowiązkach. Spotkał się z paroma klientami i chciał nawet zrobić dla nich pokazy Wojownika, ale jego kontrahenci nawet nie potrzebowali sprawdzać robota na żywo, wszyscy bowiem widzieli relację z wczorajszej demonstracji i byli pełni podziwu. Zamawiali roboty po kilka sztuk dla siebie i swoich znajomych, nie patrząc ani na cenę, ani na czas oczekiwania. Armin tylko kolekcjonował zamówienia i kiwał głową, zadowolony.

Wracał właśnie z kolejnego spotkania, gdy wtem coś sobie przypomniał. Skręcił autolotem w centrum miasta i zaparkował przy eleganckim butiku. Wszedł do środka i natychmiast zjawił się przy nim robot służebny.

– Czym mogę panu służyć?

Ale on zignorował robota i podszedł prosto do kobiety, która wieszała właśnie wytworne garsonki.

– Witam, panią – powiedział, podchodząc do niej.

Ona natychmiast ożywiła się na jego widok i przerwała pracę.

– Ooo, pan Armin, cóż za miła niespodzianka – zagruchała. – Co tym razem dla pana? To co zwykle? Może zechce pan spojrzeć na naszą najnowszą kolekcję? – zapytała, prowadząc go do działu męskiego.

– Nie, nie tym razem – odparł. – Tym razem potrzebuję coś dla takiej eleganckiej pani.

– Oo… – zdumiała się ekspedientka, ale zaraz uderzyła w profesjonalny ton. – Ależ oczywiście, wszystko dla naszych stałych klientów. Tutaj, proszę za mną, mamy właśnie nową dostawę, może coś pana zainteresuje? – zapytała, przemierzając butik i zatrzymując się przy dziale kobiecym.

Na ogromnym hologramie prezentowała się trójwymiarowa sylwetka kobieca, a na niej zmieniały się ubrania. Armin popatrzył krótko, wybrał to, co wydawało mu się najlepsze, a robot służebny zapakował to do jego autolotu. Sprzedawczyni zostawił hojny napiwek. Zasługiwała na to, zawsze potrafiła dobrze mu doradzić.

– Dziękujemy, panie Armin i zapraszamy ponownie! – powiedziała, kłaniając się przed nim.

– Do zobaczenia – odparł, kiwając jej na pożegnanie.

Wsiadł do autolotu i ruszył do swojego wieżowca. Już z daleka połyskiwał na budynku ogromny napis: ArminRobot. Zawsze był z tego dumny, ale dziś szczególnie przyjrzał się napisowi. Tak, to jego firma i jego, Armina, roboty.

Zaparkował na swoim poziomie i wyjął z bagażnika pakunki.

– Alexandra, zanieś to do pokoju Mari – rozkazał, przywołując robota swoim identyfikatorem.

– Oczywiście – odparł mu mechaniczny głos robota z identyfikatora i już po chwili Alexandra zjawiła się tuż przy nim.

– I przygotuj dla nas kolację.

– Oczywiście.

Armin wyminął robota i poszedł do swojego apartamentu. Przebrał się w coś ładniejszego, przeczesał palcami włosy i właśnie się zastanawiał czy zdąży się jeszcze ogolić, gdy wtem zobaczył powiadomienie na swojej dłoni.

– A niech mnie…

Natychmiast wyświetlił hologram i zobaczył przed sobą generała Guntera, głównego dowodzącego wojskami królowej chrześcijan.

– Witam, szanownego pana… – powiedział Armin, kłaniając się przed obrazem. – Cóż za niespodzianka. Czym mogę ci służyć?

Generał był poważny, niemal surowy i tylko odrobinę skinął mu głową. Jego ciemne oczy wpatrywały się w niego intensywnie.

– Doszły nas niepokojące wieści z twojego miasta – odezwał się uprzejmie, aczkolwiek stanowczo. – O tym, że twoje roboty zaatakowały naszych ludzi.

– Panie, zaszło jakieś nieporozumienie, to nie moje roboty zaatakowały wasz lud, ale to Wielcy Rządzący, którzy kupili je ode mnie, posłali je w rozszalały tłum, który chciał wejść do ich siedziby – odparł bez zająknięcia.

– Rozumiem – odparł sztywno. – A zatem ty nie masz z tym nic wspólnego... – dodał kpiąco.

Armin zacisnął szczęki.

– Ja nie odpowiadam za to, co klienci robią z moimi robotami – powiedział. – To już sprawa pomiędzy wami, a Wielkimi Rządzącymi.

Generał milczał chwilę.

– Kontaktuję się z tobą nie tylko w tej sprawie – powiedział. – Chciałbym wiedzieć, kiedy możemy spodziewać się dostawy towaru?

– Pierwsze tysiąc sztuk powinno wyjść do królowej pociągiem jeszcze w tym tygodniu – zapewnił.

– Chciałbym, abyś osobiście dopilnował, żeby wyruszyły jak najszybciej.

– Panie, nie musisz się niczego obawiać, ja dbam o moich stałych klientów – odparł.

– Wiem o tym – uciął generał. – Wiem o tym doskonale. Dlatego tym usilniej nalegam, abyś niezwłocznie wysłał roboty dla mojej pani, zanim inni z twoich stałych klientów wpadną na ten sam pomysł i zechcą wykorzystać je przeciwko nam.

Drgnął.

– Panie, ależ...

– Moja pani jest cierpliwa, ale do czasu – powiedział twardo generał. – W każdym razie jest bardziej cierpliwa niż ja. Bo ja już za dużo nasłuchałem się historii o traktowaniu naszych ludzi w twoim mieście i nie tylko tam.

– Panie, jeśli chodzi ci o Wielkich Rządzących i ich porachunki z chrześcijanami wiedz, że ja nie staję po żadnej ze stron – powiedział. – Ja jestem bezstronny, ja tylko załatwiam interesy.

Generał uśmiechnął się ponuro.

– Panie Armin, wygląda mi pan na inteligentnego człowieka, ale albo jest pan tak naiwny albo tak głupi, aby wierzyć, że istnieje tu jakaś bezstronność – powiedział. – Jeśli chce pan żyć w ułudzie bezstronności, proszę bardzo, ale w końcu będzie pan musiał opowiedzieć się po którejś ze stron.

– Ale…

– A my nie chcemy, aby stało się to *zanim* otrzymamy swój towar – dodał.

– Towar dotrze do was na czas, możecie być tego pewni – powiedział.

Generał popatrzył na niego przeciągle.

– Oby – powiedział chłodno. – To wszystko – dodał i hologram zniknął.

Armin z sykiem wypuścił powietrze. Długo patrzył na swoją dłoń zaciśniętą w pięść. W końcu oprzytomniał, odetchnął głęboko i szybko skontaktował się ze swoim dostawcą.

– Dopilnuj, aby przesyłka dla królowej Eleny wyszła jeszcze w tym tygodniu, przed świętem Kronosa – powiedział do hologramowego mężczyzny.

– Panie, ale najpierw mieliśmy wysłać kilka sztuk do Lorda…

– Pierwsze sztuki idą do królowej, potem reszta – powiedział z naciskiem.

– A Wielcy Rządzący…? – spytał ze zdumieniem dostawca.

– Nie martw się nimi, Wielcy Rządzący mają własną linię produkcyjną i sami są odpowiedzialni za swoje roboty – odparł.

– Tak jest, panie – powiedział dostawca i rozłączył się.

Armin potarł oczy. Nie przyznawał się do tego, ale znów poczuł ten narastający niepokój. Po chwili usłyszał pukanie. Rozdrażniony, spojrzał w kierunku drzwi.

– Czego chcesz? – warknął.

Drzwi uchyliły się lekko i zobaczył w progu Mari.

– Och, Mari, przepraszam, myślałem, że to Alexandra – powiedział szybko, podchodząc do niej. – Jak się czujesz? Wszystko dobrze? Jak twoje oczy?

– Dobrze… – powiedziała, zerkając na niego niepewnie. – Jeszcze bolą, ale spałam trochę w dzień, a robot robił mi cały czas okłady i dawał krople.

– To dobrze.

Mari chrząknęła. Zdał sobie sprawę, że pokazywała na coś. Popatrzył na nią, nie rozumiejąc.

– Ehm… Robot przyniósł mi też to… – powiedziała, uśmiechając się niezręcznie.

Ujęła brzegi sukienki i rozchyliła ją. Armin dopiero teraz to zobaczył. Była ubrana w to, co jej kupił.

– Och, no tak, widzisz, taki jestem zakręcony, że nie widzę nawet tego, co mam tuż przed swoimi oczyma – powiedział, delikatnie ujmując ją za dłoń.

Okręcił ją wokół własnej osi, przyglądając się jak zwiewna sukienka przylega do jej ciała. Wyglądała elegancko, a jednocześnie zalotnie.

– Wyglądasz przepięknie – powiedział.

– Dziękuję – odparła zmieszana. – To naprawdę bardzo ładne rzeczy, dziękuję ci, że pomyślałeś… Choć pewnie były strasznie drogie – dodała zaniepokojona.

Armin uśmiechnął się. Teraz, kiedy sprawy biznesowe zostawił za sobą, poczuł ulgę, a nawet przyjemną błogość, że może być tu tylko z nią i patrzeć na nią.

– Mari, nie przejmuj się ceną, to prezent – powiedział, znów ją okręcając.

Ona łagodnie poddawała się jego woli. Była urzekająco delikatna, jak kwiat, którego obawiał się chwycić mocniej, aby go nie zranić.

– Mam nadzieję, że reszta ubrań również pasuje na ciebie – zagadnął.

– Pasuje, są piękne – powiedziała.

Armin popatrzył na nią.

– Czy jesteś głodna? Chciałbym cię zaprosić na kolację do takiego pewnego skromnego lokalu, który znajduje się, cóż, w moim apartamencie – powiedział z uśmiechem.

Ona spuściła wzrok i zaczerwieniła się.

– Armin, myślę, że powinnam już wracać do siebie – powiedziała. – Dziękuję ci za gościnę i za to wszystko, co dla mnie zrobiłeś, ale tak będzie lepiej. Czuję się już na tyle dobrze, że mogę sobie sama dać radę z wszystkim.

On powoli puścił jej dłoń. Twarz nawet mu nie zadrgała.

– Oczywiście – odparł gładko. – Ale pozwól, że najpierw coś zjemy. Nie mogę tak odwozić cię na pusty żołądek, bo będę myślał tylko o jedzeniu i jeszcze z tego wszystkiego spowoduję wypadek, a wówczas będziesz mogła winić za to tylko siebie – dodał żartobliwie.

Ona wywróciła oczami.

– Dobrze, już dobrze – powiedziała, dając za wygraną. – Ja również chętnie z tobą zjem.

– A zatem zapraszam, panią – powiedział, podając jej ramię.

Ona uchwyciła się go lekko, tak jak wtedy, gdy był z nią na balu. Wspomnienie o tym sprawiło, że od razu szybciej zabiło mu serce, ale zostawił to dla siebie i nie powiedział o tym ani słowa.

Zjedli w jego salonie, rozmawiając o błahych sprawach. Mari jakby celowo unikała tematu demonstracji chrześcijan, robotów i jej nieszczęśliwego wypadku. On kilka razy zahaczał o ten wątek, ale widząc, że ona go nie podejmuje, porzucił temat. Nie potrafił tego uchwycić, ale coś w jej oczach nie dawało mu spokoju. Mari uciekała od niego wzrokiem i nie uśmiechała się tak szczerze, jak zazwyczaj. I chociaż nadal była bardzo uprzejma i elegancka, to jednak trzymała dystans, jakby obawiając się czegoś. Armin nie przedłużał więc kolacji i gdy tylko zjedli, od razu zaproponował, że ją odwiezie. Tym razem nie stawiała oporu. Spakowała swoje rzeczy, on umieścił jej torbę w bagażniku i wyruszyli.

Był już późny wieczór, kiedy wzlatywali nad jego wieżowcem. Światła miasta oświetlały całe niebo kolorowym neonami. Gdzieniegdzie spoglądały na nich olbrzymie głowy z publicznych ekranów i błyskały hologramowe reklamy. Armin zerkał od czasu do czasu na Mari, ale ona nie patrzyła w jego stronę.

– To gdzie cię wysadzić? – zapytał.

– Rejon ósmy, parcela numer trzysta siedem – powiedziała zwięźle.

Armin wpisał adres w hologramową mapkę i skierował autolot w tamtą stronę. Lecieli teraz nad dużo biedniejszą częścią miasta.

– Dawno tu nie byłem – mruknął, przyglądając się zaniedbanym budynkom mieszkalnym. – Bardzo dawno… Kiedyś mieszkałem tu nieopodal w rejonie ósmym – powiedział, zerkając na nią.

Mari spojrzała na niego zaskoczona.

– Och, nie spodziewałam się, że… że ktoś taki jak ty… – zaczęła, ostrożnie ważąc słowa.

– Że ktoś taki jak ja mógłby się wywodzić z takich rejonów? – dokończył Armin z uśmiechem. – Cóż, nie od początku byłem bogaczem. Na wszystko musiałem sobie w życiu zapracować. Nie od razu miałem wspaniałe kontakty i znajomości na najwyższych szczeblach, ani rewelacyjnego pochodzenia. Moi opiekunowie mieli niewiele wyższy status od twojego, ale to oni wpoili mi, że ciężką pracą i wytrwałością można osiągnąć wszystko. I zrobiłem to. Osiągnąłem wszystko to, co chciałem.

Spojrzał na nią.

– Udowodniłem wszystkim, że nic nie jest niemożliwe.

Mari spuściła wzrok. Nie odpowiedziała na to.

– O, to tutaj – odezwała się po chwili, pokazując na jeden z odrapanych budynków.

Armin zajechał pod parcelę i zaparkował na chodniku. Spojrzał na budynek. Był to szary, wąski, dwupiętrowy klocek.

– Mały ten twój domek – stwierdził, przyglądając się oknom.

– Och, ja zajmuję tylko górny poziom – powiedziała nieśmiało. – Na dole są jeszcze inni lokatorzy.

– Ach…

Nie dokończył. Nie chciał wpędzać ją w jeszcze większe zakłopotanie. Wyszli z autolotu, a on wyjął jej torbę i podał jej.

– Gdybyś tylko czegoś potrzebowała, daj mi znać, a… – zaczął.

– Armin, posłuchaj – powiedziała poważnie, a on od razu umilkł w pół słowa. – To, co się stało… Z tym robotem… – zaczęła.

Spojrzała na niego niepewnie. Armin zrobił krok w jej stronę, patrząc na nią uważnie.

– Sama już nie wiem, co mam o tym wszystkim myśleć – powiedziała bezradnie. – Z jednej strony lubię ciebie i tę pracę, ale... Ale nie mogę już tak dłużej. Nie mogę żyć w takim rozdwojeniu.

Armin wstrzymał oddech.

– Na początku miałam tylko wątpliwości, ale teraz... Teraz widzę, że to nie ma większego sensu, że to nie może tak być.

Przełknął ślinę.

– Ale... co, Mari? – spytał ją bardzo cicho.

– Armin, ja nie mogę u ciebie pracować – powiedziała drżącym głosem. – Nie mogę ci dłużej pomagać w dystrybucji towaru, który... który niszczy, rani i... zabija moich braci chrześcijan...

Armin zamrugał zaskoczony. Nie wyrzekł ani słowa.

– Nie mogę tego robić, to jest wbrew mnie – mówiła dalej, a głos trząsł się jej z emocji. – Ten wypadek... Och, Armin, ten wypadek uświadomił mi, że te roboty to śmiercionośna broń. Broń, która jest wymierzona w nas... We mnie...

Spojrzała na niego ze łzami w oczach.

– Nie wiem, jak to się stało, że ten robot wykrył, że jestem chrześcijanką, ale... Ale w ten sposób nigdy nie będę bezpieczna w takim otoczeniu. One zawsze będą na mnie polować, na mnie i na innych takich jak ja... – jęknęła. – Ja nie chcę... Ja nie mogę przyczynić się do tego, żeby coś takiego było w każdym mieście, żeby ci bogacze je kupowali, a potem polowali na nas dla zabawy. Nie mogę, Armin... Przepraszam cię, ale nie mogę.

Armin cofnął się. Był wstrząśnięty jej wyznaniem.

– Mari... to znaczy, że chcesz odejść? – zapytał ją.

– Tak... – powiedziała cicho. – Muszę odejść – dodała z naciskiem.

Westchnęła ciężko. Łzy płynęły bezgłośnie po jej policzkach.

– Mari, ale co ty teraz ze sobą zrobisz? – zapytał. – Bez pracy i znajomości?

Spojrzała na niego smutno.

– Jakoś do tej pory dawałam sobie radę, to i teraz dam sobie radę – powiedziała.

Przełknął ślinę.

– Mari, ale… Nie chcesz może jeszcze tego przemyśleć, zastanowić się? – zapytał, podchodząc do niej bliżej. – Wiesz, bardzo mi będzie ciebie brakowało jak odejdziesz.

Ona pokiwała głową.

– Myślałam nad tym i już podjęłam decyzję – powiedziała.

Armin patrzył na nią. Poczuł się zupełnie bezradny, wypalony, jakby ktoś przestrzelił go na wylot.

– Mam nadzieję, że to nie jest spowodowane tym, że byłem dla ciebie złym szefem – powiedział cicho.

– Nie, Armin, byłeś bardzo dobrym szefem – odparła. – To nie chodzi o ciebie, tylko o twoją pracę. Twoje roboty… To wszystko – dodała szeptem.

Zatkało go. Nie miał pojęcia, co jej powiedzieć.

– Przyznam, że… nie spodziewałem się tego – wydusił z siebie w końcu.

Ona tylko patrzyła na niego smutnymi oczami. Zrozumiał już, skąd się wziął w niej ten smutek.

– Pozwól zatem, że dam ci ostatnią premię – powiedział, wyciągając do niej rękę.

Dotknął jej dłoni i przekazał jej tysiąc punktów. Zobaczył, że od razu wskoczyła na poziom D.

– Za co…?

– Za wszystko – powiedział. – Za robienie kawy, za twój uśmiech… Po prostu za wszystko. Za to, że byłaś.

Cofnęła rękę, zmieszana. On popatrzył na nią zbolały. Nie przychodziło mu do głowy już nic innego, jak tylko odwrócić się i odejść. Otworzył drzwi autolotu.

– Dziękuję, Armin – powiedziała naraz miękko.

On spojrzał na nią przez ramię.

– Dziękuję ci za wszystko – dodała.

Pokiwał jej tylko głową, po czym wszedł do autolotu, uniósł się w powietrze i skierował się do swojej siedziby.

***

– Alexandra, podaj mi drinka! – zażądał od progu.

Wszedł do swojego apartamentu, rzucił marynarkę na łóżko i wyszedł na taras. Po chwili zjawił się przy nim robot ze szklanką. Armin bez słowa wziął napój, upił łyk, a potem ze złością rzucił szklankę o ziemię, rozbijając ją na kawałki.

– Alexandra, wykreśl Mari z listy pracowników – powiedział.

– Oczywiście – odparł beznamiętnie robot.

...usiadł na swoim łóżku w pustym mieszkaniu...

Armin złapał się za barierki i chwilę tak stał, zaciskając mocno palce na chłodnym metalu. Popatrzył przed siebie na wspaniałą panoramę miasta. Widok, który zawsze go odprężał, teraz tylko go rozdrażnił. Opuścił taras i wrócił się do swoich apartamentów. Postanowił popływać. Pływał niezmordowanie aż do północy dając z siebie wszystko, ale mimo tego nie poczuł się lepiej. Gniew ani trochę w nim nie zelżał. Zamienił się tylko w żal, a potem w ból, którego nawet alkohol nie potrafił zagłuszyć. Na koniec, na dnie jego serca, został już tylko smutek, z którym nie umiał sobie poradzić.

Zmęczony fizycznie i psychicznie usiadł na swoim łóżku w pustym mieszkaniu i długo myślał. W końcu podjął decyzje. Ubrał się i wyszedł z apartamentu. Wsiadł do windy i zjechał na sam dół, do hali produkcyjnej. Wokół było ciemno, przy wejściach paliły się tylko słabe światła informacyjne.

Armin odszukał szybko osobną salę, w której pracowali ludzie Wielkich Rządzących i podszedł do drzwi. Dotknął je dłonią, ale te nawet nie drgnęły. Dotknął jeszcze raz, ale znów nic.

– Co jest…? – mruknął. – ArminRobot, otwarcie drzwi – zażądał.

Nic się nie wydarzyło.

– To dranie – syknął.

Otworzył hologram ze swojego identyfikatora i spróbował dostać się do hali omijając system, ale nic z tego. System nie odpowiadał, w ogóle nie reagował na jego komendy, zupełnie jakby jego identyfikator przestał działać.

– Co to ma znaczyć…?

Podszedł do innej sali i próbował ją otworzyć, ale brama również nie drgnęła. Podszedł do magazynów, ale nawet do nich nie mógł się dostać. Dopiero wówczas poczuł niepokój. Zrozumiał, że coś jest nie tak.

Wjechał z powrotem na samą górę do swojej pracowni i uruchomił hologramy. Próbował połączyć się ze swoim najlepszym technikiem, Rajmundem, ale jego identyfikator nie odpowiadał. Domyślał się, że pewnie śpi, w końcu był środek nocy, dlatego zostawił mu krótką wiadomość, aby natychmiast się z nim skontaktował jak tylko to odczyta, obojętnie jaka by to nie była pora. Wysłał wiadomości również do innych swoich ludzi i czekał w napięciu, ale żaden nie odpowiadał.

– Alexandra, zrób mi drinka – zażądał, ale zanim robot zdążył się ruszyć, machnął ręką. – Albo nie, nieważne, zostaw mnie samego.

Robot posłusznie wyjechał z jego pracowni. Armin przeszedł do sypialni i w ubraniu położył się na łóżku. Nie mógł spać, to wszystko nie dawało mu spokoju. Obserwował jak niebo za oknem robiło się coraz jaśniejsze. Nad ranem zapadł w bardzo nerwowy sen. Zbudził się przed południem, rozkojarzony, nie wiedząc gdzie jest, ani co się stało. Spojrzał na identyfikator i natychmiast wyskoczył z łóżka.

– Już tak późno… – mruknął, wybiegając ze swojego apartamentu. – Alexandra, zrób mi kawę! – zawołał.

Znalazł się poziom niżej. Minął puste stanowisko sekretariatu i podszedł do swojego gabinetu. Otworzył drzwi i stanął jak wryty. Na miejscu, przy jego biurku, ktoś już siedział.

ROZDZIAŁ VIII

– Co…?

Fotel powoli obrócił się w jego stronę i zobaczył siedzącą w nim postać. Był to Oscar, Wielki Rządzący Języka. Armin w pierwszej chwili zaniemówił z wrażenia. Zaraz jednak otrząsnął się.

– Można wiedzieć, co wielce szanowny pan tutaj robi? – zapytał, starając się, aby głos zbytnio nie zadrżał mu z gniewu.

Oscar uśmiechnął się szeroko śnieżnobiałym uśmiechem.

– Ja? Siedzę – odparł lekko. – A pan do kogo?

Armin skrzywił się.

– Ja do pracy – stwierdził, podchodząc do biurka. – Ale ktoś zajął moje miejsce.

– To nie jest już twoje miejsce – powiedział Oscar. – Twoje miejsce jest tam, za drzwiami.

Armin uśmiechnął się lekko.

– No dobrze, pośmialiśmy się, ale teraz wróćmy do rzeczywistości – powiedział. – Rozumiem, że mój fotel jest tak wygodny, że ciężko panu z niego wstać, ale zapewniam, że inne fotele są równie wygodne. Alexandra, przynieś fotel dla Wielkiego Rządzącego! – rozkazał, mówiąc do swojego identyfikatora.

– Zapewniam cię, Armin, że ja nigdzie się stąd nie ruszam – odparł Oscar, spoglądając na niego uważnie.

– Alexandra, gdzie ten fotel? – warknął, coraz bardziej roztrzęsiony.

– Ona cię nie słyszy – powiedział Oscar, uśmiechając się bezczelnie. – Nikt cię już nie usłyszy.

– Co za brednie… Alexandra, do mnie!

Ale robot nie zjawiał się. Armin spojrzał na mężczyznę.

– Co to ma znaczyć? – warknął. – Co to za najście? Dlaczego przeszkadzacie mi w mojej pracy?

Oscar splótł palce dłoni ze sobą, robiąc z nich piramidkę.

– To nie jest już twoja praca – powiedział.

– To jest moja firma! – zawołał, tracąc nad sobą panowanie. – Co wy sobie myślicie, że możecie kontrolować wszystko?!

Oscar powoli wstał. Rysy jego szczupłej, jaszczurzej twarzy, wyostrzyły się.

– My już kontrolujemy wszystko – powiedział cicho, głosem, który mroził krew w żyłach. – My jesteśmy Wielkimi Rządzącymi. My jesteśmy bogami tego świata, czy to się komuś podoba, czy też nie. I kiedy my mówimy, że to już nie jest twoja firma, to tak jest.

– To jest moja firma – powiedział ostro Armin, nie dając się zastraszyć. – Pracowałem na to przez całe swoje życie.

– To koniec z tobą, Armin – odparł Oscar. – Teraz my to przejmujemy. A tobie radzę spuścić z tonu i grzecznie opuścić budynek.

– To jest prywatna firma, nie macie żadnego prawa…!

– Zapomniałeś, że to my stanowimy prawo – odparł lodowato. – A teraz wynoś się z naszej firmy.

– Sam się wynoś – warknął.

Oscar uśmiechnął się szeroko. Wyciągnął swoją dłoń.

– Chyba zapomniałeś, do kogo należysz – powiedział pogodnie.

Armin cofnął się.

– A więc przypominam ci, że tak jak każdy obywatel, należysz do nas!

Dotknął swojego identyfikatora i wtem Armin zauważył jakiś błysk na swojej ręce. Popatrzył osłupiały, jak słupki maleją, a jego status zmniejsza się z A na B, a potem, ku jego przerażeniu, spada aż do C. W jednej chwili stracił połowę wszystkich swoich punktów.

– C-co…? – wyjąkał.

Spojrzał na Oscara, ale ten spoglądał na niego z rozbawieniem.

– To jak? Wychodzisz stąd teraz, czy mam jeszcze obniżać?

Armin czuł jak zasycha mu w gardle. Ta sytuacja nie mieściła mu się w głowie.

– Nie możecie… To są moje punkty! – zawołał.

Oscar ściągnął brwi.

– Wbij sobie do głowy, pajacu, że wszystkie punkty są nasze – powiedział ostro Oscar. – I możemy z nimi robić, co chcemy. To jak będzie? Wyjdziesz po dobroci, czy to wciąż dla ciebie za mało…? A może za dużo?

Dotknął ponownie swojej dłoni i Armin z przerażeniem obserwował jak jego punkty topnieją, jakby nigdy ich tam nie było. Był już na poziomie D.

– Nie! Przestań! – zawołał. – Alexandra, wyrzuć gościa z mojego gabinetu!

Oscar zaśmiał się ochryple.

– Mówiłem ci już, że ona cię nie słyszy – powiedział. – Alexandra, chodź no tutaj, pokaż się temu panu.

Na te słowa robot natychmiast pojawił się w gabinecie i stanął przy Wielkim Rządzącym.

– W czym mogę panu służyć? – zapytał grzecznie.

Armin patrzył zdumiony. To był jego robot, jego najlepszy model służebny, jego dziecko, a teraz to dziecko zwróciło się przeciwko niemu. Mimo, że była to tylko bezrozumna maszyna, czuł jak wbija mu to nóż prosto w serce.

– Jakim prawem…! To moje…!

– Wynoś się stąd – powiedział do niego Oscar. – A i pozdrów od nas tę twoją chrześcijankę.

Armin poczuł, jak krew odpływa mu z twarzy.

– Szkoda, że zdążyła się zwolnić zanim ją namierzyliśmy. Byłby może z niej jeszcze jakiś pożytek.

Armin otworzył usta, ale nie wyrzekł ani słowa. Nie był w stanie.

– Co tak patrzysz zdziwiony? Myślisz, że o tym nie wiemy? – zakpił z niego Oscar. – My wiemy wszystko. My jesteśmy bogami, a bogowie widzą i wiedzą wszystko o swoich niewolnikach.

Armin zacisnął mocno szczęki.

– Nie jestem waszym niewolnikiem – syknął.

Oscar uśmiechnął się.

– Chcesz się przekonać? – zapytał.

Po raz trzeci dotknął swojej ręki. Armin zobaczył jak traci kolejne punkty. Nic nie mógł zrobić, nie był w stanie tego zatrzymać, mógł tylko patrzeć jak z multimilionera w jednej chwili staje się biedakiem. Wylądował na poziomie niskiego G, już poza systemem opiekuńczym. Miał tylko kilkanaście punktów, czyli tyle co nic.

– Zostawiłem ci trochę na busolot, żebyś mógł udać się na święto Kronosa, które jest za tydzień – powiedział kpiąco. – Pamiętaj, że obecność obowiązkowa. Inaczej znów odejmiemy ci punkty – dodał, po czym zaśmiał się wstrętnie.

Armin był w szoku.

– Dlaczego…? – powiedział tylko.

– Dlatego, że możemy – odparł Oscar. – I dlatego, że to wszystko i tak jest nasze, a ty za dużo ostatnio zarobiłeś. Jeszcze by cię to wybiło ponad nas…

Znowu się zaśmiał.

– Przyjmij to jako małą nauczkę – powiedział.

– Małą…? – zapytał ochryple. – Zabraliście mi wszystko, co mam! Lepiej by było, gdybyście od razu mnie zabili!

– Zabić cię? Po co? – powiedział z rozbawieniem. – Szkoda utylizować taki mózg jak twój. Jeszcze możesz się nam na coś przydać. Tak więc na razie znajdź sobie jakieś przyjemne lokum i zajęcie, bo w każdej chwili możemy cię wezwać.

– Co wy chcecie zrobić?

– Wkrótce się o tym dowiesz, wszyscy w mieście się o tym dowiedzą, możesz być pewien – powiedział tajemniczo. – A i nie martw się o swoje zamówienia i kontrahentów. Nad wszystkim czuwają już nasi ludzie i towar dojdzie na czas. Nawet królowa otrzyma swoje roboty w terminie. To znaczy, teraz już nasze roboty… – dodał złowieszczo.

Armin tylko przełknął ślinę.

– A i nie zdziw się, jeśli twój identyfikator nie będzie mógł się z nikim połączyć. O to też już zadbaliśmy – dopowiedział. – A teraz, żegnam pana lub… do zobaczenia.

Armin milczał. Nie poruszył się.

– Co jest? Powiedziałem żegnam. Alexandra, pokaż panu wyjście – rozkazał.

– Oczywiście – odparł robot.

Podjechał do niego i wyciągnął stalowe ramiona.

– Nie trzeba – warknął Armin, odsuwając się od robota. – Sam pójdę.

Odwrócił się i wyszedł z gabinetu nie oglądając się za siebie. Trzęsąc się z wściekłości, wbiegł do swojego apartamentu, ale i tu spotkała go niemiła niespodzianka. Przed drzwiami jego mieszkania stał jego Wojownik i wyraźnie pilnował, aby nikt nie wszedł do środka.

– Odsuń się – rozkazał mu, a ten zeskanował go szklanymi oczami.

– Brak autoryzacji – stwierdził głucho.

– Ja ci dam brak autoryzacji, odsuń się! – warknął. – Jesteś moją własnością!

– Brak autoryzacji – powtórzył robot. – Zakaz wstępu.

Armin zrobił krok wstecz. Wiedział, że nie było sensu dyskutować z robotem. Po prostu musieli zmienić mu program, im wszystkim. Odwrócił się więc i pobiegł do ogromnego tarasu, tam, gdzie stały jego autoloty. Wszedł do pierwszego ścigacza, przyłożył dłoń do panelu sterowania, ale maszyna nawet nie drgnęła.

– Jeszcze to?! – zawołał na całe gardło, uderzając pięścią w panel sterowania. – Niech was szlag…!

Wysiadł z autolotu i przesiadł się do innego, ale ten także nie zareagował. Kopnął go z całej siły i sprawdził kolejny, a potem wszystkie po kolei, ale nic nie reagowało na jego identyfikator.

– To jest jakiś żart?! – zawołał, rozwścieczony.

Wyszedł z autolotu i stanął przy barierce. Spojrzał w dół, w stronę ruchliwego miasta. Autoloty śmigały jeden za drugim, a reklamy tak jak co dzień, zachęcały do kupna ekskluzywnych produktów na które stać było tylko najbogatszych. Słońce stało wysoko, był ciepły, niemal upalny dzień, ale on trząsł się jak w gorączce. Popatrzył jeszcze raz w dół. Wystarczyłby tylko jeden krok, a wszystko by się skończyło. Cofnął się. Nie będzie odchodził jak tchórz.

Opuścił taras i wszedł do windy. Pozostało mu jedyne wyjście z budynku, a więc zjechanie na sam dół. Po drodze dosiadali się do niego inni pracownicy biurowi. Nikt nawet na niego nie spojrzał, nikt słowem się do niego nie odezwał. Najwyraźniej dostali już wytyczne i każdy znał jego status. On też milczał i patrzył na nich, ale oni udawali, że go nie widzą. A jeszcze wczoraj każdy z nich kłaniał mu się w pas.

Winda otworzyła się na poziomie zero i Armin wysiadł. Obrzucił wzrokiem hol dla gości, roboty służebne obsługujące wchodzących i jego ludzi podchodzących do poszczególnych hal produkcyjnych. Parę osób popatrzyło za nim ze strachem i współczuciem, to byli jego najlepsi kierownicy produkcji, najbardziej zaufani ludzie. Nic nie powiedzieli, tylko popatrzyli i poszli. On również milczał, tylko coś ścisnęło go boleśnie w środku.

Wyszedł na zewnątrz i zaraz znalazł się na ruchliwym chodniku. Przechodnie mijali go obojętnie, zajęci swoimi sprawami, niektórzy głośno rozmawiali przez swoje komunikatory. Armin próbował skomunikować się z jakimś ze swoich dostawców, klientów, nawet chciał rozmówić się z samą królową chrześcijan, ale jego identyfikator był zablokowany. Mógł co najwyżej sprawdzić sobie swój status i godzinę. To wszystko, co mu pozostało.

Skierował swoje kroki do osiedla willowego, tam gdzie mieszkało najwięcej jego stałych klientów. Rozejrzał się, mijając po drodze wypielęgnowane trawniki przy apartamentach bogaczy i zatrzymał się przy jednym z budynków. Zadzwonił do bramy i zaraz pojawił się przy nim robot służebny. Zeskanował go.

– Czym mogę panu służyć? – zapytał robot.

– Sprowadź tu Lorda Michalina, natychmiast! – rozkazał.

Robot zniknął za bramą, a po chwili w drzwiach willi pojawił się niski, pulchny mężczyzna. Armin uśmiechnął się na jego widok.

– Lordzie Michalinie, nawet nie wiesz jak się cieszę, że…

– Nie znam cię – powiedział nerwowo mężczyzna. – Wynoś się stąd.

Po czym szybko zniknął za drzwiami. Armin otworzył usta, ale zaraz je zamknął. Zadzwonił jeszcze raz i po chwili znów przyjechał do niego robot.

– Powiedz swojemu panu, że…

– Przykro mi, ale masz zakaz wstępu do tego budynku – odparł robot mechanicznie. – Proszę o usunięcie się z trawnika.

Armin odskoczył, jakby ktoś uderzył go w twarz.

– Co…? Co takiego?

– Przykro mi, ale masz zakaz wstępu do tego budynku – powtórzył robot tym samym tonem. – Proszę o usunięcie się z trawnika.

Armin cofnął się na chodnik. Popatrzył w okna. Miał wrażenie, że jedna z zasłon lekko się poruszyła, ale nikogo nie dostrzegł. Bez słowa odwrócił się i ruszył przed siebie.

Jego znajomi nie reagowali, gdy ich wołał albo udawali, że go nie widzą. Nawet, gdy mijał ich na chodniku lub widział w sklepie, omijali go szerokim łukiem.

– Przecież to ja! Armin! – zawołał do Lorda Klaudiusza, którego spotkał w centrum, jak robił zakupy dla swojej żony.

– Nie znam nikogo o takim imieniu – odparł lord wymijająco i szybko wyszedł ze sklepu.

Armin w akcie desperacji pobiegł za nim.

– Nie udawaj! Co jest z wami wszystkimi? Wielcy Rządzący posłali wam wytyczne, co macie ze mną robić? Myślałem, że macie trochę więcej rozumu!

– Odsuń się, człowieku! – zawołał na niego lord i schował się w swoim autolocie. – Nie zadaję się ze ścierwem z poziomu G!

Armin poczuł jak na twarz wbiega mu rumieniec. Ta uwaga zapiekła go do żywego. Była jak bicz, który chlasnął go prosto przez plecy.

Lord Klaudiusz włączył silniki i natychmiast uderzył w niego gorący podmuch, zwalając go z nóg. Upadł na plecy i patrzył jak autolot unosi się nad nim, po czym znika, wystrzeliwując w powietrze jak srebrny pocisk.

Podniósł się na nogi, otrzepał się i popatrzył wokół. Przechodnie spoglądali krytycznie na jego ubrudzoną marynarkę i pogniecione spodnie. Kamery musiały to wszystko zarejestrować, bo zobaczył, że za wystawienie się na publiczne pośmiewisko stracił nawet jeden punkt. Odwrócił się i poszedł stąd jak najszybciej, byle z daleka od wścibskich spojrzeń.

Słońce piekło coraz mocniej, miał wrażenie, że nawet sama pogoda z niego kpi, śmiejąc mu się prosto w twarz. Szedł już tak od kilku godzin. Przez cały ten czas nic nie jadł i nic nie pił. Nie miał nawet za co kupić sobie wody. Zostało mu tylko kilkanaście punktów za które mógł, co najwyżej, kupić sobie przejazd w jedną stronę do świątyni Kronosa, ale w tej chwili było to ostatnie miejsce, do którego chciałby pojechać.

Wyminął ładne dzielnice willowe, potem centrum i główne rejony przemysłowe i zaszedł aż do biedniejszych terenów. Ubrany elegancko w białą koszulę, granatową marynarkę i jasne spodnie, nie pasował do ponurego otoczenia i zaniedbanych budynków. W końcu znalazł się w dzielnicy ósmej i późnym popołudniem dotarł do parceli z numerem trzysta siedem. Nie wiedział, czego się może spodziewać, ale liczył, że może dostanie chociaż szklankę wody. Był kompletnie wyczerpany.

Zatrzymał się przed niskim, szarym, dwupiętrowym budynkiem. Popatrzył na jej okna, które były wyżej, potem podszedł do bramy. Bał się zadzwonić. Tylko stał i patrzył, nerwowo przestępując z nogi na nogi.

– Armin…? – usłyszał naraz jej zdumiony głos tuż za swoimi plecami.

Odwrócił się, a ona jęknęła na jego widok, a torba z jedzeniem wypadła jej z rąk. Musiała zobaczyć na jego twarzy to wszystko, co działo się w jego wnętrzu, bo wyglądała na przerażoną. Widocznie nie potrafił wszystkiego ukryć.

Schylił się, aby pomóc jej pozbierać porozrzucane produkty.

– Armin, co się… Co ty tu robisz? Co ci jest? – zapytała, klękając przy nim.

On włożył jedzenie z powrotem do jej torby. Spojrzał na butelkę z wodą.

– Czy mogę się napić? – zapytał schrypniętym głosem.

– Oczywiście, proszę, ale nie rozumiem, co ty…?

On bez słowa wziął butelkę i wypił ją całą do dna. Mari patrzyła na niego zdumiona.

– Armin, co ci się stało? Wyglądasz jakby… jakby wydarzyło się coś strasznego…

Armin otarł pot z czoła, który dopiero teraz popłynął po jego twarzy jak gorące łzy. Kręciło mu się w głowie.

– Czy mogę wejść do środka? – zapytał, spoglądając na jej dom.

– A powiesz mi, co ci się stało?

– Armin, co ci się stało?...

Pokiwał głową.
– Powiem ci... – powiedział bardzo cicho. – Ale nie tutaj.
– Rozumiem – szepnęła. – Tak... Dobrze...
Wzięła od niego torbę i dotykiem dłoni otworzyła bramę. On wszedł za nią na podwórze. Przeszli w milczeniu do schodów prowadzących do głównego wejścia. Mari otworzyła drzwi dotknięciem dłoni, a te rozstąpiły się przed nimi. Znaleźli się w wąskim korytarzu. Natychmiast uderzył go w nozdrza zapach smażonego oleju i środków czystości. Popatrzył na zacieki w rogach. Nierówna posadzka skrzypiała pod każdym krokiem. Za ścianą słychać było głośne rozmowy sąsiadów.

Mari poprowadziła go na schody, a on bez słowa poszedł za nią, aż znaleźli się przed jej drzwiami. Spojrzała na niego niepewnie.

– To tutaj – powiedziała, otwierając mu drzwi.

Jej mieszkanko było malutkie, zaledwie jeden pokój połączony z kuchnią i osobną łazienką. Armin zrobił trzy kroki i już stał na środku. Rozejrzał się. Było tu schludnie, choć bardzo skromnie. Nie posiadała ani jednego ekranu i wielu innych potrzebnych sprzętów, które przydałyby się w każdym domu. Miała jeden stolik, a przy nim jedno krzesło. W kącie stała szafa i komoda. W kuchni niski taboret i stara kuchenka elektryczna. Na ścianie, tuż nad łóżkiem okrytym kolorową narzutą, wisiał mały krzyż.

– Cóż, to nie to, co twoje apartamenty – powiedziała speszona. – Tu było najtaniej, a ja nie mam wielu potrzeb. Zależało mi tylko na jakimś kącie do spania...

Wyglądała na bardzo zawstydzoną. Armin popatrzył po mieszkanku, a potem spojrzał na nią, ale ona jakby specjalnie unikała jego wzroku.

Bez słowa usiadł na jedynym krześle przy stoliku. Zdał sobie sprawę, że cały dzień szedł w upale ubrany w marynarkę i dopiero teraz odpoczął.

Mari odstawiła torbę z jedzeniem do kuchni i przyniosła sobie taboret. Usiadła na wprost niego.

– Armin, co się stało? – zapytała z troską.

Podniósł na nią zmęczony wzrok. Nie miał siły mówić, ani siły ani odwagi. Mari dotknęła jego przedramienia.

– Armin...

– Straciłem wszystko... – powiedział głucho. – Wszystko mi zabrali...

Ona zamrugała zaskoczona.

– Kto ci zabrał co?

– Wielcy Rządzący – powiedział. – Zabrali mi wszystko.

– Ale jak to? Nie rozumiem...

Przełknął ślinę.

– Coś ci pokażę

Wyciągnął przed siebie dłoń i otworzył hologram ze swoim statusem. Mari popatrzyła pobieżnie.

– Nie rozumiem… – mruknęła. – Co to jest?

– To jest mój status, Mari – powiedział.

– Ależ… Ależ to nie jest twój status, przecież pamiętam jaki masz status. Jesteś na A plus, a to jest… to jest… To jest jakaś pomyłka.

Spojrzała na niego pytająco.

– Armin, co to jest?

– To jest mój status – powtórzył drżącym głosem. – Mój nowy status, który otrzymałem wprost z rąk samych Wielkich Rządzących.

Mari pobladła gwałtownie.

– Ale to jest G… – jęknęła. – A to oznacza, że jesteś…

– Nikim – wycedził. – Od dziś stałem się nikim dla świata, nikim dla biznesu i nikim dla tych wszystkich klientów, a także nikim dla swoich pracowników i tych, których kiedyś nazywałem swoimi przyjaciółmi! – wybuchnął.

Mari przycisnęła dłoń do ust.

– Ale to nie koniec – mówił dalej. – Wielcy Rządzący nie tylko zabrali mi wszystkie punkty, ale jeszcze przejęli całą moją firmę, mój dobytek, mój apartament mieszkalny, nawet moje ubrania i autoloty!

Zerwał się z krzesła i zaczął chodzić dookoła.

– I jeszcze jakby tego było mało, przejęli wszystkich moich kontrahentów, a ze mnie zrobili pośmiewisko! – zawołał. – A więc od teraz nie mam ani pracy, ani domu, ani punktów, ani celu w życiu. A może i już niedługo nie będę miał i samego życia…!

Trząsł się z wściekłości. Mari patrzyła na niego przerażona.

– Armin, co ty mówisz? Jak to się stało?

Drżał na całym ciele, a emocje nadal się w nim kotłowały. Był tak roztrzęsiony, że z trudem zdobywał się na wysiłek, aby o tym wszystkim mówić. Złapał za oparcie krzesła. Powstrzymywał się, aby nie rzucić nim o ścianę. Spojrzał na nią.

– Mari… – powiedział z bólem. – Jesteś dziś pierwszą osobą, która spojrzała na mnie, wymówiła moje imię i wpuściła mnie do swojego domu.

Ona wstała powoli i podeszła do niego.

– Co ty opowiadasz…? – zapytała miękko.

Zacisnął mocno palce na oparciu krzesła i spojrzał w podłogę.

– Przez cały dzień tułałem się jak pies od drzwi do drzwi, ale nikt z tych, którzy jeszcze wczoraj jedli mi z ręki, nie chciał mieć ze mną nic do czynienia! – warknął. – Wielcy Rządzący i o to zadbali. Powiadomili wszystkich, że od dziś nie istnieję, więc przestałem dla nich istnieć.

Mari pokręciła z niedowierzaniem głową.

– Armin, ale jak to możliwe? – spytała szeptem. – Przecież ty byłeś ich pupilkiem…

– Co nie? – prychnął. – Dziwne, jak czasem człowiek szybko z pupilka zamienia się w śmiecia, którego można zgnieść butem! – wyrzucił z siebie z goryczą. – Słyszałem, co prawda o takich przypadkach, ale nie sądziłem, że i mnie to w życiu spotka. Byłem pewien, że moja bezstronność zapewni mi bezpieczeństwo, ale jak bardzo się myliłem. Jak bardzo!

Kiedy to powiedział na głos, zdał sobie sprawę, jak wielki sprawiało mu to ból. Odwrócił się do niej tyłem i ukrył twarz w dłoniach. Miał ochotę płakać, krzyczeć, wyć z rozpaczy, ale nie był w stanie. Oczy miał suche, a gardło ściśnięte.

– Widzisz, nie przewidziałem tego, że Wielkich Rządzących bardziej cieszą biedni niewolnicy, niż bogaci obywatele – powiedział cicho. – A dziś stałem się jednym z tych najbiedniejszych. W zasadzie można by mnie od razu zutylizować i pewnie nikt by mnie nawet nie pożałował! – warknął.

– Armin, nie mów tak! – jęknęła, chwytając go za ramię. – Nikt cię nie zutylizuje, przecież wszyscy w mieście cię znają, przecież jesteś Arminem, *tym* Arminem!

On odjął ręce od twarzy i popatrzył na nią smutno.

– Mari, też tak myślałem – odparł ponuro. – Ale dziś boleśnie uświadomiłem sobie, że dla nich byłem, jestem i zawsze będę tylko numerem, tylko niewolnikiem wśród tysięcy innych niewolników. A to, że do tej pory miałem tyle punktów było tylko i wyłącznie dlatego, że oni *pozwolili* mi je zarobić, rozumiesz? A dziś, bardzo skutecznie, pozwolili mi się ich pozbyć. Co za banda gnojów! – zawołał, uderzając pięścią w okno.

Szyba zadrżała niebezpiecznie. Armin wziął głębszy oddech, chcąc się uspokoić.

– Byłem ich niewolnikiem od zawsze, od samego początku, choć myślałem, że jestem wolny – powiedział ciszej. – Ale to była tylko ułuda, Mari, tylko iluzja... Myślałem po prostu, że tacy jak ja są nietykalni, ale...

Umilkł na chwilę i potarł oczy. Czuł się stary, zmęczony i niepotrzebny.

– Armin...

Mari pogłaskała go po ramieniu.

– Na pewno jest jakieś wyjście... Może to tylko nieporozumienie? Może to błąd w ich systemie? Może to wszystko da się jeszcze odwrócić?

– Nie, Mari, nie da się – powiedział gorzko. – Skoro Alexandra, mój własny robot, chciał mnie wyrzucić z mojego gabinetu w którym rozsiadł się ten parszywy skurczybyk Oscar, tego nie da się już odwrócić. Mari, żaden z moich robotów nie reaguje już na mój identyfikator. Nie mogłem nawet uruchomić swojego autolotu...

– Och, Armin... To co ty teraz zrobisz?

Popatrzył na nią.

– Nie wiem – odparł zgodnie z prawdą. – Pierwszy raz w życiu nie wiem, co robić.

Wyminął ją i usiadł z powrotem na krześle. Oparł jeden łokieć o stół i popatrzył tępo przed siebie.

– Nie wiem nawet, czemu tu przyszedłem.

Mari usiadła znów na wprost niego na taborecie. Dłonie złożyła na kolanach. Patrzyła na niego ze współczuciem. Widział w jej oczach błyszczące łzy.

– Byłem u wszystkich moich znajomych, ale nikt mnie nie przyjął. Dopiero ty...

Spojrzał na nią, a potem spuścił głowę. Wstydził się tego.

– Mari, ja nie mam już nawet dokąd się udać – powiedział cicho. – A jeśli zostanę na ulicy z tak niskim statusem, zaraz wyłapią mnie strażnicy i przeznaczą do pieców utylizacyjnych.

– To się nigdy nie stanie – powiedziała stanowczo Mari i zanim zdążył zareagować, dotknęła dłonią jego nadgarstka i przekazała mu jakieś punkty.

Armin spojrzał zdumiony. Dostał pięćset punktów, a to sprawiło, że natychmiast znalazł się na poziomie F. Ten poziom był już akceptowalny w społeczeństwie, choć nadal bardzo niski. Mari tymczasem spadła z D na E.

– Mari, coś ty zrobiła? – skarcił ją. – Zabieraj to z powrotem!

– Nie – powiedziała twardo. – Ty teraz tego bardziej potrzebujesz niż ja.

– Mari, nie przyszedłem tu do ciebie, żeby żebrać o punkty…!

– Wiem, Armin – powiedziała, przytrzymując mocno jego dłoń. – Ale nie martw się o to, to prezent.

Uśmiechnęła się lekko. Jej uśmiech natychmiast roztopił lód, który zmroził jego serce w chwili, gdy zobaczył przy swoim biurku Wielkiego Rządzącego.

Zsunął się z krzesła i uklęknął przed nią. Przytulił policzek do dłoni, które miała położone na kolanach.

– Mari, jesteś tak dobra, że ja na to w ogóle nie zasługuję… – powiedział cicho, wzruszony. – Zawstydzasz mnie…

Ona uwolniła jedną rękę i położyła mu ją na głowie. Zaczęła go głaskać w milczeniu, delikatnie przeczesując palcami jego włosy. Poczuł jak pod wpływem tego dotyku rozkleja się zupełnie. Całe napięcie zaczęło z niego uchodzić. Objął ją delikatnie i przytulił się do niej z głową na jej kolanach. Dopiero teraz do niego dotarło co się naprawdę stało i jak bardzo był tym wszystkim przerażony. Jedną ręką trzymał mocno skraj jej żakietu, jakby podświadomie bał się, że ona też zaraz odejdzie i go zostawi. Ale ona wciąż siedziała i głaskała go czule. Zrozumiał, że ona nie ma zamiaru nigdzie odchodzić. Odetchnął głęboko i poczuł jak jedna łza spływa mu po policzku.

– Mari, to jest mój koniec – szepnął.

– Nie, Armin, nie mów tak, to nie jest koniec – powiedziała łagodnie.

– Ja już niczego nie mam, wszystko mi zabrali…

– Masz jeszcze siebie, swoje życie.

– Mari, ale co mi po takim życiu? Już wolałbym, żeby mnie od razu zabili, niż skazywali na taką powolną śmierć…

– Armin, nie mów tak – powiedziała naraz przejęta. – Nie umrzesz, ale będziesz żył.

– Ale Mari, ja nie widzę już sensu w takim życiu – odparł. – Co ja miałbym teraz robić? Przecież jestem spalony. Nikt mnie nie przyjmie do zwykłej pracy z takim wilczym biletem od Wielkich Rządzących, a odbudowanie mojego imperium jest już niewykonalne. To jest naprawdę mój koniec. To koniec ArminRobot, koniec mojej firmy, koniec mnie… Wszystko, na co pracowałem przez całe moje życie, zostało mi odebrane, przepadło, nie mam nic… Ja już nie mam niczego, nikogo…

Mari cofnęła rękę z jego głowy i dłonią uniosła jego brodę, tak aby spojrzał jej prosto w oczy.

– Nikogo…? – spytała cicho. – A ja?

– Ty…

Wyprostował się nieco.

– Ty jesteś chyba nie z tego świata – powiedział. – Przy tobie człowiek zupełnie zapomina, że ma jakieś problemy.

Ona uśmiechnęła się słabo. Armin patrzył na nią długo, przyglądając się jej twarzy.

– A kiedy widzi się twój uśmiech, od razu chce się żyć. Nawet… nawet takiemu komuś jak ja, chce się na nowo żyć.

Widział, że się zarumieniła.

– Cieszę się, że choć trochę mogłam poprawić ci humor – powiedziała speszona.

– Mari…

Armin ujął jej dłonie w swoje, wciąż klęcząc przed nią.

– Mari… Dziękuję.

Nachylił się i pocałował jej drobne palce.

– Nie wiem jak ci to powiedzieć, ale jeśli przedtem miałaś jakieś obiekcje, że kogoś takiego jak ja zobaczą na ulicy z kimś takim jak ty, i mogą mnie wyśmiać, że zadaję się z osobą o niskim statusie, to teraz wiedz, że obecnie to ja mam niższy status od ciebie i to raczej ty powinnaś teraz mnie unikać…

– Nie chcę cię unikać – powiedziała.

Podniósł na nią oczy. Mari uśmiechała się do niego czule.

– Nie wstydzisz się mnie?

– Nie… Dlaczego miałabym się ciebie wstydzić? Przecież to tylko ilość punktów ci się zmieniła, ale w tobie nic się nie zmieniło. Nadal jesteś tym samym upartym, stanowczym, nadpobudliwym egocentrykiem z manią wielkości.

Armin uśmiechnął się.

– Tak, to rzeczywiście pocieszające – stwierdził.

Ona pogłaskała go po szorstkim policzku.

– No tak, i z tego wszystkiego zapomniałem się ogolić – powiedział miękko.

– Mam jakąś starą maszynkę w łazience, jeśli chcesz, możesz jej użyć – zaproponowała.

Patrzył jej w oczy, zastanawiając się jakim cudem ona nadal nie straciła pogody ducha. Jej spokój zaczął udzielać się i jemu.

– Myślę, że w obecnej sytuacji raczej nie mam wyboru i chętnie skorzystam z twojej maszynki – stwierdził, powracając do swojego lekkiego i żartobliwego tonu.

Ona pogłaskała go znów.

– Chcesz coś zjeść? – zapytała.

Pokiwał głową.

– Chciałbym, ale nie chcę cię objadać – powiedział, nieco zmieszany. – Ty sama masz tak niewiele…

– Armin, mam dość jedzenia – odparła. – Starczy dla nas dwojga.

– To dobrze, bo tak się składa, że nic nie jadłem przez cały dzień i trochę jestem głodny – odparł. – Niewiele też spałem poprzedniej nocy i jeśli nie miałabyś nic przeciwko, chętnie wynająłbym kawałek twojej podłogi, żeby móc się na niej przespać, ale nie obiecuję, że będę miał ci potem z czego oddać za czynsz.

– Nie musisz – odparła miękko. – Chętnie cię przenocuję.

ROZDZIAŁ IX

Wyszedł z jej mieszkania, kiedy tylko zjedli kolację. Powiedział, że chce się przejść, ale tak naprawdę nie chciał jej krępować, kiedy będzie się kąpać i przygotowywać do snu. Jej mieszkanie było tak maleńkie, że nie było miejsca na jakąś swobodę i intymność, a on sam czuł się już wystarczająco skrępowany tym, że będzie spał w jej pokoju. Przyzwyczajony do wielkich przestrzeni, teraz miał wrażenie, że dusi się w tym ciasnym pokoiku.

Był potwornie zmęczony i nie miał ochoty nigdzie chodzić, ale mimo to pokręcił się trochę po jej osiedlu, chcąc jakoś zająć czymś czas. Wrócił późno, kiedy było już ciemno. Wszedł po cichu do jej mieszkania i rozejrzał się. Zobaczył, że śpi na swoim łóżku, a na podłodze przygotowała miejsce dla niego. Zdjął marynarkę, rozsunął buty i położył się w ubraniu. Wciąż był zbyt roztrzęsiony, żeby choćby zmrużyć powieki. Leżał więc, nasłuchując. W oddali słyszał szum autolotów, a na dole pod nim, odgłosy stukania garnkami, a potem głośne chrapanie. Jakichś dwóch pijaczków kłóciło się ze sobą na zewnątrz, stojąc na chodniku. Jeden wyzywał drugiego.

Obejrzał się na łóżko. Mari spała twardo, oddychając głęboko i nawet się nie poruszyła.

„Jak ona może mieszkać w takich warunkach?" – pomyślał.

Pewien, że i tak dziś nie zaśnie, otworzył swój identyfikator i zaczął sprawdzać jego zawartość. Mizerny poziom F zapewniał mu jako taki dostęp do usług publicznych, ale mimo to nadal nie mógł się z nikim skontaktować. Tak jakby go całkowicie zablokowano. Spróbował jeszcze raz wysłać wiadomość do Rajmunda, ale jego identyfikator w ogóle nie reagował na komendę. Poirytowany, zamknął hologram i obrócił się na brzuch. Zacisnął ramię na kawałku pościeli, który dostał od Mari i przytknął go do twarzy. Pachniał jej zapachem.

Ocknął się nagle i usiadł prosto. Serce biło mu mocno. Wstał i podszedł do okna. Musiał trochę się przespać, bo był środek nocy. Skrzyżował ramiona na piersi i oparł się barkiem o framugę. Patrzył na neonowe lampy oświetlające chodnik przed jej blokiem.

Tu, gdzie się znajdowali, w sektorze ósmym, było daleko do centrum. Wielkie wieżowce błyszczały w oddali, kusząc lepszym życiem. Wśród nich jego wieżowiec, ArminRobot. Patrzył tam, zaciskając mocno dłonie w pięści.

„Ciekawe, czy już się urządzili w moim apartamencie…" – pomyślał wściekły.

– Armin…? – usłyszał naraz cichy głos.

Drgnął i obejrzał się. Mari siedziała na łóżku i patrzyła na niego.

– Nie możesz spać? – zapytała delikatnie.

Potrząsnął głową i popatrzył znów przez okno. Usłyszał jak ona wstaje z łóżka i podchodzi do niego. Stanęła obok. Armin spojrzał na nią. Otuliła się kocem, a pod nim miała długą koszulę nocną spod której wystawały jej bose stopy.

– Mari, wracaj do łóżka – szepnął. – Nie musisz dotrzymywać mi towarzystwa.

– Ja też nie mogę spać – powiedziała, zerkając na niego.

Westchnął. Nie wiedział co jej powiedzieć, więc milczał. Ona też milczała. Patrzyli oboje na światła nocy, każdy pogrążony w swoich myślach.

– Zabawne, co nie? – zagadnął cicho. – Jeszcze wczoraj byłem tam, na samym szczycie – powiedział, pokazując palcem na świetlisty napis „ArminRobot" na wieżowcu. – A teraz jestem tu, na samym dnie.

Mari nic na to nie powiedziała.

– To był mój dom – mruknął. – Spełnienie moich marzeń. Zawsze chciałem mieszkać tam, w centrum, gdzie są największe wieżowce.

Spojrzał w górę.

– Ciągnęło mnie do tych wysokości nieba. Do tej przestrzeni. Tam można było naprawdę poczuć się wolnym.

Mari popatrzyła na niego. Spojrzał na nią krótko, a potem spuścił wzrok.

– No ale nie ma co gadać – dodał ponuro. – Było, minęło.

Mari dotknęła dłonią szyby.

– Mnie też zawsze ciągnęło do wolności – powiedziała naraz. – Ale trochę innej.

– Jakiej? – zainteresował się.

– Wolności wewnętrznej – powiedziała, rysując kółko na zaparowanej szybie. – Wolności ducha. Wolności serca.

– Co to jest wolność serca? – zapytał.

– To wolność do robienia dobra – powiedziała. – I tylko dobra.

– A zło?

– Staram się go unikać.

Obrócił się lekko w jej stronę.

– A skąd wiesz, że to co robisz jest dobre?

Podniosła na niego oczy.

– A ty?

Wzruszył ramionami.

– Jeśli to służy mojemu dobru i sprawia mi radość, to jest dobre – stwierdził.

– A jeśli to sprawiałoby ci ból i przykrość, a służyło dobru innym, też byłoby dobre? – zapytała.

Zastanowił się, zanim odpowiedział.

– Zależy komu by służyło – odparł. – Jeśli Wielkim Rządzącym, to nie – mruknął, spoglądając znów w stronę wieżowców. – Ale jeśli tobie, to tak… – dodał, patrząc na nią.

– A inni ludzie? – zapytała.

– Zależy jacy – odparł. – A ty? Powiedz teraz ty, skąd ty wiesz co robić?

Popatrzyła przez okno.

– Bóg mówi mi co jest dobre, a co złe, a ja się Jego słucham i ufam Mu, że to co do mnie mówi jest prawdą.

Uniósł brwi zaskoczony.

– Twój chrześcijański Bóg?

Nie odpowiedziała od razu.

– Jest tylko jeden prawdziwy Bóg – powiedziała cicho. – Reszta to iluzje.

Armin przyglądał jej się uważnie.

– Nie wierzę w żadnych bogów – stwierdził. – Są tylko chciwi ludzie, którzy dążą do władzy absolutnej. A oni nie mają nic wspólnego z bogami.

Mari nie odpowiedziała. Armin czekał, aż powie mu coś więcej, ale ona milczała.

– Zraniłem cię? – zapytał.

Potrząsnęła głową.

– Nie...

Spojrzała na niego.

– Po prostu trochę mi ciebie szkoda – powiedziała. – Widzisz, Armin, ja wierzę, że Bóg jest i że On się mną opiekuje, dlatego nigdy nie czuję się samotna, nawet, gdy jestem sama.

Armin słuchał jej, przyglądając się jej twarzy.

– Wiem też, że nie muszę dźwigać swoich trudności sama, bo On niesie je razem ze mną – dodała. – W zasadzie to On niesie je wszystkie za mnie i niesie też mnie, a ja tylko trzymam się małego kawałka. A ty...

Obejrzała się na niego.

– Ty jesteś skazany na rozwiązywanie swoich problemów samemu, nawet w sytuacji, w której znikąd nie masz pomocy – powiedziała. – Masz tylko swoje ludzkie, ograniczone siły, które nie są w stanie pokonać piętrzących się przed tobą trudności.

– Zawsze dawałem sobie radę sam – obruszył się, spoglądając znów przed siebie. – I teraz też dam sobie radę. Tylko jeszcze nie wymyśliłem jak.

– No cóż... Każdy ma swój sposób na radzenie sobie w trudnych chwilach – odparła Mari. – Moim sposobem jest modlitwa do Boga.

Zerknął na nią.

– I co? Pomaga ci to?

Ona spojrzała na niego.

– Zawsze – odparła z pewnością w głosie.

Zdziwił się.

– Mówisz tak, jakby rzeczywiście był jakiś Bóg...

Ona uśmiechnęła się lekko.

– Bo jest.

Wzruszył ramionami i popatrzył przed siebie.

– Jeszcze trochę i mnie namówisz na tę swoją wiarę... – mruknął.

– Nie mam zamiaru do niczego cię namawiać – odparła. – Ale jeśli chcesz, mogę się za ciebie pomodlić.

Spojrzał na nią.

– A jak to wygląda? – zapytał. – Będziesz tańczyć dookoła mnie jak na święcie ku czci Kronosa? – rzucił kpiąco.

Mari uśmiechnęła się i spuściła skromnie oczy.

– Nie, Armin, nie będę tańczyć – odparła. – Powiem tylko kilka słów.

– Jakich?

– Chcesz, żebym się za ciebie pomodliła?

Popatrzył jej w oczy.

– Jeśli sprawi ci to przyjemność…

– Sprawi i to ogromną – powiedziała szczerze.

Uśmiechnął się.

– No to pomódl się jak tam chcesz – odparł.

Ona złożyła ze sobą dłonie i spojrzała przez okno. Chwilę milczała, skupiając się w sobie.

– Panie Boże, teraz chciałabym się pomodlić za Armina – odezwała się. – Proszę, pomóż mu w tej trudnej sytuacji, w której się znalazł.

Armin obserwował ją, a jego nieco kpiący uśmiech powoli zaczynał blednąć. Spoważniał.

– Ty wiesz, jak mu ciężko – mówiła dalej. – Tylko Ty znasz jego serce i tylko Ty możesz je uleczyć.

Armin przełknął ślinę. Zaczęło mu się robić gorąco. Nie wiedzieć czemu, poczuł się naraz dziwnie onieśmielony jej słowami.

– Proszę Cię za niego.

Wzięła głębszy oddech.

– Ojcze nasz, któryś jest w niebie, święć się imię Twoje, przyjdź królestwo Twoje, bądź wola Twoja, jako w niebie, tak i na ziemi. Chleba naszego powszedniego daj nam dzisiaj. I odpuść nam nasze winy, jako i my odpuszczamy naszym winowajcom. I nie wódź nas na pokuszenie, ale nas zbaw ode złego. Amen.

Zrobiła jakiś znak dłońmi, a potem spojrzała na niego z uśmiechem.

– Już? – zapytał. – Już po wszystkim?

– Proszę Cię za niego...

– Już po wszystkim – odparła.
– Nic się takiego nie wydarzyło... – mruknął.
Ona spojrzała na niego ciepło.
– Myślę, że się wydarzyło – powiedziała łagodnie.
Zbliżyła się do niego i niespodziewanie położyła dłoń na jego sercu. Zamrugał zaskoczony.
– Myślę, że się wydarzyło.
Ujął jej dłoń w swoją.
– Co takiego? – zapytał cicho. – Powiedz mi.
– Ty sam wiesz, co – odparła.
Powoli uwolniła rękę z jego uścisku i odwróciła się. Poszła w stronę łóżka i położyła się, przykrywając się szczelnie kołdrą.

– Myślę, że teraz zaśniesz bez problemu – powiedziała, przytulając głowę do poduszki.

– Akurat…

– Chcesz się założyć? – mruknęła.

– Proszę bardzo – odparł. – A o co? Tylko pamiętaj, że nie mam wiele punktów i dużo ze mną nie wygrasz.

Mari ziewnęła.

– Jeśli teraz zaśniesz i będziesz spał spokojnie całą noc, jutro pójdziesz ze mną w jedno miejsce… – powiedziała cicho.

– Pójdę z tobą w jakiekolwiek chcesz miejsce i bez tego – powiedział.

Ona uśmiechnęła się do niego sennie i zamknęła oczy.

– Pomożesz mi w czymś…

– Nie ma problemu. To nie jest dla mnie żadna przegrana, ale wygrana.

– No to… Nie wiem, ty coś wymyśl – mruknęła.

Armin patrzył na nią, jak mości się wygodnie. Po chwili znieruchomiała, a jej oddech stał się coraz głębszy.

– Jeśli zasnę i będę spał spokojnie całą noc, co nie zdarzyło mi się już od paru dni, to…

Ale zorientował się, że ona już go nie słucha, bo zasnęła.

Westchnął i przejechał palcami włosy. Popatrzył przed siebie, a potem nie mając nic innego do roboty, położył się na podłodze na swoim posłaniu. Podparł głowę ramieniem i popatrzył w bok na nią jak śpi.

– Jeśli zasnę tu teraz przy tobie, to już nigdy cię nie opuszczę, wiesz o tym? – szepnął. – Mam nadzieję, że wiesz, bo nie wiem jak ci to inaczej powiedzieć.

Ale ona spała w najlepsze. Armin patrzył na nią długo, w końcu odwrócił się na brzuch i powoli zamknął oczy.

★★★

Usłyszał jakąś miłą melodię i uśmiechnął się do siebie. Ktoś coś śpiewał, nie potrafił zrozumieć słów, ale podobał mu się tembr głosu. Nie otwierał jeszcze oczu. Nie chciał, żeby ten sen od niego odchodził. To był pierwszy dobry sen, który miał od bardzo długiego czasu.

Zaraz jednak zorientował się, że już nie śpi. Zastanawiał się więc, skąd dochodzi ten głos. Być może zostawił włączony na noc ekran. Przeciągnął się, czując jak bolą go wszystkie mięśnie. Powoli dochodził do siebie. Miał wrażenie, że wyłania się z jakiegoś mrocznego, ciasnego tunelu w stronę światła. Zamrugał. Zobaczył nad sobą żółtawy sufit z zaciekami. Zdumiony popatrzył wokół. To nie było jego mieszkanie.

Uniósł głowę i wtem ujrzał kobietę krzątającą się w miniaturowej kuchni. Stała boso ubrana w letnią, zwiewną sukienkę. Mieszała coś w garnku, nucąc do siebie. Światło słoneczne przechodziło na przestrzał przez jej pokój i oświetlało jej twarz i krótkie włosy, które odruchowo zaczesywała za jedno ucho. Armin patrzył na nią urzeczony. Rzeczywistość powoli zaczęła do niego dochodzić. Przypomniał sobie gdzie jest i co się wydarzyło. I co sobie obiecał, jeśli prześpi całą noc.

Nie poruszał się. Nie chciał, żeby to się skończyło, żeby ona przestała śpiewać. Nie chciał psuć tej uroczej chwili.

Mari nie patrzyła w jego stronę, zajęta gotowaniem. Po chwili jednak podeszła do innej szafki i napotkała jego uważne spojrzenie.

– Och…!

Mari wyprostowała się i spojrzała zdumiona na swój identyfikator.

– Wreszcie się obudziłeś – powiedziała z ulgą. – Już myślałam, że coś ci się stało.

– Co niby miało mi się stać? – zapytał z uśmiechem, siadając prosto.

– No wiesz… Jest już południe – powiedziała zmieszana.

– Południe…?

Zerknął na swój identyfikator i zerwał się na równe nogi.

– Jest już południe i nic mi nie mówisz! – zawołał, chwytając swoją marynarkę.

Zaczął w pośpiechu zakładać buty.

– Przecież ja muszę zaraz…!

– Armin – powiedziała spokojnie Mari.

On spojrzał na nią i umilkł, kiedy przypomniał sobie, że nic nie musi.

– No tak – stwierdził.

Powiesił z powrotem marynarkę na oparciu krzesła i oparł ręce na biodrach.

– Trudno mi się przyzwyczaić – mruknął. – O tej porze byłem już dawno na nogach.

Popatrzył przez okno. Po osiedlu przewijali się pojedynczy ludzie, ale nie były to tłumy, które widział w centrum. Tutaj wszystko toczyło się leniwie, nawet autoloty latały wolniej nad takimi okolicami. Spojrzał w dal. To tam, w oddali, wśród wieżowców, tętniło życie. Westchnął.

– Jak ci się spało? – zagadnęła Mari, wyrywając go z ponurego zamyślenia.

Obejrzał się na nią.

– Wspaniale.

– Nie za twardo?

– Nie – powiedział, uśmiechając się. – Było zaskakująco wygodnie.

Ona nic nie powiedziała, widział tylko, że uśmiecha się ukradkiem, spuszczając wzrok. Zaczęła coś mieszać w garnku. Armin obserwował ją dłuższą chwilę.

– Ale to jeszcze o niczym nie świadczy – powiedział.

– Co takiego? – zapytała niewinnie.

– Że to sprawka twojej modlitwy – dodał. – I że ten wasz Bóg istnieje.

– Przecież nic takiego nie powiedziałam – odparła.

Armin uśmiechnął się, ona też się uśmiechała.

– Może po prostu dobrze mi się śpi w twoim towarzystwie – stwierdził.

Ona odwróciła się do jakiejś szafki, miał wrażenie, że tylko po to, aby ukryć zażenowanie, bo niczego z niej nie wyciągnęła. Widział, że poczerwieniała na twarzy.

– Jeśli chcesz skorzystać z łazienki… – zaczęła, zmieniając temat. – To zostawiłam ci ręcznik na pralce. Taki ciemnoniebieski.

– Chętnie – powiedział, nie wdając się w dalszą dyskusję.

Wyminął ją i poszedł do łazienki. Ona w tym czasie krzątała się dalej. Słyszał jak nuci sobie pod nosem. Uśmiechał się na myśl o tym, że tak mógłby wyglądać każdy jego poranek.

Umył się i odświeżył. Przy okazji rozebrał kran i dokręcił go, a także oczyścił czujnik elektroniczny przy prysznicu, ustawiając wyższą temperaturę.

Wyszedł z łazienki, otrzepując koszulę.

– No, teraz już powinno działać – stwierdził.

Ona wychyliła się zza kuchenki.

– Co takiego? – zdziwiła się.

– Ten czujnik – powiedział. – Będziesz miała cieplejszą wodę.

Zobaczył jak jej oczy robią się okrągłe ze zdumienia.

– Och, Armin… Ty to naprawiłeś? – zapytała z niedowierzaniem.

– No tak.

Odstawiła łyżkę i weszła do łazienki, sprawdzając.

– A ja się tak z tym męczyłam! – zawołała. – I dokręciłeś też kran!

– Oczywiście – odparł. – Denerwuje mnie takie kapanie.

Spojrzała na niego z uśmiechem.

– Dziękuję ci – powiedziała. – Jak ty to zrobiłeś?

– Przecież to łatwe – odparł, mile połechtany.

– Ja bym nigdy nie umiała czegoś takiego zrobić – powiedziała, prostując się.

Armin podparł się pod boki.

– Dlatego ja tu jestem.

Uśmiechnęła się wesoło.

– Zapraszam cię na śniadanie – powiedziała. – Albo raczej na obiad, ja już swoje śniadanie zjadłam.

– Już zjadłaś? – zdziwił się.

– Tak – powiedziała, przechodząc do kuchni i nakładając danie na dwa głębokie talerze. – Zdążyłam też zrobić zakupy. Spałeś tak twardo, że niczego nie słyszałeś. Nawet tej wielkiej śmieciarki, która podleciała pod same okna.

– O… Cóż… Widocznie byłem bardzo zmęczony.

Usiadł przy stole, a ona podała mu talerz. Była to jakaś potrawka z warzyw, kaszy i mięsa.

– Dziękuję.

Ona usiadła obok niego na taborecie ze swoim talerzem.

– Smacznego – powiedziała.

Armin spróbował.

– Sama to wszystko ugotowałaś? – zapytał.

– No… tak – odparła.

– Dobra jesteś – pochwalił. – Gdybym wiedział, że tak świetnie gotujesz, wynająłbym cię jako osobistą kucharkę.

Mari tylko się uśmiechnęła. Jedli w milczeniu. Armin przyglądał jej się ukradkiem. Miała na sobie tę samą sukienkę, którą wcześniej jej kupił, jasnokremową z krótkimi rękawkami, która sięgała jej kolan. Sukienka miała wcięcie w dekolcie odsłaniając jej szyję i obojczyki. Wyglądała w tym bardzo dziewczęco.

– Ładnie wyglądasz – stwierdził.

– Dziękuję – powiedziała. – Ta sukienka to prezent od ciebie, pamiętasz?

Pokiwał głową i zamyślił się.

– Zdążyłem cię jeszcze tym obdarować, zanim wszystko mi zabrali – powiedział. – Gdybym wiedział, że to moje ostatnie takie zakupy, wziąłbym więcej.

Ona spojrzała na niego łagodnie.

– Armin, nie wyrzucaj sobie czegoś, na co nie miałeś wpływu – powiedziała.

– No tak – mruknął.

Odruchowo sprawdził swój status, ale nic się nie zmieniło. Nie miał żadnych powiadomień, żadnych zamówień, żadnych komunikatów. Patrzył w zatrważająco małe liczby, po czym zdegustowany, zamknął hologram. Zabębnił palcami w stół.

– No cóż, będę musiał znaleźć sobie inne zajęcie – stwierdził.

– Armin, pamiętasz co ci mówiłam wtedy? – zagadnęła naraz Mari. – Że jeśli prześpisz całą noc, będziesz musiał ze mną gdzieś pójść.

Spojrzał na nią.

– Oczywiście, ale i bez tego z tobą pójdę, powiedz tylko gdzie – odparł.

Uśmiechnęła się.

– Pójdziemy w takie jedno miejsce, do którego ja sama często przychodzę – powiedziała. – Nierzadko jest tak, że będąc tam, zapominam o swoich problemach. Może i tobie pomoże to oderwać się od tych myśli, od tego wszystkiego... Przynajmniej na jakiś czas.

Pokiwał głową. Wyciągnął rękę przez stół i uścisnął jej dłoń.

– Dziękuję ci, Mari – powiedział. – Za to wszystko, co dla mnie zrobiłaś. Jestem ci naprawdę bardzo wdzięczny. Sama wiesz, że gdyby nie ty, byłoby ze mną znacznie gorzej...

– Armin, to nic takiego – odparła z uśmiechem. – Ty sam wiele razy mi pomagałeś...

– Mari, ale to nie to samo – powiedział. – Ja ci dawałem punkty, bo miałem ich mnóstwo, ty mi dałaś tak dużo, choć sama masz tak niewiele. To jest więcej warte, uwierz mi. Nie dorastam ci do pięt w hojności.

– Nie mów tak, Armin – odparła zmieszana. – Jest w tobie o wiele więcej dobra, niż myślisz.

Pogłaskał jej rękę.

– Sam już nie wiem, czy jest we mnie w ogóle jakieś dobro – mruknął.

– Armin, dałeś pracę tylu ludziom, stworzyłeś takie wspaniałe roboty, które służyły wszystkim...

– Stworzyłem też maszyny do polowania na chrześcijan – stwierdził kwaśno.

Puścił jej rękę i potarł oczy. Zapadło milczenie.

– To dokąd pójdziemy? – zapytał.

Mari uśmiechnęła się ciepło. Jej uśmiech był jak balsam.

– Zobaczysz, to niespodzianka.

✳✳✳

Dała mu większą torbę z jedzeniem, a sama wzięła mniejszą i poszli przez osiedle. Prowadziła go wąskim chodnikiem w sobie tylko znanym kierunku, a on szedł obok niej, rozglądając się wokół. Mijali zaniedbane budynki mieszkalne, kilka małych sklepów spożywczych i dziecięcą uczelnię.

– Mari, posłuchaj – zaczął. – Nie chcę cię za bardzo obciążać sobą. Pozwól tylko, że prześpię się jeszcze tę jedną noc u ciebie, a potem znajdę sobie jakiś własny kąt. Dziś już chyba nie zdążę obszukać mieszkań, ale myślę, że z poziomem F uda mi się coś znaleźć. Takich raczej nie przepędzają.

Ona spojrzała na niego przez ramię.

– Armin, możesz zostać u mnie tak długo, jak tylko będziesz potrzebował.

Pokręcił głową.

– Nie, Mari, nie chcę cię krępować – odparł. – Dla mnie to też nie jest komfortowe. Już i tak za dużo dla mnie zrobiłaś.

– Armin…

– Mari, a ty? Czy ty masz już jakąś pracę? – zapytał.

– Jeszcze nie, ale nie martw się o mnie, dam sobie radę – odparła. – Mam tu paru znajomych, z którymi pomagamy sobie wspólnie.

– Na twoim miejscu raczej bym nie liczył na znajomych – odparł. – Ja też myślałem, że mam znajomych, a okazało się, że nie mam nikogo. Tylko ciebie.

Spojrzała na niego.

– Moi znajomi nie są tacy – powiedziała.

– Być może, ale ja bym już szukał pracy. Z twoją prezencją i statusem na pewno od razu coś znajdziesz.

– Właśnie idziemy do takiego miejsca, w którym może znajdę tymczasową pracę – powiedziała. – Co prawda nie oferują tam wiele, ale zawsze to coś.

– Co to za miejsce? – zapytał.

– O, tutaj – powiedziała, zatrzymując się przed jakimś budynkiem.

Armin odczytał napis na murze. Była to ochronka dla dzieci z Chowu.

– Tutaj są wszystkie dzieci, po które nie zgłosili się ich rodzice, którzy je stworzyli – powiedziała.

Armin popatrzył na budynek. Był zbudowany, tak jak większość budynków w tej dzielnicy, z szarego kamienia. Wokół rósł trawnik, a dalej znajdował się plac zabaw, na którym bawiło się kilkoro dzieci.

– Prowadzą go siostry krystalitki, to takie chrześcijanki, które żyją we wspólnocie – wyjaśniła.

– Wiem, kto to siostry krystalitki – mruknął. – Jeżdżą tym samym pociągiem co moje roboty dla królowej.

– Chcą otworzyć uczelnię dla maluchów, ale brakuje im kadry. Pomyślałam, że może mogłabym się zgłosić. Nie mam, co prawda, wielkiego wykształcenia, ale nauczałabym je przynajmniej tego, co już sama umiem.

...zaczęło go ogarniać dziwne wzruszenie...

Spojrzał na nią.

– Chciałabyś tu pracować?

– Czemu nie? – odparła. – Lubię dzieci, a tu jest całkiem spokojna okolica. I miałabym blisko do pracy.

Armin popatrzył jeszcze raz na budynek. Maluchy bawiące się na placu zatrzymały się, widząc tę dwójkę stojącą przed bramą i zaczęły im się przyglądać. Spojrzał na nie, a te zaczęły coś mówić między sobą i chichotać. Nie wiedzieć czemu, zaczęło go ogarniać dziwne wzruszenie.

– Armin…? – zapytała Mari, przyglądając się jego twarzy. – Wszystko dobrze?

Chrząknął.

– Oczywiście. Wchodzimy?

– Tak.

Przeszła pierwsza przez bramę i znaleźli się na dziedzińcu. Dzieciaki z ciekawością podbiegły do nich, jednak zachowały stosowny dystans. Mari zadzwoniła do drzwi. Armin patrzył w tym czasie na dzieci. Zdał sobie sprawę, że już dawno nie widział takich maluchów. W jego świecie biznesów nie istniały dzieci, ani rodziny, były tylko interesy. Już zapomniał, że dzieci były takie małe i niezdarne. Te były trochę brudne, rozczochrane i trochę wystraszone. Spoglądały jednak na nich z ciekawością, jeden przepychając się przez drugiego. Zauważył, że jakiś chłopczyk ściskał przy piersi małego robocika.

– Co tam masz? – zapytał go, pokazując palcem.

Chłopiec cofnął się, przestraszony tym, że nieznajomy odezwał się do niego.

– Nie bój się – powiedział. – Co tam masz?

Chłopczyk spojrzał na swoją zabawkę.

– Mojego lobota – powiedział niewyraźnie. – Ale się zepsuł.

– Pokaż go.

Chłopczyk obejrzał się na inne dzieci, ale te odsunęły się od niego, pozostawiając go z tym samego. Podniósł oczy na Armina. On położył torbę z jedzeniem na ziemi i wyciągnął rękę.

– Pokaż go, to może go naprawię.

W końcu malec przełamał się. Oderwał zabawkę od piersi i zrobił niepewny krok w jego stronę. Armin złapał za robota i obejrzał go ze wszystkich stron. Pogrzebał w jego elektronice, poprzestawiał ustawienia, a potem postawił go na ziemi. Naprawienie go zajęło mu mniej niż minutę.

– Patrz teraz – oznajmił, włączając go.

Robot zaczął chodzić, wydając z siebie buczące dźwięki, a jego oczy zaczęły błyskać światłami. Chłopiec pisnął z radości i aż podskoczył w miejscu.

– Mój lobot działa! – zawołał, a reszta dzieci natychmiast stłoczyła się wokół niego, przypatrując się zabawce.

Robocik chodził dookoła, bucząc i brzęcząc, a dzieciaki biegały za nim, śmiejąc się z uciechy.

– Co tu się…? – usłyszał jakiś głos i zobaczył stojącą w drzwiach kobietę ubraną na biało.

– Witaj, siostro, przynieśliśmy ci coś w darze serca – powiedziała Mari, pokazując jej torbę z jedzeniem.

Ona natychmiast się rozpogodziła.

– Witaj, Mari, niech dobry Bóg wynagrodzi ci twoją ofiarność – powiedziała, biorąc torbę. – Wiesz, że nie trzeba było, już i tak tyle od ciebie dostaliśmy…

Armin tymczasem obejrzał się na robota, który niespodziewanie podszedł do niego, szturchając go w łydkę. Podniósł go z ziemi i podał chłopcu.

– Jak pan to zlobił? – zapytał go chłopiec.

– Co takiego? – zdziwił się.

– Jak pan go naplawił?

– Chcesz wiedzieć, jak go naprawiłem?

– Tak.

– To patrz, pokażę ci – powiedział, klękając przy nim. – Zobacz tutaj…

Zaczął mu pokazywać poszczególne mechanizmy, a malec patrzył zafascynowany. Reszta dzieci stanęła wokół niego w kółku, nie odzywając się ani słowem podczas całego tłumaczenia.

– Następnym razem będziesz już wiedział i sam go sobie naprawiasz – skwitował Armin, oddając mu zabawkę.

– Mari, kim jest ten młody mężczyzna, który z tobą przyszedł? – zapytała siostra krystalitka, która razem z Mari przysłuchiwała się jak objaśniał dzieciom działanie robota.

– To jest mój przyjaciel, Armin – powiedziała Mari z uśmiechem.

– Armin…

Armin podniósł się i zwrócił do siostry.

– Na pewno mnie pani zna – powiedział, podchodząc do niej.

Siostra uniosła brwi.

– Cóż, nie znam nikogo o takim imieniu – stwierdziła. – Skąd pan jest?

Armin popatrzył zdziwiony na nią, potem na Mari.

– Jak to…? Przecież…

– Armin wychowywał się w sektorze ósmym, tam, gdzie ja teraz mieszkam – powiedziała szybko Mari.

Krystalitka zaraz się uśmiechnęła. Widział to poprzez delikatną zasłonę, którą miała na twarzy.

– Ach, więc jest pan stąd – ucieszyła się od razu siostra. – To miło. Myślałam, że jest pan jakimś, hm… bogaczem.

Armin już otwierał usta, ale Mari znów go uprzedziła:

– Poznaliśmy się w pracy – powiedziała szybko.

Siostra pokiwała głową.

– Miło mi pana poznać, panie Arminie – powiedziała, podając mu dłoń. – Jestem siostra Eleonora.

Armin uchwycił delikatnie jej rękę i skłonił się elegancko.

– Jakie maniery… – zdziwiła się siostra – A więc jest pan zapewne z wyższych sfer?

Armin w pierwszej chwili nie wiedział, co jej odpowiedzieć.

– Cóż… Bywałem tu i tam – bąknął.

– Czy pomożesz mi zanieść to jedzenie do kuchni? – zapytała Mari, delikatnie zmieniając temat.

– Oczywiście – odparł, zabierając torby z jedzeniem. – Gdzie to pani zanieść?

– Już, już prowadzę – odparła siostra, otwierając im drzwi do środka.

Weszli do budynku, a siostra poprowadziła ich długim korytarzem. Po drodze widział jakieś sale, a w nich bawiące się dzieci w różnym wieku i inne siostry, które próbowały zapanować nad rozbrykanymi maluchami. Minęli stołówkę i siostra Eleonora zaprowadziła ich na zaplecze kuchni, do spiżarni. Przywitała ich tam tęgawa kucharka, ubrana w biały fartuch i ciemną sukienkę do ziemi. Ona nie miała na sobie szaty krystalitki.

– O, szczęść Boże, cóż za niespodzianka – zagruchała na ich widok. – Jak dobrze, że znów nas odwiedziłaś, Mari, bardzo nam ciebie brakowało, dzieciom rzecz jasna. No i mnie może też trochę! – dodała wesoło, uśmiechając się szeroko.

Na widok Armina zamrugała zaskoczona.

– O… A cóż to…? – zaczęła. – Kto to?

– Mój lobot działa!...

Armin postawił torby z jedzeniem przy regale i skłonił się jej elegancko.

– Witam, szanowną panią – powiedział odruchowo tak, jak zawsze witał się z kobietami z wyższych sfer.

Kobieta natychmiast pokraśniała na twarzy.

– Cóż to za elegancki pan…? – zaczęła nieśmiało, wycierając pospiesznie ręce w fartuch.

– Wiktorio, to jest mój przyjaciel, Armin – przedstawiła go Mari. – Przyszedł mi pomóc.

Armin podał jej rękę, a ona ostrożnie podała mu swoją. Wyglądała na lekko oszołomioną.

– Mari, co się z tobą stało? Nigdy dotąd nie przyprowadzałaś tu nikogo, a teraz… I to jakiego! – palnęła, obrzucając go spojrzeniem od góry do dołu.

Mari poczerwieniała na twarzy i szybko odwróciła się w stronę drzwi.

– Tak, to my już pójdziemy – wybełkotała.

Armin uśmiechnął się wesoło.

– Miło było mi panią poznać – powiedział do kucharki, a ta dygnęła mu lekko, wciąż oszołomiona.

Siostra Eleonora westchnęła ostentacyjnie na ten widok.

– Wiktorio, lepiej zajmij się już podwieczorkiem dla dzieci – powiedziała jej na odchodne.

Opuścili spiżarnię i wyszli na korytarz.

– Siostro Eleonoro – odezwała się Mari. – Chciałabym się ciebie zapytać w sprawie pracy nauczycielki dla dzieci. Wiem, że chcecie otworzyć szkołę i myślę, że ja ze swoimi kwalifikacjami, nadawałabym się do tego idealnie. Poza tym, dzieci już mnie znają i ja znam je, więc… – zawiesiła głos, obserwując reakcje kobiety.

Siostra Eleonora pokiwała głową, ale była dość poważna.

– Cóż, Mari, takie mieliśmy plany – zaczęła, wędrując razem z nimi przez korytarz. – Wyremontowaliśmy już nawet dodatkowy budynek, który udało nam się wykupić od miasta. W zasadzie wszystko jest gotowe, ale chyba będziemy musieli zrezygnować…

– Dlaczego? – zapytała Mari zaniepokojona.

Kobieta westchnęła.

– Nie otrzymujemy dotacji od miasta, więc nie możemy zaproponować zbyt dużej pensji, a nasz ośrodek, jak sama wiesz, nie jest zbyt prestiżowy... A zatem nie zgłosiło się wielu chętnych do pracy z dziećmi – powiedziała smutno. – W zasadzie to tylko ty...
– Och...
Armin zobaczył, że Mari posmutniała gwałtownie.
– Dlaczego nie dostajecie dotacji od miasta? – zapytał siostry. – Przecież każdy budynek użyteczności publicznej otrzymuje sowite dopłaty.
Siostra spuściła wzrok.
– No tak, ale my jesteśmy ośrodkiem chrześcijańskim...
– To co z tego?
Kobieta spojrzała na niego zdziwiona.
– Ośrodki chrześcijańskie nie dostają żadnych dopłat, ani bonusów – powiedziała. – Cud, że w ogóle pozwolili nam założyć tę ochronkę, bo i z tym z początku były problemy.
– Ale... Ale jak to? – zdumiał się. – Przecież to nie do pomyślenia, żeby coś takiego miało miejsce w Języku. To niesprawiedliwe i krzywdzące. Robicie tu dobrą robotę, a widziałem ośrodki, które istnieją tylko z nazwy. Nic nie robią, a biorą masę punktów tylko dlatego, że mają znajomych w zarządzie.
Siostra zatrzymała się przy jednej z sal, gdzie najmłodsze dzieci oglądały właśnie hologramową bajkę. Popatrzyła na maluchy, a potem na swoje dłonie.
– Cóż, dla nas to normalne.
– Dla was... – zaczął Armin, ale urwał zmieszany.
– Dla nas, chrześcijan – dodała siostra. – A pan nie jest chrześcijaninem?
– Nie – powiedział automatycznie, nie zastanawiając się nad tym, co mówi.
– Ach...
Siostra cofnęła się. Wyglądała na zakłopotaną. Spojrzała niepewnie na Mari.
– Siostro, proszę się nie obawiać – powiedziała Mari. – Armin jest przyjacielem, można na nim polegać.
– Tak, no tak... – powiedziała, ale nie wyglądała na przekonaną.

– Cóż, to może już będę się zbierał, a panie sobie porozmawiają – powiedział Armin, wycofując się do wyjścia.

– Nie, Armin, zaczekaj, nie trzeba… – zaczęła Mari, ale on pokręcił głową.

– Przejdę się, przewietrzę i poczekam na ciebie na zewnątrz – powiedział, odchodząc.

Zaczął iść w stronę wyjścia. Nie chciał podsłuchiwać, o czym one rozmawiają, ale i tak usłyszał wyraźnie jak siostra powiedziała do Mari:

– Mari, kogoś ty tu przyprowadziła? Chcesz, żebyśmy miały przez niego kłopoty…?

Nie przypuszczał, że go to w ogóle obejdzie, dlatego zdziwił się, że tak bardzo go zabolało.

Wyszedł z budynku na zalane słońcem podwórko, nie oglądając się za siebie. Wbił ręce w kieszenie i popatrzył na bawiące się dzieci. Chłopczyk i jego robocik byli teraz główną atrakcją placu zabaw. Reszta dzieci krążyła wokół nich jak satelity, chcąc choć na chwilę pobawić się niezwykłą zabawką. Armin przyglądał się temu bezwiednie. Chłopczyk wydawał się być najmniejszy z całej gromadki, najwyżej trzy-czteroletni, i szybko został zdominowany przez starsze dzieci, które w pewnym momencie zabrały mu robocika. Maluch zaczął je gonić, wołając, aby oddały, ale był bez szans. Dzieciaki wspięły się na najwyższe drabinki, a on nie był w stanie wleźć nawet na najniższy stopień.

– Oddajcie go! Oddajcie! To mój lobot! – wołał chłopczyk, ale oni tylko się śmiali.

Malec zaczął płakać. Armin patrzył na to z boku. W końcu widząc, że sytuacja się nie zmienia, a chłopiec coraz głośniej płacze, ruszył się z miejsca.

Zaczął iść w ich stronę, a im był bliżej, tym śmiechy coraz bardziej cichły. W końcu słychać było już tylko płakanie chłopca. Armin stanął na wprost drabinki i spojrzał w górę na dwójkę największych chłopaków, którzy trzymali robota.

– Dobrze się bawicie? – zagadnął.

Tamci nic nie odpowiedzieli, a reszta wokół nich milczała.

– To świetny dzień na zabawę – stwierdził. – Zwłaszcza cudzymi zabawkami, co nie?

Tamci pospuszczali głowy.

– Macie zamiar mu ją oddać, czy będziecie jeszcze się nad nim znęcać, bo jest młodszy?

Chłopcy popatrzyli na siebie niepewnie.

– Ty mu daj – mruknął jeden do drugiego.

– Nie, ty – odparł tamten, odpychając od siebie robota.

Armin wyciągnął do nich rękę.

– Dajcie mi to – zażądał.

Ten, który trzymał robota podał mu z przestrachem, a Armin wziął zabawkę do ręki. Schylił się i podał temu małemu.

– Masz i nie płacz już – powiedział.

Chłopiec wziął od niego robocika i przytulił go mocno do piersi, a potem podniósł wciąż zapłakane oczy na mężczyznę. Armin drgnął. Chłopiec spoglądał na niego z niemym uwielbieniem. W jego oczach był bogiem, który ocalił jego świat od zagłady. Cofnął się. Popatrzył na tych dwóch chłopaków na drabinkach.

– A wy zamiast zabierać mu robota, sami byście zrobili swojego.

Ten pierwszy tylko wzruszył ramionami, ale drugi chłopak, ten który podał mu robota, spojrzał na niego.

– Próbowałem – zaczął. – Ale…

– Próbowałeś? – zainteresował się Armin. – I co ci wyszło?

Chłopak poruszył się nerwowo.

– Mogę panu pokazać… – powiedział niepewnie.

– Pokaż.

Chłopak natychmiast zeskoczył ze szczytu drabinki na trawnik. Był bardzo szczupły i zwinny. Rzucił się, żeby pobiec do ośrodka, ale zatrzymał się naraz.

– A poczeka pan tutaj? – zapytał.

Armin popatrzył na niego.

– Poczekam.

Wówczas chłopak ruszył pędem do budynku. Armin spojrzał na resztę.

– A wy? Umiecie robić roboty?

Reszta dzieciaków pokręciła głowami.

– A co umiecie robić z elektroniki?

Dzieci popatrzyły po sobie. Niektóre wyglądały tak, jakby nie wiedziały nawet co znaczy to słowo.

– Znacie się w ogóle na robotyce?

One znów pokręciły głowami.

– A na matematyce? Projektowaniu? Hologramach?

Dzieci tylko wybałuszały oczy.

– Ja umiem trochę liczyć – powiedziała jakaś starsza dziewczynka, może siedmioletnia.

– Umiesz policzyć powierzchnię tego budynku, mając do pomocy tylko hologramowy kalkulator brył? – zapytał ją.

Dziewczynka poczerwieniała i spuściła wzrok.

– Eee… Chyba… nie… – bąknęła.

– To czego was tam uczą na tej dziecięcej uczelni? – zdziwił się.

– My nie chodzimy do uczelni, bo nie mamy identyfikatorów! – wypalił naraz jeden chłopak.

– Nie macie…? To jak wy żyjecie? – zapytał.

Dzieci podrapały się po głowach i popatrzyły wokół.

– No… tak – odparł chłopiec, pokazując po sobie i na podwórko.

– No tak… – mruknął Armin, patrząc na nich po kolei. – To czego was te siostry uczą? – zapytał.

– Modlenia, sprzątania, rysowania, czytania – zaczęła wymieniać ta starsza dziewczynka.

– Bawienia się zabawkami – powiedział ten mały chłopczyk trzymający robota.

– Gier, muzyki, śpiewania piosenek, tańczenia… – mówiły inne dzieci.

– Brzmi jak straszne nudy – skwitował Armin.

Niektóre z dzieci, te nieco bardziej odważne, roześmiały się na te słowa.

– A nie uczyliście się nigdy projektowania maszyn? – zapytał, ale one pokręciły głowami.

Wtem przybiegł ten chłopak, który poszedł po swojego robota. Podszedł do niego trzymając w rękach jakąś czworonożną konstrukcję.

– Pokaż, co tam masz – powiedział, a chłopak od razu podał mu robota.

Armin wziął go w swoje ręce i zaczął oglądać ze wszystkich stron.

– Ciekawe – stwierdził. – Skalibrowałeś głowicę i dostroiłeś do procesora, który pewnie podebrałeś z robota kuchennego, co? – zapytał, zerkając na niego.

Chłopak przestąpił z nogi na nogę.

– Nie bój się, nie powiem siostrom – dodał, widząc jego niepewną minę.

– Tak, proszę pana – powiedział chłopak.

– Obszedłeś to wejście używając izolatora z paneli słonecznych, a nie pomyślałeś, żeby zamiast izolacji, przepchnąć ten kabel wejściem do ładowarki na baterie?

– A da się tak? – zapytał chłopak, podnosząc na niego szeroko otwarte oczy.

– Oczywiście, że się da – odparł Armin. – Ten robot chodzi?

– Chodził… trochę – powiedział.

– No to sprawdźmy – powiedział, kładąc go na ziemi i uruchamiając.

Robot zgrzytnął, zadygotał i zgasł, przewracając się na bok. Kilkoro z dzieci zaśmiało się na ten widok, ale Armin był poważny.

– On tak cały czas robi i nie wiem, jak go ulepszyć! – wybuchnął nagle chłopak ze łzami w oczach.

Armin spojrzał na niego krótko.

– Ej, spokojnie – powiedział do chłopaka. – Skup się i patrz.

Otworzył wnętrze maszynerii i pokazał mu na poszczególne przyrządy.

– Ten kabel wystarczyło połączyć z tym wejściem, a ten z tym, a zamiast tego…

Zaczął mu tłumaczyć po kolei, a chłopak szybko otarł łzy i przyglądał się uważnie temu co robił Armin. Reszta dzieciaków patrzyła zafascynowana, nie mówiąc nawet słowa. Nawet maluchy siedziały spokojnie.

– A teraz ty spróbuj sam – powiedział do chłopaka. – Jak masz w ogóle na imię?

– Robert – powiedział.

– A ja jestem Armin.

– A ja jestem Lomek! – zawołał malec ze swoim robocikiem.

– To jest Romek, ale on nie mówi R – wyjaśnił Robert.

– Domyślam się – stwierdził Armin. – No więc spójrz, Robert, musisz najpierw zrobić tu tak, a potem…

Podał chłopakowi robota, a ten pojętnie poskładał go tak, jak mu wyjaśnił. Armin stał z boku i obserwował go, a chłopak klęcząc, skręcał części i łączył kable.

– Spróbuj teraz go uruchomić – powiedział Armin.

– Gdybyś miał odpowiedni sprzęt, mógłbyś nawet nim sterować...

Robert otarł ręce o spodnie i włączył robota. Ten błysnął, zgrzytnął, wyprostował się, po czym zaczął maszerować na swoich czterech poskręcanych kończynach.

– Uaaaaa! – zapiszczały dzieci na ten widok. – Ale super!

Robert patrzył zachwycony. Najwyraźniej z wrażenia odebrało mu mowę. Zerwał się zaraz na równe nogi i zaczął iść za robotem.

– Gdybyś miał odpowiedni sprzęt, mógłbyś nawet nim sterować – powiedział Armin, idąc obok niego. – Wystarczy, że zdobędziesz urządzenie do łapania i przechwytywania fal magnetycznych, skalibrujesz je z procesorem, a potem zaprogramujesz na komendy. Mogę ci pokazać jak.

Robert spojrzał na niego z wypiekami na twarzy.

– Na… naprawdę? – spytał.

– No pewnie, to bardzo łatwe – powiedział Armin. – Musisz tylko znowu rozkręcić robota kuchennego i podebrać z niego parę części… – dodał, mrugając do niego jednym okiem.

Robert uśmiechnął się szeroko.

– Ale pan jest mądry – powiedział. – Skąd pan się tak zna na robotach?

Armin uśmiechnął się lekko.

– Konstruowałem je całe moje życie – powiedział.

– Naprawdę? – zdumiał się chłopak. – Ja też zawsze chciałem robić roboty! – wypalił.

– Co naplawdę? Ja też chcę wiedzieć! – zawołał mały Romek, biegnąc za nimi ze swoim robocikiem

Za nim pobiegły inne dzieci i zaczęły przekrzykiwać się jeden przez drugiego.

– Co tu się dzieje? Co to za hałasy? – usłyszeli za sobą zdziwiony kobiecy głos.

Armin obejrzał się i zobaczył Mari w towarzystwie siostry Eleonory.

– Siostro! Siostro! Ten pan naprawił najpierw tego robota Romka, a potem tego drugiego robota Roberta! – zawołały dzieciaki, biegnąc w jej stronę.

– Co? Ja nic nie rozumiem, o czym wy mówicie? – odezwała się siostra, patrząc na dzieci ze zdumieniem. – Co za roboty? Co znowu Robert przeskrobał? Znowu pobił się z Romkiem? – zawołała groźnie.

– Nieee! Siostro! To roboty…! Roboty Romka i Roberta! – krzyczały dzieci.

– Roboty się pobiły…? – zapytała bezradnie siostra.

Dzieci na te słowa roześmiały się chóralnie, a Mari widząc to, również zaczęła się śmiać. Armin obserwował ich z boku. Robert nie pobiegł do siostry, ale stał obok niego, trzymając w rękach swojego robota.

– Proszę pana, a nauczyłby mnie pan tego programowania komend? – zapytał go naraz drżącym głosem.

Armin spojrzał w dół na niego. Chłopak sięgał mu głową do piersi. Mógł mieć jakieś dziewięć lat. Miał duże, wystraszone, szare oczy i ciemnobrązowe włosy.

– A chciałbyś?

– No pewnie! – powiedział gorąco. – Nikt tak nas jeszcze nie uczył jak pan! A siostry w ogóle nie znają się na robotach, tylko ciągle każą nam się modlić i chodzić na Msze i uczą nas głupich i dziecinnych piosenek.

Armin skrzywił się.

– Rzeczywiście porażka – skwitował.

Chłopak uśmiechnął się do niego rozradowany, że on też podziela jego niechęć.

– Słyszałam to, młodzieńcze – odezwała się nagle siostra Eleonora, podchodząc do nich z uwieszoną u jej szaty zgrają maluchów.

Mari stanęła obok i patrzyła na niego z uśmiechem.

– Co prawda nie znamy się na robotyce, ale za to na innych przydatnych rzeczach – powiedziała, marszcząc brwi. – Roboty nie są człowiekowi tak potrzebne do życia jak modlitwa.

– Ale to roboty ułatwiają nam życie – odparł Armin. – Przecież to roboty sprzątają ulice, obsługują budynki użyteczności publicznej, wyręczają ludzi w niebezpiecznych pracach na wysokościach i w trudno dostępnych miejscach, służą obroną, no i są świetnymi fryzjerami – dodał, przeczesując palcami swoje krótkie włosy.

Dzieci roześmiały się. Siostra Eleonora popatrzyła zdumiona jak maluchy odsuwają się od niej i z powrotem zaczynają otaczać Armina wianuszkiem zaciekawionym głów.

– Widzę, że ma pan sporą wiedzę na temat robotów – powiedziała. – I dobre podejście do dzieci.

– Siostro, a może to Armin mógłby zostać drugim tymczasowym nauczycielem w waszej uczelni w ochronce? – zagadnęła naraz Mari.

Armin wytrzeszczył oczy.

– Ja? Nauczycielem? – zdumiał się

Dzieci popatrzyły na Armina i po chwili krzyknęły jednogłośnie:

– TAAAAK!

Siostra wzdrygnęła się i złapała się jedną dłonią za serce.

– Cisza! Na litość Boską, co się z wami dzieje? – jęknęła. – Przestańcie krzyczeć, przecież jeszcze żadnej szkoły nie otworzyliśmy, na razie dopiero…

Ale dzieci nie przestawały krzyczeć i na dodatek zaczęły skakać wokół Armina, skandując jego imię. Armin patrzył na to z niedowierzaniem. Poczuł, że na policzki wbiega mu rumieniec. Sam nie wiedział, co się z nim dzieje, ale widząc ich roześmiane twarze, poczuł, że robi mu się ciepło na sercu. Chciał się wycofać, ale one otoczyły go kołem i nie miał jak wyjść. Mari śmiała się w głos i klaskała do rytmu razem z wołającymi dziećmi. Armin pierwszy raz widział ją taką wesołą. Po chwili zaczęła tłumaczyć coś na ucho siostrze, ale ta kręciła nosem.

– Musiałabym porozmawiać z matką przełożoną, a ona jest bardzo surowa w doborze swoich pracowników – powiedziała siostra Eleonora. – A poza tym nie wiem czy sam zainteresowany chciałby przyjąć taką pracę…

Dzieci jak na komendę przestały krzyczeć i spojrzały na Armina wyczekująco.

– Ja? No cóż… Nigdy nie byłem nauczycielem małych dzieci i w ogóle żadnych dzieci, a jedyne, na czym się znam to roboty, elektronika i wszelkie sprzęty, więc no… – zaczął się wykręcać.

– Proszę, niech pan nas uczy o robotach! – zawołał Robert, podchodząc do niego.

Armin zrobił krok w tył, ale zaraz natrafił na innego brzdąca, Romka, który uczepił się jego nogawki.

– Ploszę, panie Alminu, ja też chcę o lobotach – wypaplał.

Inne dzieci powtórzyły za nim.

– Ja też! Ja też!

– Armin obecnie jest bez pracy – powiedziała Mari do siostry Eleonory. – Jest na poziomie F i… Jest mu dość ciężko – dodała.

– F? Taki człowiek z taką wiedzą i z takim obejściem? – zdziwiła się siostra. – Myślałam, że jest znacznie wyżej.

– Różnie to w życiu bywa – powiedział Armin, odsuwając od siebie dzieci i podchodząc do nich. – Nie ukrywam, że praca z robotami byłaby dla mnie wielce satysfakcjonująca, ale rozumiem wasze poglądy i nie chcę wam sprawiać kłopotów – dodał. – Poza tym, co ze mnie za nauczyciel, nie mam przecież żadnego szkolenia ani kursu, a i cierpliwości też za bardzo nie posiadam.

Dzieci ucichły, a niektóre posmutniały.

– No ale jednak jakieś podejście pan ma… – zaczęła siostra, spoglądając na zawiedzione miny dzieci. – Może jednak coś by się dla pana znalazło w naszej uczelni, choćby tymczasowego. A z tą cierpliwością to wie pan, tu brakuje czasem takiej, hm… że tak powiem, twardszej ręki, zwłaszcza do chłopców.

Dzieci patrzyły w napięciu.

– Chodźcie, pobawimy się w kółku – powiedziała naraz do nich Mari, łapiąc dwoje pierwszych maluchów za pulchne rączki i pociągając je za sobą.

Reszta dzieci pobiegła za nią, rozbawiona. Kiedy byli już nieco dalej, siostra Eleonora podeszła do Armina.

– Obserwowaliśmy pana chwilę, jak bawił się pan z dziećmi tym robotem – powiedziała. – Muszę przyznać, że byłam zdumiona widząc, jakie były przy panu grzeczne, zwłaszcza Robert, a ten to jest prawdziwy urwis.

– Nie bawiłem się, tylko wyjaśniałem im działanie – powiedział.

– Więc umie pan dobrze wyjaśniać.

Armin uśmiechnął się lekko.

– Z tego głównie żyłem – powiedział.

– Pracował pan kiedyś w robotyce? – zapytała.

– Taak, można tak powiedzieć – odparł wymijająco. – Ale pojęcia o dzieciach nie mam żadnego.

– A ma pan swoje dzieci? Rodzinę?

– Nie.

Siostra tylko pokiwała głową. Popatrzyła jak Mari bawi się w oddali z gromadką na placu w jakąś grę. Armin spojrzał w tamtą stronę. Mari, która zawsze była dość cicha i powściągliwa, teraz tryskała energią i śmiała się głośno. Obserwował ją dłuższą chwilę z uśmiechem.

– Wie pan co, tym dzieciom tak naprawdę potrzeba rodziny – stwierdziła siostra. – One od początku nie miały lekko. Nikt ich nie chciał. Stworzono je, ale o nich zapomniano, albo się ich wyparto. Niestety, taki jest tutaj system. Dzieci można produkować, ale już potem nikt nie myśli o tym, aby się nimi zająć... – powiedziała smutno.

Umilkła na chwilę. Armin spojrzał na nią.

– Mogły trafić albo do Poczekalni, gdzie nikt by się o nie nie troszczył i byłyby tylko bezimiennymi numerami, albo prosto na utylizację. Nie mogłyśmy do tego dopuścić. Zaczęłyśmy je wykupywać, zaczynając od najstarszych po najmłodszych i zabierać je stamtąd tutaj. Wspólnymi siłami, dzięki pomocy naszych darczyńców, udało nam się stworzyć tę ochronkę. Teraz marzymy o szkole.

Westchnęła.

– Staramy się jak możemy, aby zapewnić im dom i opiekę, nie tylko miejsce do spania i wyżywienie, ale jest to trudne przy takiej liczbie dzieci. Poza tym jesteśmy tylko kobietami i niekiedy nasze metody wychowawcze nie wystarczają, zwłaszcza na rozbrykanych chłopaków. Są bardzo zagubieni...

Siostra spojrzała na niego.

– Te dzieci potrzebują jakiegoś męskiego wzorca, kogoś, kto choć w niewielkim stopniu zastępowałby im ojca, którego one nigdy nie miały.

– I co pani myśli, że niby ja...? – zaczął, a ona potrząsnęła głową.

– Nie, ja niczego panu nie sugeruję – powiedziała szybko. – Po prostu mówię, jakie tu mamy potrzeby.

Milczeli dłuższą chwilę. Armin popatrzył znów na Mari, jak bawi się z dziećmi. Ten widok sprawiał mu niewymowną radość, o którą sam siebie nawet nie podejrzewał.

– Pani wie, że ja nie jestem chrześcijaninem – powiedział cicho.

– Wiem – odparła. – Mari sporo mi o panu opowiadała. W samych superlatywach… – dodała znacząco.

Armin spojrzał na nią

– A Mari nie należy do osób, które by przesadzały, fantazjowały lub zachowywały się irracjonalnie. To bardzo porządna dziewczyna.

Pokiwał głową, zgadzając się.

– Znamy ją już od dłuższego czasu – mówiła dalej siostra. – Jest jednym z naszych najhojniejszych darczyńców. To głównie dzięki jej wsparciu udało nam się wyremontować budynek szkolny.

Armin drgnął, przypominając sobie jakie wydatki miała Mari, o których nie chciała mu wspominać.

– Często także tu przychodzi i opiekuje się dziećmi. Ma do nich złote serce i anielską cierpliwość.

– Nie tylko do nich – mruknął Armin.

Siostra Eleonora uśmiechnęła się ukradkiem.

– Gdyby… – zaczęła, zerkając na niego. – Gdyby zdecydował się pan zostać nauczycielem w naszej ochronce, otrzymałby pan również osobne mieszkanie w naszym odnowionym budynku szkolnym – powiedziała. – To tuż za ochronką na końcu tego podwórka – dodała, pokazując na niski budynek. – Miałby pan także dostęp do naszej stołówki.

Armin spojrzał na nią zaskoczony.

– Wiem, że obecnie nie ma pan za bardzo gdzie się podziać, Mari mi mówiła… – powiedziała. – Może mógłby to pan rozważyć?

– Jeszcze przed chwilą byłem przekonany, że nie chciała pani słyszeć o tym, żebym uczył robotyki – powiedział zdziwiony. – A teraz sama mnie pani do tego zachęca. Co się zmieniło?

Siostra popatrzyła na dzieci bawiące się z Mari.

– Zobaczyłam ich reakcję na pana – powiedziała poważnie. – Zaimponował im pan.

Mari, która zawsze była dość cicha i powściągliwa, teraz tryskała energią...

– Nie miałem takiego zamiaru – odparł szczerze.
– Wiem – powiedziała. – I one też to wiedzą. Widzą, że nie chce ich pan przekupić, ani obłaskawiać. To dlatego tak do pana lgną. Dzieci od razu wyczuwają, kto jest dobry i autentyczny w tym co robi. A pan to ma.

Spojrzała na niego.

– Ma pan tę charyzmę, która ich trzyma w ryzach i pasję, która jest ich w stanie zaciekawić. No i traktuje je pan poważnie, a to, jak zaobserwowałam, nawet na maluchach zrobiło wrażenie. Tych dzieci nikt nie traktuje poważnie...

Armin spuścił wzrok.

– W całym swoim życiu nie otrzymałem tyle komplementów, ile dziś w ciągu jednego dnia – powiedział zmieszany.

– Nie chcę pana namawiać – powiedziała siostra. – Dopiero ruszamy z tą szkołą. Musiałabym jeszcze porozmawiać z matką przełożoną, ale… – zawiesiła głos i zerknęła na niego. – Gdybym miała dwoje nauczycieli, moglibyśmy już zacząć. A wówczas i pan dostałby pracę, i Mari. Pracowalibyście razem.

Armin popatrzył na nią.

– Niech pan to sobie przemyśli.

Armin spojrzał znów na Mari, a potem na siostrę.

– Przemyślę to – odparł.

– A zatem będziemy w kontakcie? – spytała, podając mu rękę.

Armin ujął delikatnie jej dłoń i skłonił się szarmancko.

– Oczywiście.

W tej samej chwili przyszła do nich Mari. Policzki miała zaczerwione od intensywnej zabawy, a oczy roziskrzone. Armin uśmiechnął się na jej widok.

– Wygląda na to, że jesteś w swoim żywiole – stwierdził, kiedy się zbliżyła.

– Oj, tak – odparła, ocierając pot z czoła. – Ale te maluchy potrafią dać w kość.

Obróciła się w stronę bawiących się dzieci.

– Teraz bawią się w naprawianie robotów – powiedziała, pokazując na grupkę kucającą na ziemi.

– No dobrze, dzieci, koniec zabawy! – zawołała siostra Eleonora. – Chodźcie, zaraz będzie podwieczorek!

Dzieci zaczęły jęczeć i niechętnie podnosić się z ziemi.

– Pożegnajcie się z ciocią Mari i panem Arminem.

Na te słowa dzieci przybiegły do niej w okamgnieniu, zdyszane.

– Już idziecie? – jęknęły. – Nie idźcie! Zostańcie jeszcze! Prosimy! Prosimy! – wołały.

– Przyjdziemy jeszcze do was – powiedziała uspokajająco Mari. – Nie martwcie się.

– A pan też przyjdzie? – zapytał Robert, wychodząc do przodu.

Pod pachą trzymał swojego robota. Za nim stał mały Romek ze swoją zabawką. Patrzyli na niego w napięciu. Cisza zaczęła się przeciągać. Armin zdał sobie sprawę, że wszyscy, i dzieci, i Mari, i siostra krystalitka, patrzą na niego wyczekująco. Wziął głęboki oddech.

– Przyjdę.

ROZDZIAŁ X

Siedział przy biurku w pustej sali i po kolei sprawdzał prace dzieci. Były to nagryzmolone kredkami na kartkach papieru rysunki przedstawiające jakieś pokraczne kształty. Prace były zatytułowane „Mój robot przyszłości". Armin patrzył na fantastyczne konstrukcje, latające maszyny, roboty o ludzkim kształcie gotujące w kuchni i zajmujące się dziećmi. Przyglądał się każdej z nich, oceniał, biorąc pod uwagę wiek i zdolności manualne dziecka i odkładał na miejsce.

Minęło już kilka tygodni odkąd podjął pracę w szkole. Szybko zdał sobie sprawę, że robotyka i matematyka to nie są mocne strony dzieciaków i musiał zaczynać z nimi od podstaw. Wszystkiego trzeba ich było nauczyć i choć chłonęły wiedzę jak gąbki i były grzeczne, maluchom trudno było wysiedzieć w ławkach razem ze starszymi dziećmi, więc wynajdował im łatwiejsze zadania, jak rysowanie. Często zamieniali się z Mari, ona brała maluchy, a on coś ćwiczył ze starszakami, potem ona uczyła starsze dzieci, a on brał młodsze. Widział, że imponował im, zwłaszcza najstarszym chłopakom jak Robert i jego koledzy. Przychodzili do niego z każdym pytaniem, a ponieważ mieszkał z nimi na miejscu, często nie mógł się od nich odpędzić.

Mari była przeszczęśliwa, widział to w jej oczach, w każdym jej spojrzeniu, które mu posyłała, gdy na przerwie jedli obiad razem z innymi pracownikami ochronki i siostrami. Choć pensję miał malutką, bo tylko kilkadziesiąt punktów tygodniowo, pozwalało mu to na zakupienie sobie potrzebnych rzeczy. Jego miniaturowe mieszkanko, które znajdowało się nad dziecięcą uczelnią, przypominało metrażem mieszkanie Mari. Co dzień przyłapywał się na tym, że brakuje mu jego przestronnego apartamentu i osobnej sali do projektowania, basenu, siłowni, autolotów, robota na każde jego zawołanie, tego wszystkiego, co zawsze miał pod ręką. Jego świat przybrał rozmiar dziecięcy, skurczył się do malutkiej sali szkolnej i malutkiego mieszkanka.

Przeglądał pracę za pracą, a gdzieś z tyłu głowy natrętny głos szeptał mu:

„Zobacz, jak skończyłeś, jako niańka w szkole dla biedoty..."

Starał się go nie słuchać, ale za każdym razem bolało go tak samo. Ciężko mu było pogodzić się z jego obecnym stanem i nie potrafił się przyzwyczaić do braku punktów i wysokiego stanowiska. Najgorzej było wieczorami, kiedy zmęczony pracą z wiecznie domagającymi się uwagi dziećmi, siadał w fotelu w swoim mieszkaniu i patrzył przed siebie na wieżowce w centrum. Widział stamtąd także bardzo wyraźnie wieżowiec ArminRobot.

„Zobacz, jak skończyłeś..."

Dopadały go coraz większe wątpliwości i nie wiedział, jak długo tak jeszcze wytrzyma. Nie mówił o tym nikomu, zwłaszcza Mari, ale coraz trudniej było mu udawać.

– Jeszcze tu jesteś? – usłyszał naraz jej głos.

Drgnął i podniósł na nią zmęczony wzrok. Stała w drzwiach salki i spoglądała na niego z uśmiechem.

– Czy przeszkadzam? – spytała, widząc jego spojrzenie.

– Nie, nie przeszkadzasz – powiedział szybko, przywołując na twarz wymuszony uśmiech.

– Coś się stało? Nie było cię na kolacji… – zaczęła, podchodząc do jego biurka.

– Nic się nie stało, jestem tylko trochę zmęczony – powiedział wymijająco, pocierając oczy.

Mari stanęła obok i popatrzyła na rozłożone prace dzieci.

– Och, jakie ładne – powiedziała, przyglądając się im z ciekawością. – Same to narysowały?

Armin tylko mruknął coś niewyraźnie. Mari zaczęła przekładać kartki, zatrzymując dłużej wzrok na dziecinnych rysunkach.

– Armin, spójrz, to jesteś ty – powiedziała naraz, pokazując mu na jedną z prac. – Zobacz, Romek narysował ciebie. Jakie to urocze, spójrz tylko…

Armin spojrzał bez zainteresowania. Na obrazku dostrzegł podobiznę małego chłopca oraz samego siebie jak naprawia trzymającego w dłoniach małego robota.

– No tak… – odparł tylko.

– Musiał cię bardzo polubić – stwierdziła Mari. – Zresztą jak wszystkie dzieci. Nie słyszałam, żeby jakieś się na ciebie skarżyło. Czasem tylko maluchy narzekają, że zadajesz im za dużo prac domowych, ale znowuż starszaki marudzą, że za mało i że to za łatwe. Ech, nie wszystkim da się dogodzić… Ale myślę, że całkowicie zawróciłeś im w głowie. One nie miały tu jeszcze nikogo takiego jak ty. Mam na myśli takiego mężczyzny. Co prawda od czasu do czasu w lecie przychodzi jeden znajomy ogrodnik i niekiedy pomieszkiwał w tym pokoju, w którym mieszkasz teraz ty, ale…

Armin słuchał tego szczebiotu jednym uchem. Myślami był zupełnie gdzie indziej. Wtem poczuł, że ona dotyka jego ramienia.

– Co…? – zapytał, patrząc na nią, pewien, że o coś go spytała.

– Armin, wszystko dobrze?

– Oczywiście.

– Jesteś jakiś… nieobecny – powiedziała, przyglądając mu się uważniej.

– Wydaje ci się – stwierdził, podnosząc się z krzesła.

Zebrał prace i włożył je do szafki. Czuł na sobie spojrzenie Mari, ale specjalnie unikał jej wzroku. Nie miał teraz ochoty na rozmowę.

– Armin, może chcesz coś zjeść? – zapytała.

– Nie, nie jestem głodny – odparł. – Pójdę już do siebie.

– Dobrze… Przepraszam, jeśli ci w czymś przeszkodziłam – dodała ciszej.

– Nie, Mari, to nie chodzi o ciebie… – zaczął.

– A o co? – zapytała.

Obejrzał się na nią. Stała na wprost niego ubrana jak zawsze nienagannie. Tym razem miała na sobie delikatną, letnią sukienkę.

– O nic – powiedział tylko i skierował się do wyjścia.

Mari poszła za nim. Wyszli na dziedziniec. Był ciepły wieczór. Niebo powoli szarzało na zachodzie. Armin chciał od razu pójść, ale ona naraz złapała go za dłoń, zatrzymując go przy sobie.

– Armin – powiedziała.

Obejrzał się na nią.

– Mam wrażenie, że czegoś mi nie mówisz.

– A co chcesz, żebym ci powiedział? – zapytał, obracając się w jej stronę.

– Prawdę – odparła. – Powiedz mi prawdę.

– Jaką prawdę?

Zdawał sobie sprawę, że jego głos stawał się coraz bardziej szorstki, choć starał się tego uniknąć.

– Armin, jak ty się tu odnajdujesz?

– Jak ja się tu odnajduję… – powtórzył zamyślony.

Popatrzył na budynek ochronki. Widział w oknach zapalone światła. Oznaczało to, że dzieci były już w swoich pokojach.

– Niezbyt.

– Ależ…

Poczuł, że ona puszcza jego dłoń.

– Myślałam, że lubisz to zajęcie… – powiedziała zgaszona.

On milczał.

– Sądziłam, że skoro zgodziłeś się zostać nauczycielem, to znaczy, że podoba ci się ta praca i…

Spojrzał na nią. Widział w jej oczach, że była tym naprawdę zmartwiona i nieco zaskoczona.

– Mari, uczenie dzieci to nie jest coś, co chciałbym robić w swoim życiu.

– Ale… ale myślałam, że… Przecież one tak cię uwielbiają… I siostry krystalitki są takie zadowolone z postępów dzieci i… I ja…

Patrzyła na niego bezradnie.

– Dlaczego nie powiedziałeś mi wcześniej?

Spuścił wzrok. Kopnął mały kamyk.

– Nie chciałem cię smucić – mruknął. – Wiem, że ty kochasz tę pracę z dziećmi, a ja, no cóż…

Podniósł na nią wzrok.

– Ja jestem stworzony do trochę innych rzeczy.

– Do robotów? – zapytała dość cierpko.

– Tak, Mari, do robotów.

Westchnęła ciężko.

– Myślałam, że po tym, jak cię potraktowali Wielcy Rządzący, trochę zmienisz nastawienie… – powiedziała.

– Co masz na myśli? – zdziwił się.

Wzruszyła ramionami.

– Myślałaś, że porzucę robotykę na zawsze? – zapytał.

– Tak myślałam… – mruknęła.

– Mari, ale roboty to jest całe moje życie, ja je projektowałem od dziecka, to moja największa pasja. Nie potrafię robić niczego innego.

Mari spochmurniała.

– Ale to są *tylko* roboty.

– To nie są *tylko* roboty, to są *moje* roboty – powiedział.

– Mówisz jak mały Romek – stwierdziła.

Ściągnął brwi.

– Mari, przyjąłem tę pracę tylko dlatego, że siostry oferowały mi dodatkowo mieszkanie – powiedział. – A zgadzając się wiedziałem, że również i ty dostaniesz dzięki temu pracę, ale Mari... Ja nie zostanę tu na zawsze.

– To dokąd chcesz się udać? – spytała.

– Jeszcze nie wiem, wciąż czegoś szukam, czegoś bardziej związanego z moją działalnością, ale nigdzie nie chcą osób z poziomu F...

– Nie wiedziałam, że szukasz pracy... – powiedziała zbita z tropu. – Nic mi nie mówiłeś.

Armin popatrzył w dal, w stronę centrum miasta.

– Szukałem też nauczyciela na moje zastępstwo, ale siostry miały rację, nikt nie chce pracować za takie marne grosze – dodał.

– Armin, naprawdę chcesz stąd odejść? – zapytała smutno. – A co będzie z tymi dziećmi? Chcesz je tak zostawić?

– To nie są moje dzieci – odparł. – Ja ich nie wyprodukowałem.

– Armin, jak możesz tak mówić? – żachnęła się. – Przecież to są ludzie, a nie maszyny. Ludzi się nie produkuje, tylko...

– Nieważne, Mari, nieważne – powiedział, rozdrażniony całą tą wymianą zdań. – Wybacz, jestem już zmęczony. Lepiej jak już się położę – stwierdził, odwracając się w stronę wejścia do swojego mieszkania.

– Armin, te dzieci cię kochają.

– Pokochają tak samo innego nauczyciela – odparł.

– Armin, ale... – zawahała się. – Mnie też tak zostawisz jak te dzieci?

Armin zatrzymał się i obejrzał się za siebie.

– Mari, naprawdę myślałaś, że będę cały czas nauczycielem w tej dziecięcej uczelni razem z tobą?

Mari nie odpowiedziała. Zauważył tylko łzy w jej oczach, które mówiły mu więcej niż słowa. Zmieszał się.

– Mari, zrozum, ja nie jestem taki jak ty – powiedział miękko. – Mnie do szczęścia nie wystarczy trochę punktów, opieka nad dziećmi i wiara w niewidzialnego Boga. Ja po prostu tego nie czuję, to nie jest mój świat i nie potrafię się do czegoś takiego przystosować. Jeśli muszę, to zaciskam zęby i pracuję, ale męczy mnie to coraz bardziej. Ja mam trochę inne oczekiwania od życia, wiesz? Na czym innym bardziej mi zależy.

– Na czym ci tak najbardziej zależy? – zapytała.

Westchnął.

– Na robotach – powiedział. – Na projektowaniu, tworzeniu, na mojej pracy.

– Na robotach… – powtórzyła głucho. – No tak…

Zobaczył jak dwie wielkie łzy spływają jej po policzkach.

– Mari, nie płacz – powiedział. – Przykro mi, że to cię tak rani, nie miałem zamiaru sprawiać ci przykrości. To dlatego nie chciałem ci tego mówić…

– Chciałeś sobie tak odejść po cichu? – spytała drżącym głosem.

On patrzył na nią chwilę.

– Mari, przecież nadal bym cię odwiedzał – powiedział. – Jesteś moją najbliższą przyjaciółką i tak wiele ci zawdzięczam. Nie zostawiłbym cię tak. Zawsze mogłabyś liczyć na moją pomoc.

Ona tylko pokiwała głową, ale wyglądała jakby miała już dosyć tej rozmowy. Widział w jej oczach zawód na słowo „przyjaciółka".

– Niepotrzebnie się ciebie pytałam… – mruknęła.

– Być może – odparł.

– Czasem lepiej nie wiedzieć, co się kryje w drugim człowieku, bo można się tylko zawieść – powiedziała z goryczą.

Armin zrobił krok w jej stronę.

– Mówisz tak, jakbym to ja ciebie w czymś zawiódł – powiedział spokojnie. – A przecież ja ci niczego nie obiecywałem.

Popatrzyła na niego zdumiona. Widział, że zaczerwieniła się bardzo. Spuściła wzrok.

– W takim razie nie będę ci przeszkadzać – powiedziała cicho.

– Mari, nie…

Ale ona odwróciła się na pięcie i poszła przez plac w stronę ulicy.

– Mari…

Armin patrzył za nią chwilę. Wiedział, że już było za późno. Słyszał, jak płakała. Przez chwilę naszła go myśl, aby pobiec za nią, ale zamiast tego odwrócił się i skierował się do swojego mieszkania. Zły i rozgoryczony, usiadł w fotelu. Brakowało mu drinka, którym uśmierzyłby ból serca, więc tylko zacisnął dłonie w pięści. Popatrzył na światła miasta, wśród których, jak zawsze wyróżniał się błyszczący wieżowiec ArminRobot. Zrozumiał, że jeśli czegoś z tym w końcu nie zrobi, oszaleje.

✶✶✶

Następnego dnia dzieci miały wolne ze względu na jakieś chrześcijańskie święto, które obchodziły siostry krystalitki. Wiedział, że Mari i jej znajomi również pójdą na swoją uroczystość do sali, którą wynajmowali, a która kiedyś była pracownią stolarską. Był tam z nią raz, bo bardzo go o to prosiła, ale nie zrobiło to na nim wrażenia. Uroczystość chrześcijańska, którą obchodzą co tydzień, była bardzo skromna. Przyszło na nią zaledwie kilkadziesiąt osób. Stali, siadali i klękali na specjalne wezwania kapłana. Trochę go to nudziło, zwłaszcza, że niewiele z tego rozumiał, ale chcąc uszanować ich religię, stał z boku starając się wtopić w tłum. Więcej już tam nie poszedł.

Tego dnia zszedł trochę później niż zwykle na śniadanie do wspólnej stołówki. W nocy nie mógł dobrze spać. Zauważył, że wszyscy byli odświętnie ubrani, nawet dzieci, zapewne z powodu uroczystości. Starał się odszukać wzrokiem Mari, ale nigdzie jej nie widział.

– Nie widzieliście Mari? – zapytał dzieci siedzące nieopodal przy osobnym stoliku.

– Nie, panie Arminie – odparły grzecznie.

– Mari wyszła dziś wcześniej – powiedziała siostra Eleonora, zajmując miejsce obok niego. – Powiedziała, że chce przygotować ołtarz na procesję.

Armin w milczeniu skinął głową.

– Wie pan, dziś mamy wielkie święto – dopowiedziała siostra, zerkając na niego.

– Domyślam się – stwierdził.

– Wie pan jakie?

Pokręcił głową.

– Nie, ale pewnie to dla was ważne – powiedział.

– Oj tak, dziś świętujemy uroczystość Ciała i Krwi naszego Pana, Jezusa Chrystusa – wyjaśniła. – W skrócie jest to Boże Ciało.

– Boże Ciało… – mruknął. – No tak.

Zabrał się do jedzenia. Siostra w milczeniu jadła swoją porcję obok niego, odchylając lekko zasłonę. Nie rozumiał, czemu one nosiły te chustki, skoro przeszkadzały im w posiłkach, ale nie komentował tego. Taki widocznie miały zwyczaj.

– Z tej okazji budujemy cztery ołtarze i robimy niewielką procesję – powiedziała po chwili. – Co prawda jest to procesja w dość okrojonym składzie, kiedyś bywały większe, na całe ulice, ale teraz tylko w kilkadziesiąt osób będziemy wędrować od ołtarza do ołtarza, aby pokłonić się naszemu Panu.

– Nie boicie się, że zaalarmujecie tym Wielkich Rządzących? – zapytał.

– Na tę procesję akurat co roku mamy pozwolenie, musimy tylko trzymać się wyznaczonych ulic – odparła. – Są to zazwyczaj tereny najdalej wysunięte od centrum, w rejonie dziesiątym i jedenastym. W tym roku będziemy wędrować ulicą sto osiemdziesiątą w rejonie jedenastym.

– To zaraz przy utylizatorach – zauważył. – To chyba niezbyt miła okolica na świętowanie…

Siostra spuściła wzrok.

– Tylko tam pozwolono nam odbywać nasze święto – powiedziała.

– No tak… – mruknął, nie wdając się w dalszą dyskusję.

Skończył śniadanie i podniósł się z miejsca.

– Zaczynamy w samo południe – powiedziała, podnosząc na niego wzrok. – Oczywiście jest pan zaproszony.

– Dziękuję, ale nie skorzystam – odparł, starając się, aby zabrzmiało to wystarczająco uprzejmie.

Siostra uśmiechnęła się grzecznie i nic więcej nie powiedziała. Armin skinął jej na pożegnanie i wyszedł z sali. Po drodze natknął się na kilku chłopców, w tym Roberta.

– Proszę pana! Będzie pan szedł z nami? – zawołał na niego.

– Dokąd? – zdziwił się Armin.
– No… na Boże Ciało! Ja będę trzymał sztandar! – oznajmił z dumą Robert.
– Dziś nie dam rady – powiedział wymijająco.
– Ale… ale… – zaczął chłopak, ale Armin szybko ich wyminął i opuścił budynek.

Nie mając autolotu musiał tak jak większość biedoty podróżować pieszo bądź busolotem. Przeszedł przez osiedle i stanął na przystanku, sprawdzając linię. Postanowił wykorzystać ten wolny dzień na szukanie pracy. Miał na oku kilka miejsc, w których chciał popytać.

Po chwili przyleciał podłużny pojazd, z którego zaczęli wysypywać się ludzie. Armin wcisnął się do środka, kiedy zwolniły się miejsca i usiadł przy oknie. Pojazd uniósł się w powietrze i zaczęli leniwie sunąć. Armin popatrzył bezwiednie w ekran, który znajdował się w busolocie. Wyświetlały się na nim najnowsze informacje z miasta. Odcięty od swoich kontaktów, był zmuszony czerpać wiedzę o tym, co się działo w świecie z ekranów, tak jak wszyscy zwykli ludzie.

– *Chrześcijańska królowa Elena twierdzi, że nadal nie otrzymała swojego towaru i wystosowała hologram w tej sprawie, grożąc sankcjami wojskowymi* – powiedziała spikerka.

Armin zamrugał zaskoczony.

– Co…?

– *Wielcy Rządzący, wyczuwając w tym spisek, postanowili nie reagować na agresywną zaczepkę królowej* – mówiła dalej.

Obraz pokazał dumną królową w otoczeniu swojego wojska, która mówiła coś z ekranu, ale nie było słychać jej głosu. Dźwięk włączono dopiero na słowa:

– *… będziemy zmuszeni interweniować!*

Armin patrzył na to z przekąsem.

– *Wielcy Rządzący przypominają, że to chrześcijanie wciąż nielegalnie demonstrują w mieście, zakłócając spokój wewnętrzny, a swoją arogancką postawą uprzykrzają życie pozostałym obywatelom* – mówił głos.

Na ekranie pojawił się Oscar, Wielki Rządzący. Na jego widok Armin zacisnął mocno szczęki.

– *Tym razem nie możemy przyglądać się temu obojętnie* – powiedział z ekranu Oscar. – *Musimy wreszcie zrobić z nimi porządek!*

Na jego słowa rozległy się oklaski i na ekranie pokazano tłum zachwyconych ludzi skandujących pod siedzibą Wielkich Rządzących. Niektórzy mieli ze sobą transparenty z napisem „Precz z chrześcijaństwem!"

Niektórzy pasażerowie busolotu słysząc to, także zaczęli klaskać, a potem skrupulatnie sprawdzali liczbę punktów jaką za to otrzymali. Armin nie zareagował. Odwrócił wzrok od ekranu i nie słuchał dalszych wieści. Zaraz zresztą był jego przystanek, więc przepchnął się do drzwi i wysiadł.

Znalazł się w ścisłym centrum. Nad jego głową szybowały autoloty, a piesi przemieszczali się szybko po ruchomych chodnikach. Armin wsiadł na jeden z nich, który zawiózł go prosto do biura pośrednictwa pracy. Uprzejmy robot przywitał go przy wejściu i zaprowadził do odpowiedniego gabinetu. Za biurkiem siedział urzędnik, przeglądając hologramy.

– Pan był umówiony na dziś – oznajmił robot, stając w drzwiach.

Urzędnik spojrzał na nich, po czym zamknął hologramy.

– Proszę – powiedział beznamiętnie.

Armin, ubrany w swoją najlepszą marynarkę, eleganckie spodnie i koszulę, skłonił się lekko na przywitanie.

– Witam, szanownego pana – powiedział od progu.

Tamten uniósł brwi.

– Proszę usiąść – powiedział nieco milej, pokazując fotel na wprost siebie.

Armin rozsiadł się wygodnie, opierając ramiona na podłokietnikach.

– Proszę się uaktywnić – oznajmił urzędnik.

Armin wyciągnął prawą dłoń i pokazał swój identyfikator ze wszystkimi danymi. Urzędnik patrzył na to długo z nieodgadnionym wyrazem twarzy.

– A więc jest pan z F… – powiedział po chwili milczenia.

Armin poruszył się na fotelu.

– Obecnie tak.

– A kiedyś był pan na innym poziomie?

– Tak, byłem na wyższym – powiedział. – Znacznie wyższym.

– Ach… – mruknął. – A można wiedzieć, co się stało, że spadł pan tak nisko?

– To moja prywatna sprawa – uciął.

– Hm…

Urzędnik popatrzył na niego uważnie.

– Ja pana chyba skądś kojarzę.

Armin nic na to nie odpowiedział.

– Przypomina mi pan tego… no… takiego jednego aktora… – dodał niepewnie.

– Być może – stwierdził.

– A jest pan nim?

– Kim?

– No tym aktorem?

Armin zmarszczył brwi.

– Nie jestem aktorem.

– Aa… Szkoda – mruknął urzędnik. – To by z pewnością zwiększyło pana szanse na rynku.

– Nie wydaje mi się – stwierdził Armin, zamykając swój hologram.

Urzędnik poprawił się na krześle.

– To w takim razie czym się pan zajmuje?

– Obecnie pracuję jako nauczyciel robotyki i matematyki w ochronce dla dzieci, ale głównie zajmowałem się programowaniem, tworzeniem i ulepszaniem maszyn i robotów.

– Hm…

Urzędnik załączył jakiś hologram.

– To może spróbowałby pan w dziale informatyki w naszym biurze po przeciwnej stronie ulicy?

– Już próbowałem – odparł Armin. – Nie chcieli F.

– Hm, no tak…

Urzędnik znów załączył jakieś hologramy.

– O, tu będzie dobra oferta dla pana – powiedział, powiększając hologram. – ArminRobot potrzebują nowych ludzi do składania robotów. A pan mówił, że się zna na robotach, prawda? To by było doskonałe. I przyjmują tam nawet z F…

Armin poczuł jak krew gotuje mu się w żyłach.

– Może coś innego – zaproponował, starając się aby głos nie zadrżał mu z wściekłości.

– Ale dlaczego nie? To świetna oferta, idealna wręcz dla kogoś na pańskim poziomie…

– Nie ma pan żadnych innych ofert? – przerwał mu.

– Cóż…

Urzędnik sprawdził na hologramie.

– Dla osób o pańskim statusie mamy jeszcze pracę w sortowni warzyw, w utylizatorach, spalarni śmieci i segregacji odpadków – wymieniał.

Armin z każdym wypowiadanym przez niego słowem coraz bardziej tężał.

– Gdyby był pan na D albo chociaż E na pewno znalazłoby się coś lepszego – powiedział urzędnik. – Ale sam pan wie, takie mamy procedury i nic nie poradzę…

Armin zrozumiał aż zbyt dobrze. Podniósł się z fotela.

– W takim razie nic tu po mnie – stwierdził. – Dziękuję, że poświęcił mi pan tyle swojego cennego czasu.

– Proszę przyjść, gdy będzie pan na wyższym poziomie – zaproponował urzędnik. – A na pewno coś się dla pana znajdzie.

Armin uśmiechnął się krzywo, po czym opuścił gabinet. Wyszedł z budynku, odprowadzony przez robota i znów znalazł się na głośnej, ruchliwej ulicy. Popatrzył posępnie w górę, w stronę wieżowców, których szczyty wynurzały się ponad osad i pył unoszący się nad miastem i pięły się ku czystemu niebu. Tęsknił za tym błękitem.

Poszedł jeszcze do innego miejsca pośrednictwa pracy, ale tam powiedziano mu w zasadzie to samo. Krążył jeszcze po centrum, szukając czegokolwiek, próbując powoływać się na dawne znajomości, ale nie znalazł żadnych innych ofert.

W końcu zły i sfrustrowany poszedł na przystanek busolotu, czekając wraz z innymi pasażerami na przylot pojazdu. Obserwował bogaczy idących po ruchomym chodniku otoczonych służbą i robotami. Niektóre maszyny sam projektował. Odwrócił wzrok. Nie mógł ścierpieć tego widoku.

Po paru minutach zjawił się busolot i Armin wszedł wraz z innymi do środka. Tym razem nie było miejsca, żeby usiąść, więc stanął blisko drzwi, patrząc przez okno. Ściskało go w gardle na widok autolotów krążących wokół wieżowca ArminRobot. Przeniósł wzrok na ekran, jeden z kilku, które zainstalowano w busolocie. Zobaczył na nich swoje roboty, jak przemierzają ulice Języka, patrolując je. Potem obraz zmienił się i zobaczył jakieś zbiorowisko ludzi tłoczące się przy jednej z ulic.

– *Agresywne bojówki chrześcijańskie nadal kpią sobie z zakazu Wielkich Rządzących i odprawiają swoje zabobonne praktyki w biały dzień, plując w twarz naszym władcom...* – mówił głos spikera. – *Największe skupiska demonstrantów pojawiły się w rejonie jedenastym przy ulicy sto osiemdziesiątej...*

Armin poczuł, jak coś ciężkiego opada mu na dno żołądka. Nie wysiadł na swoim przystanku. Poleciał dalej, aż do strefy jedenastej, obserwując z napięciem wydarzenia relacjonowane na żywo z ekranu. Na ekranie pokazano teraz jak roboty wpadają pomiędzy chrześcijan i zaczynają strzelać gazem. Zobaczył dziewczynki ubrane w białe sukienki jak przerażone uciekają w tym tłumie ludzi. Widział małe dzieci niesione na ramionach przez siostry krystalitki, kaszlących mężczyzn i kobiety i jakieś nieruchome, zakrwawione ciała leżące na chodniku. Zaschło mu w gardle.

– Nie... nie...

Busolot w końcu zatrzymał się w strefie jedenastej i Armin wypadł na zewnątrz jako jedyny pasażer. Pobiegł od razu do ulicy sto osiemdziesiątej. Już z oddali słyszał strzały i widział uciekających, biegnących w jego stronę ludzi. Rozglądał się chaotycznie, próbując znaleźć w tym tłumie znajome twarze, ale im bliżej był ulicy, tym gęstszy był tu dym i nie potrafił nikogo rozpoznać.

– Mari! Mari! – wołał.

Słyszał komendy robotów i dostrzegł ich tuż za rogiem. Wojownicy chwytali chrześcijan, wiązali ich i pakowali bezceremonialnie do wielkiego autolotu strażników. Żołnierze stali przy pojeździe i pilnowali całej akcji z karabinami w gotowości.

– Nie! Puść go! To jeszcze dziecko! – usłyszał naraz przerażony, kobiecy głos.

Obejrzał się w tamtą stronę i zamarł na jedną krótką chwilę. Zobaczył, jak Mari siłuje się z robotem, próbując ochronić chłopca, którego Wojownik pochwycił za kołnierz koszuli swoją stalową ręką. Armin od razu go rozpoznał. To był Robert.

– Zostaw go! – zawołał, podbiegając do nich. – Zostaw go!

Przybiegł do nich i stanął na wprost robota.

– Zostaw go, on nie stwarza zagrożenia!

Wojownik zatrzymał się i zeskanował go.

– To chrześcijanin – stwierdził mechanicznie. – Wszyscy chrześcijanie stwarzają zagrożenie.

– Nie! To jest dziecko! Dzieci nie są groźne! – krzyknął na niego Armin. – Tak masz wbudowane w systemie, reagujesz tylko na agresywnych dorosłych osobników! Zostaw to dziecko!

– To chrześcijanin – powtórzył tym samym beznamiętnym tonem robot. – Wszyscy chrześcijanie stwarzają zagrożenie.

Po czym chwycił mocno chłopaka i wyrwał go z objęć Mari.

– NIE! – wrzasnęła i zawtórował jej zrozpaczony krzyk Roberta.

Armin złapał kamień z ziemi i uderzył nim prosto w głowę robota, rozbijając mu urządzenie z gazem łzawiącym. Robot zaczął go skanować.

– Agresywny obywatel – stwierdził, zatrzymując się. – Przystępuję do przymusu bezpośredniego.

Jednym ramieniem wciąż trzymał Roberta w powietrzu, a drugim próbował pochwycić Armina, który nadal uderzał go kamieniem w głowę.

– Zaraz ci pokażę agresywnego obywatela! – zawołał ze złością Armin.

Wojownik złapał go w końcu w pół, ale Armin w tej samej chwili otworzył mu klapę w piersi i wsadził rękę w głąb jego korpusu, pospiesznie szukając odpowiedniego kabla.

– Agresywny obywatel, przystępuję do… – powtórzył robot.

Armin kątem oka ujrzał linę w stalowej dłoni robota. Lina błyskawicznie zacisnęła się wokół jego pasa. Armin w ostatniej chwili rzucił się rozpaczliwie i wreszcie wyrwał ze środka korpusu małe urządzenie. Ręka robota zawisła w powietrzu i jego oczy zgasły. Armin uwolnił się z jego uścisku i wyciągnął przerażonego chłopaka.

– Nic ci nie jest? – zapytał go.

Robert tylko pokręcił głową. Był biały na twarzy.

– Zabili... Wiktora... – powiedział drżącym głosem.

Pokazał palcem na małą, nieruchomą postać leżącą nieopodal na chodniku w kałuży własnej krwi. Armin spojrzał w tamtym kierunku. Wiedział, kto to Wiktor. Był jednym z jego uczniów i najlepszym kolegą Roberta.

– Och, mój Boże... – szepnęła Mari, przyciągając chłopaka do siebie i tuląc go do piersi. – Nie patrz tam, on już jest w lepszym świecie – powiedziała, szlochając.

Chrześcijanie biegali w każdym kierunku, a Wojownicy zaczęli niebezpiecznie zbliżać się do nich.

– Uciekajcie stąd, szybko – nakazał im Armin, patrząc wokół na pobojowisko.

– Armin, a ty? – jęknęła Mari.

On spojrzał na znieruchomiałego robota, który stał przed nimi.

– Ja muszę jeszcze coś załatwić – powiedział. – Wy uciekajcie, już!

Mari nic więcej nie powiedziała, tylko wzięła chłopca za rękę i razem z nim wmieszała się w tłum uciekinierów. Armin tymczasem zaczął pospiesznie grzebać we wnętrzu robota.

– Wszystko poprzestawiali, tego tu nie powinno być – mruczał do siebie, kątem oka obserwując, czy ktoś się na niego nie rzuca.

– Ej! Co ty tam robisz z tym robotem? Odsuń się od niego! – zawołał naraz jakiś strażnik, podchodząc do niego.

Armin nie zareagował, tylko szybko zaczął wprowadzać nowe komendy. Działał instynktownie, nawet nie myślał o tym co robi. Pozbawiony kontaktu ze swoimi maszynami przez ponad miesiąc, teraz znów był w swoim świecie, którego zasady znał tylko on. Naraz, być może pod wpływem stresu, udało mu się bez trudu znaleźć przyczynę braku reakcji robotów na jego identyfikator.

– Powiedziałem odsuń się od niego!

Strażnik był już tuż przed nim. Wymierzył w niego karabin.

– ArminRobot restart kod – Armin powiedział do robota.

Oczy robota zaświeciły się i Wojownik wyprostował się. Armin wyciągnął do niego rękę, a robot zeskanował go.

– Co ty mu tu grzebałeś? – warknął na niego strażnik. – Wynoś się stąd oszołomie, bo i ciebie zaraz zabierzemy!

Zamachnął się, aby uderzyć go kolbą karabinu, ale Armin nawet nie drgnął. Poruszył się za to robot, który stalowym ramieniem zablokował cios.

– Agresywny obywatel – stwierdził robot, kierując swoje laserowe spojrzenie na strażnika. – Przystępuje do przymusu bezpośredniego.

– Co takiego…? – zdumiał się strażnik.

Ale Wojownik od razu pochwycił go w swoje ramiona i natychmiast go związał.

– Puszczaj mnie! Robot stop! Wojownik stop! Wielcy Rządzący kod reset robot! – powtarzał, ale Wojownik nie reagował na jego komendy.

Armin obserwował jak robot wsadza wrzeszczącego strażnika prosto do autolotu. Reszta żołnierzy zaczęła do niego strzelać, chcąc go powstrzymać, ale kule tylko odbijały się od orionowego pancerza.

– Wojownik, uwolnij chrześcijan – Armin szepnął do swojego identyfikatora.

Robot błysnął oczami.

– Oczywiście – stwierdził robot, po czym wszedł do autolotu i zaczął wynosić stamtąd związanych ludzi.

– Co jest z tym żelastwem?! – wołali strażnicy. – Co ty wyprawiasz?

Mimo, że uderzali w niego i strzelali, nie byli w stanie go powstrzymać. Wojownik zaczął rozwiązywać pojmanych wcześniej chrześcijan, a ci jeszcze oszołomieni, uciekali w popłochu. Strażnicy w pierwszej chwili byli tak zszokowani jego zachowaniem, że tylko patrzyli na to z niedowierzaniem, pozwalając aby uciekła spora grupa chrześcijan. Zaraz jednak ocknęli się i zaczęli zwoływać pozostałych Wojowników, każąc im pochwycić nieposłusznego robota, ale Wojownicy nie reagowali. Armin skonstruował je tak, że jeden nigdy nie stanie przeciw drugiemu. Zatrzymały się tylko wokół robota, przywołane przez strażników, ale nic nie robiły.

– To ten człowiek go zmienił! – zawołał związany strażnik z wnętrza autolotu. – Łapcie go!

Armin drgnął.

– Wojownik do mnie, osłaniaj mnie – zakomunikował robotowi przez identyfikator, a ten natychmiast do niego podjechał i stanął na wprost niego.

Strażnicy zaczęli biec w jego stronę i strzelać, ale robot tylko rozłożył ramiona, a jego barki zamieniły się w orionowe tarcze, które uchroniły Armina przed pociskami.

– Wojownik, zlikwiduj agresywnych osobników! – zawołał Armin zza pleców robota.

Ten błysnął oczami.

– Oczywiście.

Z jego barków natychmiast wysunęły się karabiny i robot zaczął strzelać, z chirurgiczną precyzją trafiając w strażników. Rozległy się krzyki, histeryczne komunikaty nadawane przez identyfikatory, a potem cisza. Armin odczekał chwilę i wyszedł do przodu. Zobaczył pobojowisko. Na ziemi leżały ciała strażników broczące krwią. Wojownik zastrzelił też tego, który był w autolocie, ale chrześcijan ocalił. Tak, jak go zaprogramował.

Armin przeszedł obok trupów i wszedł do autolotu. Na podłodze kabiny ładunkowej transportera siedziało nadal kilku przerażonych ludzi. Niektórzy obryzgani zostali krwią martwego strażnika, który leżał wśród nich. Armin wyciągnął zza jego paska nóż i uwolnił pozostałych.

– Uciekajcie – nakazał im, ale oni byli tak przerażeni, że nawet się nie poruszyli.

– Powiedziałem, uciekajcie! – krzyknął, a oni wreszcie się podnieśli i zerwali do ucieczki.

Armin wyszedł z autolotu i spojrzał na Wojowników stojących wokół, znieruchomiałych od sprzecznych komunikatów. Było ich dziesięciu.

– Wojownik, do mnie...

Popatrzył w niebo. Nie miał wiele czasu. Wiedział, że lada chwila zjawią się tu kolejni strażnicy. Jeszcze raz spojrzał na Wojowników. Sekundy mijały. W końcu podjął decyzję.
– Niech was wszystkich szlag...! – warknął. – Wojownik, do mnie – rozkazał, a robot zaraz stanął tuż przy nim.
Otworzył znowu jego korpus i zaczął programować. Reszta robotów stanęła obok niego. Za pomocą wewnętrznego systemu, który łączył ze sobą wszystkie jego roboty, komenda, którą wprowadzał do jednego Wojownika, była przesyłana do innych. Ograniczył zasięg ich działania tylko do miasta Język. Spieszył się, działał jak w amoku, a po czole spływały mu krople potu. Jeszcze nigdy tak dobrze mu nie szło, komendy same wskakiwały w odpowiednie rubry-

ki. Całe programowanie zajęło mu kilka minut. Kiedy skończył, roboty zaświeciły oczami. Spojrzał na nie.

– Wykonać rozkaz! – zakomunikował. – Ty, zostań tu – powiedział do innego. – Ty, udaj się do rejonu ósmego, parcela numer trzysta siedem, zostań tam i czekaj na dalsze rozkazy.

– Tak jest! – odpowiedziały równocześnie wszystkie roboty.

Osiem z nich natychmiast odeszło, idąc bardzo szybko przez miasto. Jeden odszedł w inną stronę, a jeden stał nieporuszony. Armin czekał, sprawdzając dane na swoim identyfikatorze.

– Za chwilę będzie po wszystkim... – mruknął.

Obejrzał się na całe pobojowisko wokół i na leżące nieruchome ciała chrześcijan.

– Dostaniecie za swoje.

Coś zabłysło na jego ręce.

– Są na pozycjach – stwierdził.

Zobaczył nad sobą nadlatujący autolot.

– I świetnie – skwitował.

Obejrzał się na Wojownika.

– Zostań tu, autodestrukcja za trzydzieści sekund – oznajmił, po czym rzucił się biegiem.

– Oczywiście – stwierdził robot.

Usłyszał odliczanie, ale nie oglądał się za siebie. Biegł ile sił w kierunku, w jakim uciekła Mari z Robertem. Teraz ulica była już pusta, chrześcijanie rozpierzchli się, a ołtarze zostały zniszczone. Pędząc wąską uliczką mijał po drodze martwych ludzi. Krew na chodnikach mieszała się z rozsypanymi kwiatami, którymi dekorowano ołtarze. Armin starał się nie przyglądać twarzom zmarłych, ale i tak rozpoznał wśród nich niektórych pracowników ochronki. Była tam też jedna siostra krystalitka. Znał ją z widzenia. Zwykle pracowała z maluchami. Leżała na wznak, z twarzą zwróconą do nieba. Biel jej szaty została zbrukana krwią.

Odliczanie zakończyło się i rozległ się huk, który wyrwał szyby we wszystkich oknach w promieniu kilkuset metrów. Armin, mimo, że odbiegł daleko, poczuł ciepły podmuch na plecach, który rzucił go na ścianę. Na moment stracił oddech, a wszystko spowił pył i dym. Podniósł się ociężale. Dzwoniło mu w uszach, ale gdzieś, poprzez ten dźwięk, usłyszał czyjś płacz. Zaczął iść chwiejnie, nadal skołowany. Płacz narastał, był coraz bliżej jego źródła. Wtem zobaczył przed sobą porozwalane kosze na śmieci. Przy jednym z nich leżało dziecko.

– Romek…? – wychrypiał, ocierając twarz od kurzu, aby lepiej widzieć.

Chłopczyk leżał z jedną nogą krwawiącą i zanosił się szlochem. Armin uklęknął przy nim.

– Co ty tu robisz, mały? Gdzieś ty się tu schował? – zapytał.

Czuł, jak głos drży mu z emocji. Chłopiec nadal płakał. Armin obejrzał go. Nie miał żadnych większych zranień, tylko tę nogę rozharataną wzdłuż łydki. Najwidoczniej musiał się schować w środku, a podmuch od wybuchu przewrócił kosz i wyrzucił go na bruk.

– Chodź tu mały, idziemy do domu – powiedział, biorąc go w ramiona.

Chłopczyk złapał się go kurczowo za klapę marynarki, niegdyś nieskazitelnie białej, a teraz szaro brudnej, umorusanej w pyle i krwi. Armin objął mocno chłopca i przytulił go do serca, okrywając go połą swojej marynarki. Czuł, jak malec drży. Płakał wciąż, nie potrafiąc się uspokoić. Armin zaczął iść z nim w ramionach w stronę przystanku busolotu. Kręciło się tu parę osób, ale nie widział nigdzie Mari i pozostałych chrześcijan. Wszyscy głośno komentowali atak na procesję chrześcijan, a potem ten spektakularny wybuch. Nikt nie wiedział, co się dokładnie stało. Niektórzy twierdzili, że to wybuchła bomba, inni, że gaz. Armin ukrył się w cieniu jakiejś bramy, z dala od ludzi, czekając na przylot busolotu. Ukradkiem spoglądał w niebo. Już po chwili zaczęły zlatywać się kolejne autoloty strażników i kierowały się prosto w stronę epicentrum wybuchu.

– Cii, Romek, nie płacz już – powiedział do chłopca, bo ten nadal płakał.

Zaczął go głaskać niezdarnie, nie wiedząc nawet jak. Jego ręka wydawała mu się zbyt kanciasta i szorstka by pocieszyć dziecko, bo głaskanie nie pomagało, a on nadal chlipał. W końcu tylko położył mu dłoń na głowie. O dziwo, to podziałało i maluszek przestał płakać.

– Już dobrze, już jesteś bezpieczny, zaraz lecimy do domu – powiedział do niego cicho.

...już jesteś bezpieczny...

– Co to było takie bum? – zapytał go chłopiec. – Baldzo się bałem…

– To wybuchł robot – powiedział mu do ucha.

– A czemu? – spytał Romek.

– Bo był zepsuty – odparł.

Chłopczyk otarł zapłakane oczy.

– To dlatego był taki zły i niemiły? – spytał cichutko.

Armin poczuł, jak coś zaciska mu się na sercu, jakaś niewidzialna obręcz.

– Tak, właśnie dlatego był taki zły, bo był zepsuty – powiedział.

– Loboty przyleciały i na nas krzyczały – wymamrotał Romek. – I biły i szczelały... I miały taki dym... Oczka mnie szczypały od niego...

– Już ich nie ma – powiedział uspokajająco.

– Już poleciały? – zapytał malec.

– Już znikły.

– To dobrze... Bałem się ich – powiedział. – A pan się boi lobotów?

Armin pokręcił głową.

– A ja się bałem... A nie przylecą znów? – zapytał trwożliwie.

– Nie... nie... – odparł Armin, czując, że gardło ma zupełnie zaciśnięte.

– To dobrze... Bałem się ich... – powiedział po raz trzeci.

Przytulił się do niego, a Armin szczelnie okrył go marynarką.

– Nie bój się już – szepnął do malca.

Nachylił się do niego i dotknął ustami czubka jego głowy.

– Nie bój się już, mały...

Romek trzymał się jego ręki, zaciskając małe palce na jego dłoni. Krew nadal ściekała mu ze zranionej łydki, ale chyba nawet o tym zapomniał, tak był przerażony. Armin podniósł głowę, bo usłyszał znajomy szum.

– O, nasz busolot, idziemy – powiedział, chrząkając.

Przytrzymał go mocniej i wszedł z nim do pojazdu. Zajęli miejsce z brzegu. Romek siedział mu na kolanach, przytulony do jego piersi. Armin położył mu dłoń na głowie i tak siedzieli, nieporuszeni. Widział przez okno, jak autoloty lądują w miejscu, gdzie wybuchł Wojownik. Zlatywały się jeden po drugim i wychodzili z nich strażnicy, badając teren.

Tymczasem na ekranie pojawiły się szokujące doniesienia.

– *...przerywamy program, aby nadać tę informację!* – powiedziała przerażona spikerka. – *Właśnie nas poinformowano o setkach przypadków ataków Wojowników na swoich właścicieli. Kilkanaście osób zostało ciężko rannych, pięć zmarło w wyniku odniesionych ran...*

W autobusie zrobiło się poruszenie.

– *Zaatakowany został również nasz czcigodny Wielki Rządzący, Oscar, który w ciężkim stanie trafił na stół operacyjny, jego stan jest krytyczny...*

W pojeździe rozległy się okrzyki zdumienia. Ludzie spoglądali na siebie, nie wiedząc, co o tym myśleć, jak zareagować. Armin milczał. Przycisnął mocniej dłoń do ucha Roberta, aby malec tego dobrze nie usłyszał i zasłonił mu oczy marynarką.

– *Wojownicy zwrócili się przeciwko swoim właścicielom, powtarzam,* ROBOTY ZWRÓCIŁY SIĘ PRZECIWKO SWOIM WŁAŚCICIELOM!

Na ekranie pokazywano teraz przerażonych bogaczy, uciekających przed robotami. Gdy tylko Wojownicy zdołali trafić w swoich właścicieli i stwierdzić zgon, automatycznie wybuchały, powiększając tym samym liczbę rannych.

Armin odwrócił wzrok od ekranu.

– Już zaraz będzie dom, tam cię opatrzą siostry, zobaczysz... – powiedział do Romka.

Spojrzał na niego i zorientował się, że malec zasnął, a przez sen wciąż ściskał mocno jego palce. Armin tylko pogłaskał go po głowie.

Busolot zatrzymał się w końcu nieopodal znanego mu osiedla i Armin wysiadł z malcem w ramionach. Skierował się od razu do domku, w którym mieszka Mari. Tam czekał na niego Wojownik, którego wcześniej tu posłał.

– Zostań tu, bądź ukryty, czekaj na mój rozkaz – powiedział. – Przydasz mi się jeszcze.

– Tak jest – odparł robot, chowając się zaraz w bramie.

Armin tymczasem zadzwonił do drzwi i odczekał chwilę, ale nikt mu nie odpowiedział. Zadzwonił jeszcze kilka razy, ale nadal nie było reakcji. Postanowił więc pójść do ochronki.

Romek spał przytulony do jego piersi, a Armin trzymał go mocno, idąc z nim przez osiedle. W końcu znaleźli się przed budynkiem ochronki. Już z daleka dostrzegł zamieszanie. Siostry krystalitki biegały po placu, znosząc rannych i zgarniając przestraszone dzieci. Armin przyspieszył kroku. Co chwila dochodził ktoś nowy z pracowników, oznajmiając przerażające wieści o tych, którzy zginęli. Słyszał płacz, krzyki i nawoływania.

Armin podszedł do sióstr, a one na jego widok zawołały chóralnie:

– Armin go ma! Armin ma Romka! Dzięki ci, Boże!

Chłopiec obudził się na dźwięk tych okrzyków i zaczął przecierać zaspane oczy.

– Co się stało…? – zapytał zdziwiony.

– Już wszystko dobrze, jesteś w domu – powiedział Armin, podając chłopca jednej z sióstr. – Jest ranny w nogę, ale to nic poważnego – wyjaśnił.

– Już dobrze maleńki, chodź, zajmiemy się twoją nóżką – powiedziała siostra przez łzy, biorąc go w ramiona.

Weszła z nim do budynku, a Armin popatrzył wokół. Dzieci, które zostały na placu, zaczęły do niego podchodzić.

– Pan Armin uratował Romka – powiedziała jedna z dziewczynek. – Prawda, proszę pana?

Armin popatrzył na nich w milczeniu. Miały brudne twarze, podarte ubrania, niektóre były zakrwawione i miały pospiesznie obandażowane twarze i ręce. Serce krajało mu się na ten widok.

– A gdzie Wiktor? – zapytał ktoś.

Armin nie odpowiedział. Nie był w stanie mówić. Podszedł tylko do chłopca, który zadał to pytanie i w milczeniu pogłaskał go po głowie. Mały chyba musiał zrozumieć, bo rozpłakał się zaraz. Armin objął go bez słowa. Na ten widok inne dzieci też zaczęły płakać. Zaczęły do niego podchodzić, tuląc się jak zbłąkane szczenięta, porzucone przez swoich właścicieli. Armin poczuł, jak na ten widok coś w nim się łamie. Ukląkł i wyciągnął do nich ramiona. Natychmiast otoczyła go gromadka dziecięcych główek i dłoni, które zaczęły go obejmować. Nic nie mówiły, tylko płakały, a on czuł jak i jemu zaczynają spływać po twarzy łzy. Nie był w stanie ich powstrzymać.

Dzieci kładły mu głowy na ramionach, niektóre siadały wprost na gołej ziemi tuż przy jego nogach, obejmując go za nogawki. Armin wyciągał do nich ręce, chcąc dotknąć każde z nich, a one garnęły się do niego, spragnione czułości. Zaczął całować po kolei ich małe główki.

– No, już nie płaczcie – odezwał się wreszcie do nich schrypniętym głosem. – Nie płaczcie już…

...garnęły się do niego, spragnione czułości...

Otarł twarz ramieniem, bo sam spłakał się tak, że nie widział nic przez załzawione oczy.
– Nie możecie tyle płakać, bo się od tego rozchorujecie – powiedział.
Dzieci zaczęły się uspokajać.
– Czy Wiktor poszedł już do nieba? – zapytała jakaś dziewczynka, która siedziała przy jego nogach.
Armin nie wiedział, co jej na to odpowiedzieć.
– Ja... Nie wiem... – bąknął.
Wtem ujrzał kobietę idącą na wprost nich. Trzymała za rękę Roberta.
– Mari...

Armin podniósł się z klęczek, a chłopiec na jego widok zerwał się i przybiegł do niego.

– A więc pan żyje! – Robert zawołał przejęty. – Myślałem, że pana zabiły te roboty...!

Chłopiec zaczął płakać.

– Myślałem, że pan umrze i nas też pan zostawi...!

To wyznanie przeważyło wszystko. Armin poczuł, jak z bólu pęka mu serce. Wziął chłopca w ramiona i przytulił mocno do siebie. Robert natychmiast zarzucił mu ręce na szyję i przywarł do niego, tak jakby czekał na ten gest całe swoje życie.

– Nie, nie zostawię was – powiedział mu cicho Armin.

Poczuł, że Mari podchodzi do niego i obejmuje go. Wysunął jedno ramię i objął ją i chłopca jednocześnie. W końcu postawił Roberta na ziemi.

– Nie zostawię was, obiecuję wam to – powiedział, spoglądając na niego w dół. – Zostanę tu i będę was chronił.

– Naprawdę...? – zapytał chłopiec drżącym z przejęcia głosem.

– Tak, naprawdę – powiedział Armin, kładąc mu dłoń na ramieniu.

Nachylił się i pocałował Roberta w czoło. Zobaczył, że oczy chłopaka natychmiast się rozpromieniły.

Armin spojrzał na Mari. Była cała zapłakana.

– Nie zostawię was, bo was kocham – powiedział, patrząc jej w oczy.

Mari jęknęła płaczliwie, zbyt wzruszona by mówić.

– My też pana kochamy! – zawołały zaraz dzieci, rzucając się do niego. – My też! My też!

Zaczęły obejmować jego i Mari, ale on nie patrzył na nie, patrzył na nią. Mari niemo pokiwała głową i zaraz przytuliła się do niego. Nic nie powiedziała, on też milczał, nie był w stanie powiedzieć nic więcej. Czuł tylko jak mocno bije mu serce, tak jakby na nowo zaczynało żyć.

✱✱✱

– *To już trzeci dzień, jak odszedł nasz czcigodny Wielki Rządzący, Oscar* – mówiła spikerka z ekranu. – *Cały Język nadal jest pogrążony w żałobie po stracie tego wspaniałego władcy. Wszystkie prace wciąż są zawieszone, tak jak i święta ku czci Kronosa...*

Armin i Mari siedzieli razem z dziećmi na stołówce i patrzyli w ekran. On słuchał tego jednym uchem, pomagając Robertowi zmontować ulepszoną wersję jego robota.

– A teraz przełóż kabel tu i tutaj – powiedział, obserwując jak chłopak sobie radzi.

– *Technicy z ArminRobot wciąż próbują ustalić, co było przyczyną fatalnej usterki, która spowodowała śmierć ponad setki osób, głównie tych na najwyższych stanowiskach kierowniczych Języka...*

– I nigdy im się to nie uda – mruknął Armin.

Mari podniosła głowę.

– Co mówiłeś? – spytała zdumiona.

– Nic, moja droga, pomagam Robertowi w jego epokowym dziele – dodał wesoło.

– Ach...

Pokiwała głową z wyrozumiałością.

– *To niepowetowana strata dla całego naszego społeczeństwa, wszyscy jesteśmy tym wstrząśnięci i rozbici* – mówiła dalej spikerka, a na ekranie pokazywały się różne obrazy, ilustrujące to, co aktualnie działo się w mieście. – *Pozostali żyjący członkowie Rady Nadzorczej i Wielcy Rządzący zebrali się dziś, aby wyłonić spośród siebie nowych członków. Na rynkach panuje chaos, wszyscy spekulują, że za tymi atakami mogła stać królowa Elena i jej ludzie...*

Armin uśmiechnął się do siebie ukradkiem, nie chcąc się z niczym zdradzić. Do tej pory nikomu nie powiedział o tym, co się dokładnie stało i jaka była w tym jego rola. Nawet Mari.

– A teraz uruchamiasz i... Spójrz sam – powiedział do chłopaka.

Robert włączył robota i niewielka maszyna zaczęła chodzić po podłodze. Reszta dzieci zbiegła się, aby to zobaczyć.

– A teraz... – zaczął Armin.

Spojrzał na Roberta, a ten kiwnął głową. Chłopak nacisnął jakiś przycisk na swoim pilocie sterowniczym i robot nagle pofrunął aż pod sufit. Dzieciaki pisnęły z radości na ten widok.

– On lata! On lata! – wołały, biegając za robotem.

Robert patrzył zafascynowany, jak jego robot krąży po całej sali, uciekając przed chcącymi go złapać wyciągniętymi rączkami dzieci. Armin obserwował z dumą i robota i chłopaka. Robert sterował pewnie. Oczy mu błyszczały, a policzki miał zaróżowione z emocji.

– Dobrze sobie radzisz – pochwalił go.

Robert spojrzał na niego z uwielbieniem.

– To dzięki tobie, wujku.

Armin uśmiechnął się i poklepał go po ramieniu. Sam zaproponował, aby dzieci tak do niego mówiły. Już miał dosyć tego bycia „panem Arminem". Stwierdził, że już dawno przestał być jakimkolwiek „panem". Przyłapał się na tym, że zaczyna odczuwać coraz większą satysfakcję z tego, że jest po prostu wujkiem dla tych dzieci. One to uwielbiały i on sam to polubił.

Nagle Robert zagapił się i robot wpadł prosto w okno. Z hukiem rozbił szybę i wyleciał na podwórko. Dzieci wrzasnęły, ze strachu i z ekscytacji, i rozbiegły się po sali.

Po chwili pojawiły się przerażone siostry krystalitki z siostrą Eleonorą na czele.

– Wielkie nieba, co tu się dzieje?! – zawołała siostra Eleonora. – Robert, czy to znowu ty?!

Chłopak zaczerwienił się i spuścił wzrok.

Armin wyszedł do przodu.

– Nie, siostro, tym razem to ja – powiedział z czarującym uśmiechem. – To ja go tego nauczyłem.

Siostra zmarszczyła brwi.

– Panie Armin, naprawisz pan tę szybę sam z własnej kieszeni! – zagroziła.

Armin skłonił się przed nią elegancko.

– Ależ oczywiście, taki mam właśnie zamiar – powiedział bez cienia zmieszania. – Pozwoli siostra, że zanim to zrobię, najpierw pójdę i przyniosę mu jego zabawkę.

– Żadnych robotów w pomieszczeniach – powiedziała stanowczo siostra. – Bawcie się nimi na dworze, skoro musicie, ale nie tutaj – dodała zrezygnowanym tonem.

Armin spojrzał na Roberta.

– Chodź – powiedział do chłopaka i wyszli razem z sali.

– Dziękuję, że powiedziałeś, że to nie moja wina… – bąknął chłopak. – Chociaż trochę to była moja wina…

Armin pogłaskał go po głowie.

– Następnym razem po prostu uważaj – powiedział. – I siostra ma rację. Lepiej przeprowadzać próby na otwartej przestrzeni, wtedy przynajmniej jest mniejsze ryzyko, że coś się uszkodzi. Zwłaszcza robota. Bo szyby to mniej szkoda…

Robert pokiwał głową i uśmiechnął się ukradkiem. Wyszli na zewnątrz i zaczęli szukać robota na podwórku.

– O, mam go – zawołał chłopak, podbiegając do miejsca, gdzie stały drabinki na placu zabaw.

Podniósł robota, a gdy się wyprostował, zamarł, spostrzegając coś w oddali.

– Wujku, kto to…? – zapytał przerażony.

Armin spojrzał w tamtym kierunku. Od strony bramy szły ku nim trzy postaci ubrane w czarne płaszcze z kapturami na głowach. Byli wysocy, ale jeden z osobników znacznie przewyższał wzrostem pozostałych. Był ogromny, miał ponad dwa metry wysokości i szedł tak, jakby sunął tuż nad ziemią. Armin stanął na baczność. Od razu rozpoznał, kto to może być.

Robert przybiegł do niego cały drżący i schował się za jego plecami.

– Kto to jest…? – spytał trwożliwie.

– Robert, wracaj do sali – powiedział do niego stanowczo Armin.

– Ale wujku…

– Powiedziałam, wracaj do sali, natychmiast.

Robert biegiem wparował do ośrodka. Tymczasem trzy postacie przeszły przez całe podwórko i stanęły na wprost niego. Ten najwyższy osobnik wysunął się do przodu. Armin w milczeniu popatrzył na niego, po czym wyciągnął prawą rękę i w tej samej chwili oczy osobnika zabłysły pod kapturem. Armin sięgnął do jego płaszcza i rozsunął go na jego piersi, odsłaniając stalowy korpus.

– Wyświetl komunikat – rozkazał Armin.

Z korpusu błysnęło światło i ukazał się przed nim hologram.

– *Panie Armin, nie ukrywam, że zaskoczył mnie pan swoimi wieściami* – odezwała się z hologramu królowa Elena. – *Cała ta historia, którą pan przedstawił, a którą przekazał nam pański robot, który się u nas zjawił, z początku wydawała nam się zbyt nieprawdopodobna. Jednak informacje o tym, co wydarzyło się w Języku, szybko potwierdziły pana słowa. Jestem bardzo zdumiona.*

Armin słuchał tego w milczeniu. Wiadomość była wcześniej nagrana. Nie musiał więc na nią odpowiadać.

– *Po głębokim namyśle i konsultacjach, postanowiliśmy przychylić się do pana prośby, mając na względzie nie tylko dobro naszych ludzi w Oczach, ale i tych chrześcijan, których wziął pan pod swoją opiekę w Języku* – mówiła dalej królowa. – *W Oczach rozpoczęliśmy niedawno program sprowadzania chrześcijan do naszego królestwa. Mamy miejsce dla każdego, kto chciałby szukać u nas azylu, zwłaszcza dla dzieci pozbawionych opieki rodziców.*

Armin usłyszał jak ktoś wychodzi z ośrodka. Obejrzał się szybko i zobaczył Mari. Stanęła w progu, przyciskając jedną dłoń do ust. Nic nie wyrzekła, ale wyraz szoku na jej twarzy mówił mu wszystko.

– *Dlatego przysyłam panu moich najlepszych ludzi, którzy będą eskortować pana, siostry krystalitki i dzieci do pociągu, który będzie na was czekał za dwa dni, od chwili kiedy odczyta pan tę wiadomość* – powiedziała królowa. – *Wszystko zostało już ustalone i przygotowane, nie będzie pan miał żadnych problemów na granicy. Moi ludzie o to zadbają. Może im pan ufać bezgranicznie, tak jak i ja im ufam.*

Armin spojrzał na dwie postacie ubrane w czarne płaszcze. Nadal mieli kaptury na głowach i ani na moment nie poruszyli się.

– Armin, co…? – usłyszał zduszony szept Mari.

– *Zwykle nie robimy takich wyjątków dla nie-chrześcijan* – mówiła dalej królowa z hologramu. – *Ale i w naszych szeregach z początku nie wszyscy przynależeli do naszej wiary. Pańskie zasługi zna-*

cząco jednak przewyższają wszelkie pretensje jakie moglibyśmy do pana mieć, zwłaszcza, że dopóki pracował pan w ArminRobot, nasze zamówienia zawsze przychodziły na czas i nie mogłam panu niczego zarzucić.

Armin uśmiechnął się lekko. Poczuł jak Mari staje obok niego i ściska go mocno za rękę.

– *Liczę, że odnajdzie się pan w Oczach. Ze swojej strony mogę pana zapewnić, że nie zostanie pan bez pracy.*

Mari spojrzała na niego zdumiona, a on zerknął na nią z błyskiem w oku. Zobaczył zrozumienie na jej twarzy.

– *Dziękuję za pańskie zaangażowanie w uratowanie chrześcijan i za pańską uczciwość w powiedzeniu mi prawdy. Domyślam się, że w teraz w Języku nie byłoby panu łatwo, gdyby ktoś z tych na górze dowiedział się o tym, kto stał za zamachami...* – powiedziała znacząco królowa. – *To wszystko z mojej strony. Niech Bóg pana prowadzi.*

Hologram zgasł. W tej samej chwili dwie postacie stojące przy robocie odsłoniły kaptury. Byli to dwaj mężczyźni o twardych spojrzeniach i surowych obliczach. Jeden z nich miał cienką, podłużną bliznę na policzku, ciągnącą się od warg, aż do oka.

– Nazywam się Eberhard – odezwał się tubalnym głosem. – A to jest mój towarzysz, Gotard. Będziemy was eskortować.

Drugi mężczyzna tylko skinął mu głową.

– Miło panów poznać – odparł szarmancko Armin, ani na moment nie tracąc zimnej krwi. – Ja jestem Armin, ale pewnie panowie już mnie znają. A to...

Obejrzał się na Mari, która stała obok niego i patrzyła zdumiona na obu mężczyzn.

– To jest moja najdroższa Mari – dodał.

Tamci skłonili się przed nią. Mari poczerwieniała.

– Armin, co to wszystko ma znaczyć...? – szepnęła mu na ucho.

On spojrzał na nią z uśmiechem.

– Moja droga Mari, to oznacza, że masz się pakować – powiedział lekko. – Zabieram was stąd.

– Dokąd...?

– Do Oczu Królowej – odparł.

Mari zamrugała szybko.

– Myślę, że najwyższa pora trochę zmienić otoczenie – stwierdził. – Tutaj jest dla mnie, jakby to powiedzieć, za ciasno. Potrzebuję więcej przestrzeni do rozwoju. Mam w głowie masę pomysłów, a nie mogę przecież zaniedbywać swoich talentów, prawda? To byłoby... Zaraz, jak wy to mówicie? Nie po Bożemu...

Zobaczył łzy w oczach Mari.

– I dzieciom też przyda się odmiana – dodał. – Czyste, górskie powietrze, trochę morza, to na pewno dobrze wpłynie na ich rozwój.

...przyciągnął ją mocno do siebie i długo nie wypuszczał z ramion...

Mari pokręciła głową z niedowierzaniem.
– Armin… – powiedziała wzruszona. – Och, Armin… Jak ty to…? Nie wiem, co powiedzieć…
– Nic nie mów, moja droga – odparł szarmancko. – Nic nie mów, tylko biegnij się pakować. Wyruszamy za dwa dni.
– Armin…
Nie powiedziała nic więcej, tylko pospiesznie odwróciła się w stronę ośrodka.
– Panowie zapewne są zmęczeni po podróży – zaczął Armin, spoglądając na dwóch przybyszów.
– Niespecjalnie – odparł Eberhard.
– Tak czy inaczej przekażę siostrom, aby przygotowały dla was jakieś pokoje.
– Dziękujemy – odparli zgodnie.
Po chwili przybiegła do niego z powrotem Mari.
– Tak? – zapytał, widząc jakąś twardą stanowczość w jej oczach. – Co się…?
Ale zanim zdążył dokończyć, ona rzuciła mu się na szyję i… pocałowała go. W pierwszej chwili był tym kompletnie zaskoczony, bo jeszcze nigdy dotąd nie okazywała mu w ten sposób czułości. Zaraz jednak zreflektował się, przyciągnął ją mocno do siebie i długo nie wypuszczał z ramion.
– Cóż, to my może rozejrzymy się po placu – stwierdził Eberhard, grzecznie odsuwając się z kolegą.
Robot tymczasem wciąż stał na środku, czekając na jego dalsze komendy. Szklanymi oczami analizował ich pocałunek, ale nie wyglądał, jakby cokolwiek z tego rozumiał.

KONIEC